À PROPOS DES AUTEURS

Shea Olsen vit dans l'État de l'Oregon. Elle est productrice de films.

Elizabeth Craft vit à Los Angeles. Elle écrit et produit de nombreuses séries en duo avec Sarah Fain, dont la célèbre *The Shield* et *Women's Murder Detective Club* réalisée par James Patterson.

MÉFIE-TOI DES ÉTOILES

ELIZABETH CRAFT & SHEA OLSEN

MÉFIE-TOI DES ÉTOILES

ROMAN

Traduit de l'anglais (États-Unis) par
A. H. SOPHIE

Titre original :

FLOWER

HARPERCOLLINS FRANCE
83-85, boulevard Vincent-Auriol, 75646 PARIS CEDEX 13.

www.harlequin.fr

ISBN 978-2-2803-8743-9 — ISSN 2271-0256

Pour Sarah Fain : maintenant, c'est ton tour.
Elizabeth Craft

Pour Sky.
Shea Olsen

« Le seul moyen de se délivrer d'une tentation, c'est d'y céder. »

Oscar Wilde

AVANT

Ma mère est morte l'année de mes douze ans.

Elle avait toujours été insouciante. Irresponsable. Nous abandonnant, ma sœur Mia et moi, chaque fois qu'un homme débarquait dans sa vie. Je l'avais vue tomber amoureuse un nombre incalculable de fois, comme si l'Amour lui apportait l'oxygène dont elle avait désespérément besoin pour vivre. Elle nous a quittées pour une énième bouffée d'air, et celle-ci lui a été fatale.

L'Amour peut nous anéantir. L'Amour peut tout détruire.

Alors, cette année-là, je m'étais fait une promesse : pas de petit ami, pas de bal de promo, pas de sortie le samedi soir. Je passerais mes soirées à étudier, j'obtiendrais des notes excellentes, j'irais à l'université pour me façonner un bel avenir. Je ne laisserais rien se mettre en travers de mon chemin. Rien ni *personne.*

Mais depuis, tout a changé.

Depuis, je l'ai rencontré.

APRÈS

Son regard tombe sur mes lèvres et y reste fixé. Puis il colle sa bouche sur la mienne. Je réponds à son baiser avec fougue. Il me saisit les poignets, presse son corps contre le mien.

Encore, je murmure.

Il dépose une traînée de baisers le long de ma gorge, de mon cou. Je sens son souffle chaud, tandis qu'il mordille ma peau. Il lève la tête pour me regarder, et je lis dans ses yeux l'ardeur de son désir. Je plonge mon regard dans le sien pendant qu'il m'embrasse. Le chatouillement d'un baiser léger, simple frôlement de lèvres contre lèvres. Encore.

Et encore.

On ferme les yeux au même moment. Nos langues se rencontrent, sa main agrippe ma hanche. Je défais la fermeture Éclair de son sweat. Il gémit contre mes lèvres et un frisson me parcourt.

Je prends alors conscience, en cet instant merveilleux, terrifiant, que je ne pourrais rien lui refuser.

Rien.

Chapitre 1

Deux mois plus tôt…

Mon téléphone portable bipe dans mon sac à main, un sifflement strident qui rappelle celui d'un train. Je le déniche sous des tubes de baume à lèvres, des tickets de caisse et une serviette en papier du Lone Bean.

C'est un texto de Carlos, mon meilleur ami depuis le collège.

Tu fais quoi ?

Top secret.

J'accompagne mon message de deux émoticônes en forme de fleur, pour illustrer mon propos. Carlos sait pertinemment où je me trouve. Je travaille au Bloom Room, un fleuriste haut de gamme, quatre soirs par semaine après les cours, depuis trois ans.

Tu ne veux même pas assister à au moins UNE des fêtes de Farrah, avant la remise des diplômes ?

Farrah Sullivan organise une fête chaque fois que son père quitte la ville, c'est-à-dire une fois par mois. Et même si c'est un soir de semaine, la majorité des élèves de Pacific Heights s'y rend volontiers pour s'éclater. Non seulement Farrah a une piscine et une table de ping-pong dans son jardin, mais encore la bière — gratuite, cela va sans dire — coule à flots. En réalité, Carlos ne veut pas y aller seul, car Alan Gregory, le garçon pour lequel il craque, sera présent. Alan va à Worther Prep, à Beverly Hills, et tous deux flirtent depuis qu'ils se sont rencontrés à un concert indé à West Hollywood, le mois dernier.

Je soupire en laissant glisser mes coudes sur le comptoir.

Désolée. Tu t'en sortiras bien sans moi, comme toujours.

Je rate toutes les fêtes, les sorties en boîte de nuit, les soirées passées sur la plage de Venice Beach à siroter du rhum, face au coucher du soleil. Parfois, je me dis que c'est un miracle que notre amitié ait survécu si longtemps. Mais Carlos et moi sommes des âmes sœurs. Des âmes sœurs platoniques. C'est moi qu'il appelle, chaque fois que sa dernière relation amoureuse se termine ou qu'il est malade, réclame une pile de magazines people et qu'on lui livre les plats de son restaurant préféré de Santa Monica. En échange, il m'emmène voir des groupes dont je n'ai jamais entendu parler dans des gargotes improbables, les rares soirs où je ne suis pas en train de travailler ou d'étudier. Nous passons des heures à discuter au téléphone, gloussant jusqu'à ce que nous nous endormions, nos téléphones collés à l'oreille.

Il me fait rire. Et je l'empêche de sombrer chaque fois qu'il tombe amoureux du mauvais garçon, ou panique à l'idée de ne pas être admis dans une bonne université. Carlos, c'est mon équilibre. Je n'imagine pas ma vie sans lui.

Mon téléphone bipe à nouveau :

J'AI BESOIN DE MA CHARLOTTE.

Je ris et, sous mon souffle, ma frange effilée se soulève.

Hélas, ta Charlotte a dit à Holly qu'elle ferait la fermeture, ce soir. Amuse-toi pour nous deux. Ça va aller.

Ma vie n'a rien d'excitant : journées en cours, travail quatre jours par semaine chez le fleuriste, stage de recherche à UCLA les jeudis, soirées à étudier dans la bicoque minuscule que je partage avec ma grand-mère, ma sœur aînée et son bébé. La même rengaine hebdomadaire. Non que j'aie choisi d'être la plus grande paria de Los Angeles. Mais je suis déterminée à être la première femme de ma famille à aller à l'université, et je ne veux pas m'égarer comme l'ont fait ma mère et ma sœur : enceintes avant d'avoir vingt ans, et toute une flopée d'ex-petits amis derrière elles. C'est la raison pour laquelle, à dix-huit ans, je n'ai jamais assisté à un bal du lycée, jamais tenu la main d'un garçon dans les couloirs, jamais été embrassée.

Me sentant le dernier des losers, je lance une playlist au hasard sur mon téléphone. Quelques instants après, j'entends les premières notes de *My Girl*, des Temptations, un morceau oldies qui plairait bien à ma grand-mère. J'augmente le volume et commence à préparer les bouquets commandés pour la fête d'anniversaire d'une fillette de huit ans — thématique princesse.

Alors que la musique va crescendo, je me trémousse. J'ai sûrement l'air ridicule, mais peu importe : je suis déterminée à mettre de côté le carcan étroit de ma vie, son absence totale de spontanéité. J'attrape du ruban rose, blanc et jaune ; je jette des paillettes sur les pétales des tulipes, en parsème sur les vases ; je chante au rythme des paroles qui hurlent à travers mon téléphone. Je m'abandonne complètement, au point d'en oublier que je suis au travail.

Je suis toujours à fond dedans, quand je ressens soudain des picotements sur la nuque : quelqu'un m'observe.

Je lève les yeux de la joyeuse pagaille que j'ai semée sur le comptoir et retiens mon souffle.

Un garçon se tient de l'autre côté du comptoir, les mains dans les poches, et me regarde. Je n'ai même pas entendu la porte carillonner quand il est entré. Mortifiée, je me redresse et réalise alors que la bretelle de mon débardeur a glissé, laissant entrevoir mon soutien-gorge rose.

Je me dépêche d'éteindre mon téléphone et le mets dans la poche arrière de mon jean, tandis que l'embarras colore mes joues.

— Je peux t'aider ?

Il m'étudie, ses yeux foncés glissant de la base de mon cou à mon visage, comme s'il avait besoin de réfléchir à la question.

— Je cherche des fleurs, répond-il finalement.

Il est canon : des pommettes saillantes, des lèvres joliment dessinées… lèvres sur lesquelles je m'attarde un peu trop longtemps.

— Tu sais ce que tu veux, exactement ?

J'essaie de me rappeler les questions que je pose habituellement aux clients, pendant que mes yeux continuent de le passer discrètement en revue : jean déchiré, crâne rasé, allure légèrement débraillée. On devine ses muscles sous les manches de son T-shirt en coton et son torse large, puissant. Précisément le genre de physique que Carlos aime pointer du doigt dans les rues de L. A. Celui des mecs qui sortent de la salle de sport, des boîtes de nuit, ou qui font du jogging le long de Sunset Boulevard : grand, musclé, élancé.

Non pas que j'aie remarqué quoi que ce soit.

Je cligne des yeux et me concentre à nouveau sur son visage, priant pour qu'il ne note pas mes joues brûlantes. Il a l'air sur la défensive, comme s'il m'avait surprise en train de le jauger et attendait le verdict.

— Pas encore, murmure-t-il après un moment.

— Suis-moi, dis-je, sortant de derrière le comptoir.

Il garde ses distances tandis que nous nous dirigeons vers l'arrière de la boutique, où sont entreposés les roses, les lis et les bouquets que viendront chercher les clients ou qui seront chargés dans l'un des camions de livraison de Holly.

Je me rapproche de la chambre froide, essayant de ne pas laisser mes yeux s'attarder trop longtemps sur son visage. Ignorer les garçons attirants demande toute une discipline, mais je suis devenue experte en la matière. Pourtant, il y a quelque chose chez lui qui me déstabilise et fait ressortir ma maladresse.

— Les roses sont toujours une valeur sûre !

Des fleurs, son regard revient vers moi. Il hésite, les lèvres pincées. Je connais bien cette attitude, j'y fais face fréquemment : le garçon a besoin d'un bouquet pour l'anniversaire de sa petite amie, de leur rencontre, ou pour s'excuser de quelque chose, mais ne sait pas du tout quelle couleur choisir, ni combien de fleurs acheter, si elles doivent être enveloppées ou présentées dans un vase. Ensuite, il se triture l'esprit au comptoir pour trouver le message idéal à inscrire sur la petite carte qui accompagnera son présent.

J'ai conscience qu'il m'observe, mais je ne peux cependant m'empêcher de lui lancer un regard à la dérobée. Je ne sais pas si c'est les traits de son visage, la structure parfaite de sa mâchoire, la lueur ténébreuse de ses yeux qui m'interpelle, mais il me paraît vaguement familier. Peut-être va-t-il au même lycée que moi : l'un de ces garçons torturés qui fument des cigarettes à la pause, sur le parking.

N'y tenant plus, je finis par demander :

— On se connaît ?

Instantanément, je regrette mes paroles : s'il est effectivement dans mon lycée, je préférerais qu'on prétende ne pas se connaître, en se croisant dans les couloirs, histoire d'éviter le signe de tête et le sourire gênés qu'on se sentirait obligés d'échanger.

Il se balance sur ses pieds, les mains toujours dans les poches, comme s'il attendait que je réponde à ma propre question. Le silence s'installe entre nous. Tandis que j'essaie de cacher ma gêne grandissante, lui semble amusé.

Mon téléphone siffle de la poche arrière de mon jean. Une fois, deux fois.

— Tu es populaire, dit-il, en levant le sourcil.

— Pas vraiment. J'ai juste un meilleur ami, comment dire… très têtu.

Je sors le téléphone rapidement, le mets sur vibreur.

— Tu peux répondre, ne te gêne pas pour moi.

— Pas la peine. Il insiste pour que je l'accompagne à une fête.

— Et tu ne comptes pas y aller ?

Je secoue la tête.

— Non. Je dois faire la fermeture de la boutique.

— Et ensuite ?

Il incline légèrement la tête et je jurerais que je le connais. Pourtant, quelque chose me dit que je ne devrais pas m'obstiner.

— J'ai des devoirs, je réponds vaguement.

— Tu ne t'autorises même pas une virée d'un soir ?

Je l'observe, étonnée qu'il insiste.

— Si je ne veux pas travailler chez ce fleuriste pour le restant de mes jours, non.

Encore une lueur amusée dans son regard… Il esquisse un sourire. Une fossette se dessine sur sa joue gauche.

— Quelle est ta préférée ? demande-t-il enfin, brisant le silence.

— Ma préférée ?

Il pointe du menton les étagères.

— Ta fleur préférée.

— Je n'ai pas vraiment…

— Tu en as forcément une, me coupe-t-il, faisant réapparaître brièvement la fossette. Tu travailles chez un fleuriste. Tu es *entourée* de fleurs.

— Oui mais… je ne pense pas que ce soit ce que tu cherches.

Il plisse les yeux, intrigué.

— Une bonne vendeuse ne dirait pas ça.

J'examine les seaux de fleurs qui explosent de mille couleurs autour de nous : orchidées vibrantes et lis parfumés ; hortensias et pivoines qui ne sont jamais de saison mais toujours populaires. Ainsi que les variétés plus rares : campanules, renoncules, dahlias et camélias.

— Si tu veux tout savoir… J'aime les roses violettes.

Il se rapproche, si près que je pourrais presque le toucher, si j'en avais envie.

— Pourquoi ?

— Elles symbolisent l'amour éphémère.

— Éphémère ? C'est un peu pessimiste, tu ne crois pas ?

— Non, pas pessimiste, réaliste. L'amour éphémère est moins rare que l'amour qui dure toute une vie.

Il ne répond pas immédiatement et, l'espace d'un instant, je me demande de quoi nous sommes réellement en train de parler.

— Pourquoi quelqu'un voudrait-il offrir des roses violettes ? reprend-il, dubitatif.

— C'est la seule rose qui n'essaie pas de se faire passer pour ce qu'elle n'est pas. Elle est authentique, belle et, pourtant, personne ne la choisit jamais.

Je me sens rougir davantage en réalisant que je viens d'en révéler beaucoup plus que je n'en avais l'intention. Je me retourne vers la chambre froide, faisant semblant de vérifier qu'elle est bien fermée, pour me donner une contenance.

— Va pour la violette, alors.

Il me faut quelques secondes pour me ressaisir.

— OK, super. Combien ?

— Qu'est-ce que tu en penses ?

— Une douzaine ?

— Tu n'es pas une si mauvaise vendeuse que ça en fait, déclare-t-il, l'air amusé.

Nous retournons vers le comptoir. Il dégage une odeur fraîche, plaisante.

Il me regarde, tandis que j'entre sa commande dans l'ordinateur. Levant la tête de l'écran, je m'enquiers :

— À quel nom ?

— Pardon ?

— Ton nom. J'en ai besoin pour la commande.

Il me gratifie d'un sourire en coin, comme s'il détenait un secret qu'il n'avait pas envie de partager, puis lâche finalement :

— Tate.

Je termine la commande, compte les billets qu'il me tend et lui rends sa monnaie. Mais, au lieu de la ramasser, il tend la main vers moi, réduisant l'espace entre nous. Ses doigts frôlent ma joue, juste sous l'œil gauche.

Le souffle court, je m'apprête à lui demander ce qu'il fabrique, quand il retire sa main et l'agite devant moi.

— Des paillettes, explique-t-il.

— Quoi ?

Je louche sur ses doigts : l'extrémité de son pouce et de son index scintille. Des paillettes. *Bien sûr.* Les décorations de la fête d'anniversaire !

— Merci, dis-je, les joues en feu.

Il me lance un sourire, franc cette fois.

— Ça t'allait bien.

Je secoue la tête, au comble de l'embarras.

Qu'est-ce qui cloche chez moi, ce soir ?

— Si tu as quelques minutes, je peux préparer le bouquet maintenant. Tu peux également le récupérer demain. On peut aussi te les faire livrer.

— Demain.

Il empoche la monnaie.

— Je viendrai les chercher.

— Elles seront prêtes à partir de 10 heures.

Avant de pouvoir me retenir, je poursuis :

— J'espère qu'elles plairont à ta petite amie.

Son regard s'adoucit.

— Je n'ai pas de petite amie…

Il marque une pause et ajoute :

— … Charlotte.

Je déglutis péniblement tandis qu'il s'éloigne du comptoir, et se dirige vers la sortie.

Comment connaît-il mon prénom ?

Puis mes doigts tombent sur le badge accroché à mon débardeur, où le mot « CHARLOTTE » est inscrit en lettres blanches.

Évidemment.

Il s'arrête, la main sur la poignée. Une partie de moi — la moins raisonnable — souhaite qu'il se retourne. Mais il se fond dans l'obscurité naissante, tandis que j'agrippe le bord du comptoir et me repasse en boucle le son de sa voix qui prononce mon prénom.

Chapitre 2

Le lendemain, pendant le cours d'anglais, quelqu'un frappe à la porte de la salle de classe. Tout le monde se redresse sur son siège.

M. Rennert, qui enseigne la littérature au lycée de Pacific Heights depuis avant la naissance de ma grand-mère, soupire et laisse tomber le marqueur sur son bureau.

— Entrez.

La porte s'ouvre. Misty Shaffer, une élève de première aux cheveux coupés court à la garçonne et au sourire perpétuel qui montre ses bagues, entre dans la salle. Je m'attends à ce qu'elle ait un papier à la main, une note personnelle à distribuer à l'un des élèves. Mais, au lieu de ça, elle tient un énorme bouquet de roses.

De roses violettes.

Une rangée plus loin, Lacy Hamilton et Jenna Sanchez s'exclament de surprise, le visage plein d'espoir. Ça commence à papoter au fond de la salle.

— Silence ! Vous êtes toujours dans mon cours, prévient M. Rennert de son ton sec habituel. Mademoiselle Shaffer, vous semblez perdue. La dernière fois que j'ai vérifié, j'enseignais la littérature, pas l'introduction à la botanique !

— Consigne du secrétariat, M. R., répond Misty sans se

démonter, passant devant lui. Le livreur a dit que ça ne pouvait pas attendre.

Le temps semble ralentir tandis qu'elle descend la rangée. Je me dis qu'elle va s'arrêter au bureau de Jenna et, à voir son expression, Jenna pense la même chose. Mais Misty stoppe devant moi, le visage presque entièrement caché par le bouquet.

Interdite, je cligne des yeux, le crayon immobilisé sur le croquis de plante grimpante à moitié terminé que j'étais en train de dessiner dans la marge de mon cahier.

— Charlotte, annonce-t-elle d'un air solennel.

Elle me tend les roses — les pétales violets presque de la même couleur que son appareil dentaire — et je ne réagis pas, trop ébahie pour avoir le réflexe de soulever les mains pour les lui prendre.

Impossible.

Carlos, assis à côté de moi, me donne un coup de coude pour me faire réagir. Toute la classe m'observe, y compris M. Rennert, qui ne dissimule pas son agacement. Je me dépêche de saisir le bouquet, et le pose sur mon bureau. Misty reste plantée là, les yeux grands ouverts, comme si elle attendait que je lui apprenne le nom de l'expéditeur.

— Merci, mademoiselle Shaffer, vous avez rempli votre mission. Peut-être est-il temps de me laisser remplir la mienne ?

M. Rennert observe les fleurs, tandis que j'essaie de me rendre invisible.

Misty se retourne avec un dernier sourire, et repart aussi sec.

— Le spectacle est terminé. On se reconcentre, ajoute M. Rennert, reprenant le marqueur.

Mais, à cet instant, la sonnerie retentit du haut-parleur situé au-dessus de la porte, et tout le monde se lève. M. Rennert lance un regard furieux en direction du bouquet, puis vers moi.

Je me lève lentement, comme si la gravité était trop forte. Je suis incapable de parler. J'arrive à peine à faire abstraction des murmures et des regards appuyés des élèves qui me dépassent en sortant. Jenna Sanchez me jette un dernier regard par-dessus son épaule. L'incrédulité se lit sur son visage. Je parie que la même expression est affichée sur le mien.

— Qu'est-ce que tu me caches ? demande Carlos, le ton presque accusateur.

Nous n'avons pas de secrets l'un pour l'autre ; je n'ai jamais rien eu à lui cacher.

L'effervescence du couloir nous engloutit. Sacs à dos et épaules s'écrasent contre moi, tandis que je me fraie un passage dans la foule, Carlos sur les talons.

— Qui t'a envoyé ces fleurs ?

Les doigts tremblants, j'extrais la carte du centre du bouquet et examine l'enveloppe. Je reconnais la fine bordure dorée : pas de doute, les fleurs viennent de notre boutique. L'enveloppe porte l'inscription *Charlotte* en lettres simples. La carte minuscule glisse facilement de l'enveloppe, accompagnée de paillettes qui me collent aux doigts et tombent jusqu'au sol, saupoudrant le dessus de mes ballerines bleu marine.

Car les roses ne devraient pas essayer d'être ce qu'elles ne sont pas.

— Hmm… Tu m'expliques ? demande Carlos, lisant par-dessus mon épaule, et repoussant de son front ses cheveux bruns.

Il fait bien trente centimètres de plus que moi et, quand il se tient debout bien droit, le haut de ma tête pourrait s'encastrer sous son menton.

— Et c'est quoi, le délire avec les paillettes ?

Je replace la carte dans l'enveloppe, le cœur cognant dans la poitrine. *Tate.* Il a acheté ces fleurs pour moi. Qui est assez fou pour offrir des roses à une fille qu'il ne connaît pas ? Et comment a-t-il su dans quel lycée j'étais ?

Carlos agite une main devant mon visage.

— Allô ? Ici la Terre ! Est-ce que ma petite Charlotte s'est enfin trouvé un admirateur ?

— Bien sûr que non !

Mais une vague de chaleur m'envahit.

— C'est juste un mec qui est passé à la boutique, hier.

La bouche de Carlos forme un « O » de surprise, révélant le léger espace entre ses deux dents de devant.

— Attends… Tu l'as rencontré *hier*, et il t'envoie déjà des fleurs ?

Il caresse l'un des bourgeons délicats, sa bague vintage noire — dégotée dans un vide-grenier deux mois plus tôt — dessinant un vif contraste sur les pétales violets.

Carlos change de style tous les mois. Aujourd'hui, il porte un blazer à chevrons par-dessus un T-shirt gris et des mocassins à motif écossais empruntés à son père.

— Je ne sais même pas comment il a su où me trouver, dis-je.

— Attends, rembobine. Reprends depuis le début. Il était mignon ou il avait l'air louche ?

Je fronce les sourcils au souvenir de son visage symétrique, de ses yeux ténébreux et de la manière détendue dont il s'est penché par-dessus le comptoir pour retirer les paillettes de ma joue.

Mon expression doit me trahir, car Carlos enchaîne avec un grand sourire, passant un bras par-dessus mon épaule :

— OK, donc il était mignon. C'est pas grave, Charlotte, tu as bien le droit de trouver un mec mignon. C'est pas ça qui va ruiner ta vie.

Je lui jette un regard noir.

— Si tu veux tout savoir, il était même carrément mignon, mais…

— Tu entends quoi exactement par « carrément mignon » ? Super canon ? Beau à tomber par terre ? Totalement baisable ?

Comptez sur lui pour faire preuve d'enthousiasme.

Je continue, ignorant son intervention.

— … *Mais* c'est arrogant de sa part de m'envoyer des fleurs, alors que je ne le connais même pas.

— Ouais, peut-être qu'il est un peu trop sûr de lui…, acquiesce Carlos, faisant tourner le verrou du casier qu'on partage.

Chaque année, une fois que nos casiers nous ont été assignés, nous choisissons celui des deux qui est le mieux situé et le moins bousillé, pour en faire notre base d'opérations. Cette année, notre casier a seulement deux bosses de la taille d'un coude dans la porte et le verrou marche six fois sur dix.

Le lycée est sévèrement surpeuplé, en manque de moyens, et beaucoup moins glamour que son nom le laisse penser. Il n'y a aucune vue sur l'océan Pacifique. Il est situé en plein centre d'Hollywood, au milieu des hordes de touristes et entouré d'immeubles. Tous les lycées huppés et académiquement supérieurs sont plus à l'ouest, à proximité de l'océan. Qu'est-ce que je ne donnerais pas pour en fréquenter un !

— Mais ne te venge pas sur les fleurs, ajoute Carlos.

Je balance l'imposant bouquet dans le casier, essayant de

paraître indifférente, même si je fais attention de ne pas plier ou fendre la moindre tige.

— Changement de sujet. Parle-moi de la fête d'hier soir… Est-ce que tu y as vu Alan Gregory ?

Le regard qu'il me lance signifie clairement qu'il n'est pas dupe ; il accepte néanmoins la diversion.

— Échec total. Alan m'a envoyé un texto pour me dire qu'il devait réviser pour un contrôle de physique et qu'il ne pouvait donc pas venir. Alors, j'ai quitté la fête plus tôt et suis rentré pour regarder de vieilles rediffusions de *Saturday Night Live* sur mon ordi.

Je passe le bras sous le sien.

— Tant pis pour lui ! Peut-être qu'il t'appellera pour te proposer un rendez-vous ce week-end.

— Peut-être.

Il hausse les épaules.

— Et peut-être que M. Sexy et Mystérieux t'enverra une autre douzaine de roses demain.

— Ne nous emballons pas.

C'était déjà suffisamment embarrassant aujourd'hui.

— Eh, écoute…

Il pile au bout du couloir, forçant Sophie Zines à nous contourner. Sophie est belle, dans un style très apprêté : elle arbore toujours un maquillage, des cheveux et des vêtements parfaits. Je me suis toujours sentie banale et quelconque à côté de personnes comme elle, silhouette de carton, fade et terne. Mes vêtements viennent tous de friperies ou m'ont été donnés par ma sœur. Heureusement, Carlos m'aide à orienter mes choix vestimentaires. Quand bien même, je ne peux rivaliser avec les Sophie de ce monde.

— J'aime ma gentille Charlotte comme elle est, dit-il, très sérieux. La vierge éternelle.

Je grimace, coulant un regard vers Sophie, qui nous a dépassés. J'espère qu'elle n'a pas entendu. Ça ne gêne peut-être pas Carlos de discuter de ma vie sexuelle — ou plutôt de mon absence de vie sexuelle — en public, mais moi… si.

— Pas éternelle, je corrige doucement. J'attends juste d'avoir terminé la fac.

— Ouais, donc jusqu'à la fin des temps…

— Arrête, dis-je, secouant la tête, un sourire aux lèvres malgré moi.

— Tu es une vraie sainte, Charlotte Reed ! C'est une chose que j'adore chez toi.

Nous poussons les lourdes doubles portes de l'entrée. Il fait beau. La pelouse principale est parsemée de groupes d'élèves assis sur l'herbe roussie par le soleil ou sur les bancs bleus aux couleurs fanées par le temps.

— Mais un jour…, ajoute Carlos, levant une main en visière pour balayer la pelouse du regard.

— Un jour quoi ?

— Tu tomberas follement amoureuse d'un homme aux abdos dignes d'un dieu grec, et je ne serai pas capable de t'arracher à lui.

— *Ça*, c'est le garçon de *tes* rêves, je réponds du tac au tac, lui serrant le bras.

Moi, aucun garçon n'envahit mes pensées.

Il me fait un clin d'œil et me guide à travers la pelouse vers notre coin déjeuner habituel.

— Tu verras, mon innocente et chaste Charlotte. Un jour, tu rencontreras quelqu'un qui mettra ton monde parfait sens dessus dessous.

Chapitre 3

Notre minuscule maison de plain-pied sur Harper est nichée entre deux palmiers imposants et mourants, en retrait de la rue. Une Buick posée sur des blocs de ciment rouille sur place depuis des années, dans le jardin du voisin. Un chien aboie derrière un grillage deux maisons plus haut, et une alarme hurle dans une rue adjacente. Et pourtant, à cinq pâtés de maisons de là, les touristes convergent vers Sunset Boulevard. Après avoir photographié les étoiles dorées gravées sur le pavé d'Hollywood Boulevard, ils prennent des bus à étage pour voir les maisons des stars du rock, du cinéma, de la télé-réalité, en haut, dans les collines. Un lieu si proche, presque palpable, et pourtant c'est un univers complètement différent du quartier dans lequel je vis, délabré, ses peintures écaillées, ses pelouses brûlées par le soleil.

La maison est silencieuse quand je rentre. Je déballe le bouquet au-dessus de l'évier de la cuisine, retire la cellophane et dispose les fleurs dans un vase d'eau tiède. Leur beauté ressort encore plus, ici, à la maison, leurs pétales doux comme une bouffée de printemps contre les murs d'un jaune miteux.

— Qui te les a données ?

La voix de ma sœur s'élève de l'arche séparant la cuisine du salon. La maison, étouffante, est composée de trois chambres étroites, d'un coin salon/cuisine et d'une salle de bains minuscule.

Quand je me rase les jambes le matin sous la douche avant les cours, je suis obligée d'appuyer une jambe contre le rebord du lavabo pour garder l'équilibre.

— Personne, je réponds, en posant le vase au centre de la table de la cuisine.

Bébé Leo est perché sur la hanche de Mia, et ses petits doigts agrippent son chemisier blanc, taché d'une mixture gluante. Elle s'approche, et je chatouille le menton de mon neveu.

— Elles sont plus jolies que celles que tu rapportes d'habitude.

— C'est une commande que personne n'est venu chercher.

La facilité avec laquelle je mens me surprend. Je ne le fais jamais, d'ordinaire ; je n'en ai pas l'occasion. J'attends que Mia s'en rende compte, me demande comment je peux rapporter des fleurs à la maison, alors que je ne suis pas encore allée au travail. Mais elle joue avec le fin duvet de Leo, les roses déjà oubliées.

Elle le soulève de sa hanche et le petit tourne ses yeux bleus vers moi, me gratifiant d'un sourire tout en gencives. Je le lui prends des bras et regarde Mia, qui se passe la main dans ses cheveux ondulés d'un geste épuisé. On dirait qu'elle n'a pas eu un moment pour elle de la journée, sans Leo dans les bras. Ses yeux cernés trahissent un manque de sommeil et, l'espace d'un instant, j'ai l'impression de voir mon reflet. Mia a deux ans de plus que moi et, bien que nous n'ayons pas le même père, on pourrait presque passer pour des jumelles, avec nos yeux verts et nos cheveux couleur caramel.

— Je ne sais pas pourquoi tu portes encore ce truc, lance-t-elle en se dirigeant vers le réfrigérateur.

— Quoi ?

Je fais sautiller Leo et souris en l'entendant gazouiller.

J'enfouis le nez contre son cou et inspire son odeur douce et sucrée de bébé, mélange de talc et de lait infantile. À bientôt huit mois, il est vif et joueur, et tend les mains pour attraper une mèche de mes cheveux, les jambes frétillant de joie. Il crie comme un diable quand il a besoin d'une sieste, remplissant la maison de ses hurlements outrés : même Carlos prêche la sagesse de l'abstinence, chaque fois qu'on le garde. Mais j'ai beau voir combien avoir un bébé a bouleversé la vie de ma sœur, je ne peux imaginer la maison sans lui, sans ses joues roses, ses petits doigts collants et ses gloussements, quand il est assis sur sa chaise haute, le matin au petit déjeuner. Je l'adore plus que je ne saurais le dire.

— La bague de maman.

Mia ouvre une cannette de Coca light et pointe du menton ma main gauche, où la bague turquoise a légèrement glissé. Mon père l'a offerte à notre mère quand ils ont commencé à sortir ensemble et elle me l'a donnée une fois que j'ai été assez grande pour ne pas la perdre.

— Ça m'aide à me souvenir d'elle, dis-je, même si ce n'est pas toute l'histoire, Mia le sait bien.

C'est plutôt un souvenir de la tournure qu'a prise sa vie — tomber éperdument amoureuse, encore et encore, ses plus belles années derrière elle —, et une façon de me rappeler que j'aspire à un avenir différent.

Grand-mère passe la porte d'entrée, deux sacs de provisions en équilibre dans les bras.

— Bonjour, les filles. Ah, voilà mon petit homme !

Elle embrasse Leo sur le dessus de la tête. Il lui répond par un sourire baveux.

— Jolies fleurs, Charlotte, ajoute-t-elle, s'arrêtant pour les sentir, tandis qu'elle passe devant la table.

Je me raidis, m'attendant à être interrogée, mais elle vide déjà sur le plan de travail le contenu des sacs réutilisables vert et blanc, avec son habituelle efficacité.

Quand nous étions plus jeunes, Carlos l'a surnommée « Grand-mère Garbo » d'après l'éblouissante Greta Garbo, actrice de cinéma et star d'Hollywood dans les années 1920 et 1930. Grand-mère a toujours adoré cette comparaison. En la regardant, il est facile de voir d'où lui vient ce surnom. Ses cheveux auburn foncé tombent en cascade sur ses épaules, sa silhouette est toujours mince, son visage dénué de rides. Contrairement aux autres grands-mères, elle ne fait pas du tout son âge. Sous le col blanc impeccable de la tenue de femme de ménage qu'elle porte, j'aperçois son collier en or préféré, celui qu'elle a reçu comme cadeau de mariage de sa belle-mère, quand elle a descendu l'autel, à dix-sept ans. Elle était enceinte de six mois et demi lorsqu'elle a épousé mon grand-père — car c'était la chose à faire, à cette époque. On épousait l'homme dont on portait l'enfant. Mais ils n'ont jamais eu de lune de miel, n'ont même jamais fêté leur premier anniversaire de mariage. Il l'a quittée peu après la naissance du bébé — c'est-à-dire ma mère.

Et, comme frappées d'un tragique coup du sort, toutes les femmes de ma famille ont commis la même erreur. À dix-sept ans, notre mère est tombée enceinte de Mia. Léo est né avant même que Mia ait obtenu son diplôme d'études secondaires. Je déjoue déjà le destin rien qu'en ayant atteint mon dix-huitième anniversaire sans avoir eu d'enfant.

Grand-mère range deux boîtes de céréales dans le placard, plie les sacs de courses, puis sort une carafe d'eau du réfrigérateur. Elle prend un verre du placard et se sert, glissant une rondelle de citron dans son verre au dernier moment.

— Il y a du chili au frigo pour le dîner. Je serai de retour à 22 heures, dit-elle.

— Tu travailles, ce soir ? demande Mia.

Grand-mère passe de longues heures à nettoyer des bureaux en ville, et rentre souvent tard. Elle est peut-être jeune pour une grand-mère, mais, à son âge, elle ne devrait pas tirer de lourds chariots de nettoyage dans les couloirs ou se pencher par-dessus un aspirateur pendant des heures. Pourtant, elle refuse de me laisser participer aux dépenses du foyer avec mes salaires du Bloom Room. Elle dit que tout ce que je gagne doit servir pour l'université. Et chaque fois que je proteste au sujet de ses horaires à rallonge, alors qu'il est évident qu'elle est épuisée, que son corps lui fait mal, elle balaie mes inquiétudes d'un geste.

« Comment crois-tu que je conserve la ligne ? Ce boulot me garde jeune ! »

— Amelia est malade, alors je la remplace, explique-t-elle.

Si l'idée de passer cinq heures de plus debout la chagrine, elle ne le montre pas.

— Mais j'ai déjà fait des projets ! gémit Mia. Mon rendez-vous passe me prendre dans une heure.

Je me demande comment elle peut vouloir sortir, compte tenu des cernes sous ses yeux.

— Je suis désolée, ma chérie, dit grand-mère, la voix légèrement tendue. Je pourrai le garder demain.

Elle remet la carafe au réfrigérateur et tend les bras pour me prendre un Leo qui gigote.

Bien qu'elle désapprouve les erreurs de Mia — principalement être tombée enceinte si jeune —, elle aime Leo tout autant que moi. Et elle essaie d'aider Mia en le gardant chaque fois qu'elle le peut, pour que ma sœur puisse sortir de la maison quand elle ne supporte plus de rester enfermée. Ce qui arrive un peu trop fréquemment.

— On va voir un groupe en concert. Ils ne jouent pas demain.

Grand-mère soupire et secoue la tête. Mia se tourne alors vers moi.

— Charloootte… S'il te plaît ? Ce mec me plaît vraiment !

— Je ne peux pas, Mi. Je dois être au boulot dans vingt minutes.

J'en ressens un pincement de culpabilité. Peut-être que je devrais aider ma sœur, me faire porter pâle. Mais c'est sûrement mieux si Mia reste éloignée des garçons quelque temps. N'est-ce pas comme ça que tout a commencé ? Un coup d'un soir non protégé, la grossesse qui en a résulté, et le type disparaissant de sa vie aussi rapidement qu'il y était entré.

Les lèvres pincées, Mia pivote sur elle-même, retourne dans sa chambre et claque la porte derrière elle.

Grand-mère enfouit le nez dans le cou de Leo, occupé à essayer de mettre son collier dans sa bouche, et me lance un sourire qui se veut rassurant.

— Elle est juste contrariée, murmure-t-elle. Ce n'est pas facile avec le bébé.

— Je sais.

Mia était mon univers, ma meilleure amie. Nous étions les seules planètes dans l'orbite l'une de l'autre. Nous nous étions même trouvé des surnoms, elle, la Reine des fleurs, moi, la princesse Coquelicot. Nous étions tout l'une pour l'autre. Mais aujourd'hui, Mia s'entiche de n'importe quel garçon qui dit l'aimer et lui donne de l'argent pour acheter des couches et de nouveaux vêtements. Ils ne s'en rendent pas compte, mais elle se sert plus d'eux qu'ils ne se servent d'elle.

Je coule un regard vers la porte de sa chambre et me demande, pour la énième fois, comment nous pouvons être si différentes.

C'est une soirée calme à la boutique et je contemple le coucher du soleil par la vitrine, le ciel se fondant dans un dégradé de rose et d'orange. Je jette un œil à ma montre : voilà déjà dix minutes que j'aurais dû fermer.

Holly est partie il y a une demi-heure. Nous avons passé presque toute la soirée à discuter de mon mystérieux admirateur.

Elle avait reçu un appel, peu après l'ouverture de la boutique, pour que le bouquet de roses violettes soit livré dès que possible à Charlotte Reed, au lycée de Pacific Heights. Elle avait passé le reste de la journée à ronger son frein, attendant que j'arrive pour me poser mille et une questions à propos du garçon qui m'avait envoyé les fleurs.

Elle est au courant, pour ma règle anti-flirt. Elle sait que je n'ai jamais eu de petit ami. Mais c'est une incorrigible romantique et elle voulait tous les détails — ce qu'il portait, ce qu'il a dit *exactement*, ce que j'ai ressenti quand j'ai vu les fleurs arriver dans la salle de classe. Je crois qu'elle ne m'a pas crue, lorsque je lui ai répondu que j'en avais été agacée.

Je me lève du tabouret, marche vers la vitrine et retourne la pancarte « FERMÉ ».

Je m'apprête à attraper mon sac à main et mes clés quand le carillon au-dessus de la porte d'entrée sonne derrière moi.

— Désolée, nous sommes fermés, dis-je.

Je me retourne pour reconduire poliment le client, mais m'immobilise sur place.

— J'ai toujours eu un mauvais timing.

Tate se tient les mains dans les poches, un sourire en coin sur les lèvres.

— Qu'est-ce que tu fais là ?

— Je voulais te voir.

Je respire profondément par le nez, mon cœur battant de manière erratique.

— Tu n'aurais pas dû m'envoyer ces roses, aujourd'hui.

— Pourquoi pas ?

La question flotte dans l'air entre nous. Il me dévisage et c'est comme si, d'un simple regard, il pouvait toucher ma peau. Il me déstabilise. Et je déteste la partie de moi qui aime ça ! J'ai déjà eu affaire à des garçons comme lui à la boutique — des garçons qui semblent attendre que je me pâme d'admiration devant eux, s'imaginent qu'ils peuvent me faire perdre mes moyens d'un simple regard, mais ça n'a jamais eu d'effet sur moi. Ça ne devrait pas être différent avec Tate. Il *n'est* pas différent.

Alors, pourquoi est-ce que j'ai l'impression de ne pas pouvoir respirer quand il se tient si près ?

— Tu ne me connais même pas, dis-je avec effort.

— Je sais que tu aimes les roses violettes.

— C'est un détail, ça ne signifie rien.

Je jette un coup d'œil vers le comptoir, espérant une distraction, mon téléphone qui se mettrait à sonner comme par magie... Mais je n'ai pas cette chance. J'inspire et me retiens d'enrouler une mèche de cheveux autour de mon doigt.

— La plupart des filles aiment les garçons qui remarquent les détails.

Il lève un sourcil, et enfonce les mains plus profondément dans ses poches.

Je grince des dents de frustration.

— Je ne suis pas la plupart des filles.

— Non, répond-il, et la fossette réapparaît. Ça, j'ai remarqué.

— Et tu es là parce que… ?

— Sors avec moi, déclare-t-il de façon inattendue.

Complètement prise au dépourvu, je recule d'un pas.

— Quoi ?

— Tu as dit que je ne te connaissais pas. Accepte un rendez-vous, que je puisse apprendre à te connaître.

Sa voix est profonde, provocante, et ses yeux glissent sur moi, à travers moi, me mettant à nue. Il est habillé presque à l'identique d'hier : jean délavé et T-shirt blanc uni. Mais, à son poignet gauche, il porte une montre en argent dont je ne me souviens pas. Elle a l'air d'avoir coûté une fortune.

— Je…

Je ne finis pas ma phrase, mon esprit est incapable de former les mots. Et une pression que je ne peux expliquer naît dans ma poitrine. J'aimerais qu'il s'en aille.

Mais il ne part pas. Il se rapproche, même, sans cesser de me fixer, et s'arrête à quelques centimètres de moi. Ma peau me fait l'effet d'un morceau de verre qui se fissure et se brise, juste sous la surface.

Le moment est interrompu par une voiture qui klaxonne dans la rue. Il regarde par-dessus son épaule juste comme un camion s'éloigne du trottoir. L'espace d'un instant, il a l'air mal à l'aise, puis son assurance et sa nonchalance reprennent le dessus.

— Je veux t'inviter à sortir, insiste-t-il.

Je ne peux nier le frisson d'excitation qui me parcourt. Mais je croise les bras, les poings serrés, ordonnant à mon corps de ne pas me trahir.

— Non.

Le mot est dur dans ma gorge.

— Je dois faire la fermeture et ensuite rentrer.

Je me force à rencontrer son regard, pour bien lui montrer que je ne plaisante pas.

La fossette réapparaît une seconde, comme s'il trouvait ça drôle. Ou peut-être qu'il aime les défis. J'imagine qu'on ne doit pas lui dire non très souvent.

Il consulte sa montre, puis se dirige vers la porte.

— Bonne soirée alors... Charlotte, dit-il, et sa voix serpente autour de chaque lettre.

Le souffle coupé, je le regarde sortir et se fondre dans la nuit.

Carlos pousse un cri strident.

— Il t'a invitée à sortir ?

Je grimace et me ratatine sur ma chaise.

— Dis-le plus fort, la prochaine fois. Je crois qu'ils ne t'ont pas entendu, à Orange County.

Nous sommes dans la salle informatique de Mme Dixon, où le comité de rédaction du journal du lycée se réunit une fois par semaine, après les cours, le mercredi. Carlos écrit un article sur le sycomore, près de l'entrée ouest. L'arbre meurt lentement à cause des élèves qui sculptent leurs noms sur le tronc. Pendant la pause-déjeuner, j'ai utilisé le vieil appareil du lycée pour prendre des photos et documenter les cœurs et les noms gravés dans l'écorce : *Weston aime Cara. TM + AY*, dont tout le monde sait qu'il s'agit de Toby McAlister et Alison Yarrow, leurs noms éternellement gravés, bien qu'ils ne soient sortis ensemble que deux semaines et se détestent depuis.

— Désolé, dit Carlos, qui n'a pas l'air désolé du tout. Mais ma meilleure amie vient d'être invitée par M. Grand, Ténébreux et Délicieux. Je pense que j'ai le droit de vivre l'instant à fond.

— Je te rappelle que j'ai décliné.

Installée à l'un des ordinateurs contre la rangée de fenêtres donnant sur la rue, je trie les photos que j'ai prises à la pause, mais l'écran n'arrête pas de planter et j'ai déjà dû redémarrer deux fois. La salle informatique est un autre exemple du cruel manque de fonds du lycée. Mais travailler pour le *Banner* est bénéfique pour ma candidature à Stanford. Du moins, c'est pour ça que je me suis inscrite, au début, mais ça commence à me plaire. Même si prendre des photos est plus anonyme qu'écrire des articles, j'ai parfois l'impression que c'est plus important, comme si une seule photo pouvait en dire davantage qu'un article de quatre cents mots.

— Et tu ne comprends pas pourquoi je m'inquiète ! soupire Carlos. Qu'est-ce qu'il a dit d'autre ?

— Rien. Je lui ai demandé de partir.

— Tu as fait quoi ?

Il me dévisage comme si j'étais folle.

— C'était l'heure de fermer la boutique.

Je suis sur la défensive et je déteste ça. Je ne devrais pas douter de moi ; je sais que j'ai agi comme il le fallait. Mieux vaut mettre les choses au clair tout de suite pour éviter qu'il nourrisse de faux espoirs, revienne et continue d'insister. Bon, j'ai été un peu brusque, et alors ?

— Je ne crois pas que tu saches ce dont tu as besoin, marmonne Carlos.

Je lui lance un regard mauvais qui le laisse imperturbable.

— À quel point était-il craquant, cette fois ?

Je hausse une épaule et remue la tête, ignorant la fulgurante vague de chaleur qui m'envahit.

— Admets-le, reprend Carlos, pivotant sur sa chaise pour me faire face. Tu le trouves carrément sexy.

— Ça n'a aucune importance et tu le sais. J'ai atteint la terminale sans me laisser distraire par un mec. Hors de question que ça m'arrive maintenant.

Ce n'est pas comme si je n'avais jamais craqué pour un garçon. L'année dernière, je retenais mon souffle chaque fois que la main d'Edgar Hoyt, mon binôme en cours de chimie, frôlait la mienne par accident. Carlos ne comprenait pas pourquoi je le trouvais charmant, mais il y avait quelque chose chez lui — ses lunettes carrées à monture foncée, son nez aquilin et ses bras musclés laissant penser qu'il n'était pas seulement un intello — qui me séduisait. Ça n'avait pas d'importance, de toute façon. J'ai décidé de rester célibataire. Je ne veux pas qu'un béguin stupide détruise tout ce pour quoi j'ai travaillé si dur.

— OK, mais pour que les choses soient claires : tu penses quand même qu'il est canon à tomber par terre ?

Je soupire. Il n'abandonnera pas, tant que je ne lui aurai pas donné quelque chose.

— On peut dire ça, ouais…

Je m'éclaircis la gorge, tandis qu'une image de Tate — T-shirt blanc et yeux ténébreux — jaillit dans mon esprit.

— C'est une description fidèle.

Carlos s'esclaffe.

— Venant de toi, c'est une déclaration d'amour ! Bien. Au moins, maintenant, on n'aura plus à faire comme s'il n'était pas sexy quand on reparlera de lui.

— On ne parlera plus de lui.

Je reporte mon attention sur l'écran de l'ordinateur.

— On verra, dit Carlos, un sourire dans la voix.

J'ai plusieurs bouquets à confectionner ce soir, et je suis toute à ma tâche : je taille les tiges, dresse des nœuds d'organdi et de gros-grain, prépare de belles compositions. C'est l'un des aspects les plus agréables de mon boulot — créer quelque chose de ravissant qui égayera la journée de quelqu'un. Je compose un bouquet de tournesols et d'hortensias pour les cinquante ans de mariage d'un couple ; un autre d'oiseaux de paradis, lis et millepertuis rouge pour un malade à qui l'on souhaite bon rétablissement ; une douzaine de roses rouges pour une dénommée Emily. La carte, qui porte l'inscription « *Je suis peut-être un idiot, mais je suis ton idiot. Tu me pardonnes ? Jim* », me fait rire aux éclats. Il a peut-être des goûts très convenus en matière de fleurs, mais j'espère qu'Emily et lui parviendront à se réconcilier.

C'est le côté surprenant du travail chez un fleuriste. Ça crée une sorte d'intimité à laquelle vous ne vous attendiez pas. Vous ne pouvez pas vous empêcher de vous interroger sur le membre de la famille malade — est-ce que tante Ruth sera bientôt sortie d'affaire ? ou l'anniversaire de mariage — j'imagine un couple de personnes âgées, assis sur un banc, sur la plage, face au ressac, se tenant toujours la main après toutes ces années. Je me demande ce que ça fait de vieillir avec quelqu'un, de connaître cette personne sur le bout des doigts et de l'aimer malgré tout ? Pas comme maman et Mia, qui se sont laissé emporter par la fougue du moment, pour se retrouver seules peu après.

Il me reste encore une heure avant la fermeture, une fois les bouquets terminés, alors je travaille sur une série d'exercices et révise pour mon prochain contrôle d'algèbre. Tandis que je résous des équations, j'essaie d'empêcher les images de Tate d'envahir mon esprit — la forme de ses yeux, la courbe de ses lèvres, la chaleur de ses doigts contre ma peau, quand il a balayé une particule de paillette. Je me concentre sur les dérivées et les différentielles, plutôt que sur un certain garçon qui se tient trop près et aspire tout l'air de la pièce. Pourquoi est-ce que je penserais à lui, de toute façon ? J'ai eu raison de refuser son invitation. J'ai travaillé trop dur pour tout abandonner maintenant. Mon lycée pourri, notre maison minuscule. Je sais que la vie a plus que ça à m'offrir. J'en suis convaincue.

Quand j'entends la porte carillonner, je pivote brusquement et fais tomber les ciseaux posés sur le comptoir à côté de moi, me poignardant presque le pied droit.

— Merde, je marmonne, me baissant pour les ramasser.

— Tout va bien ? demande une voix — une voix que je reconnais instantanément, car une partie de moi espérait secrètement l'entendre à nouveau.

Je ramasse les ciseaux et me redresse doucement.

— Ça irait mieux si tu arrêtais de t'approcher de moi en catimini.

Tate est à l'entrée, près de la porte. Il tient deux porte-gobelets en carton, quatre gobelets de café à emporter dans chaque. Il m'examine rapidement, s'arrêtant sur la main qui tient encore les ciseaux.

— Est-ce que tu jetteras ton arme, si je dis que je t'ai apporté du café ?

Il soulève l'un des porte-gobelets et le tend vers moi en guise d'offrande de paix.

— Huit cafés ?

— Je ne te connais pas, tu te rappelles ? Alors, je ne sais rien de tes goûts.

— Qu'est-ce qui te fait croire que j'aime le café ?

Il baisse les yeux vers les gobelets, puis les lève de nouveau vers moi.

— Est-ce que tu aimes le café ?

— Ça se pourrait, je réponds, même si, évidemment, j'aime ça.

Il dépose les porte-gobelets sur le comptoir. La senteur suave du café, du lait et de la cannelle emplit l'air.

— Quelles sont mes options ?

Je ne devrais pas l'encourager. Je devrais lui demander de partir. Mais je me penche vers le comptoir, attirée malgré moi par les arômes enivrants.

— Noir ?

Sa voix grave rend la question presque trop intime.

Je secoue la tête.

Il passe en revue les gobelets, puis reporte son attention sur moi.

— Mocha avec extra crème fouettée ?

— Non plus.

— Latte caramel avec lait écrémé ?

Je secoue encore la tête. Je commence à m'amuser. Ça fait du bien de refuser chaque option, comme si c'était un moyen de nous rappeler à tous les deux qu'il ne se passera rien entre nous.

Il plisse les yeux, imperturbable. Puis il soulève un gobelet et me le tend.

— Chai latte au lait d'amande avec une pincée de cannelle.

J'incline la tête et, sans répondre, le lui prends des mains, en faisant attention de ne pas laisser nos doigts se frôler.

Et merde !

Je détecte les traces d'un petit sourire satisfait au coin de sa bouche.

— Ça ne veut pas dire que j'accepte un rendez-vous avec toi !

— Je n'ai rien demandé.

Je bois une gorgée de chai et le café chauffe instantanément ma langue. C'est exactement ce dont j'ai besoin pour me donner le courage de terminer mes devoirs, ce soir.

— Merci.

Ses yeux dérivent vers ma bouche, et je me mordille la lèvre inférieure, tandis qu'une chaleur soudaine m'envahit.

Comme il ne semble jamais faire ce qu'on attend de lui, il attrape alors les deux porte-gobelets et se tourne vers la porte.

J'ouvre la bouche, sur le point de dire « C'est tout ? Tu es venu seulement pour ça ? », mais je me retiens.

Il s'arrête à mi-chemin.

— Savoure ton chai, Charlotte.

Et, une fois de plus, il s'en va. Cette fois, je ne peux pas m'empêcher d'espérer qu'il reviendra.

Chapitre 4

Le lendemain, en cours d'anglais, je ne parle pas de Tate à Carlos.

Au déjeuner, je ne parle pas de Tate à Carlos.

Après les cours, quand je lui dis au revoir avant de me diriger à l'UCLA pour mon stage, je ne parle pas de Tate à Carlos.

Parler de lui ne fera qu'empirer les choses à mon avis. Car, même si j'essaie de m'en empêcher, je n'arrête pas de penser à lui.

Le vendredi, j'ai l'impression que mon corps est survolté, chargé d'une électricité qui bourdonne et craque aux extrémités. Je suis pressée d'arriver au travail, pour voir si Tate reviendra. Je ne devrais pas y penser, encore moins espérer quoi que ce soit, mais j'ai beau inspirer et expirer profondément plusieurs fois pour me calmer, la nervosité ne me quitte pas.

Les heures s'égrènent lentement et, chaque fois que la porte s'ouvre, ce n'est jamais lui. Quand le dernier client s'en va, je me dirige vers l'entrée de la boutique et balaie du regard la rue, à sa recherche. Il n'est pas là. Je me dis que c'est mieux s'il ne vient pas ce soir, s'il ne revient plus. Je n'en reste pas moins déçue.

Je repense à toutes les raisons pour lesquelles je me suis promis de rester éloignée des garçons, surtout des garçons comme lui. Ma grand-mère a travaillé dur pour offrir une vie meilleure à notre mère, ensuite maman nous a eues. Trop jeune, pas prête à assumer ses responsabilités. Nos pères sont entrés dans sa vie puis en sont ressortis, comme la kyrielle des petits amis qui demandaient toute son attention, prenaient son argent, son temps et son bonheur. Je pense à Mia et Leo, petit Leo… Il ne sait pas encore que sa mère est aussi intelligente que moi, peut-être même plus, ni ce qu'elle aurait pu devenir. Malgré tout son potentiel, Mia n'ira pas à l'université. Sa vie est en perte de vitesse. Il n'y a pas de mot pire que *potentiel.* Il résume tout ce qui ne sera jamais.

Je retourne la pancarte, ferme à clé et éteins le plafonnier. Je suis sur le point de faire une dernière vérification avant de partir quand je remarque une voiture noire aux lignes épurées qui stoppe pile devant la boutique. Les phares projettent des faisceaux bleutés et le véhicule s'arrête presque en silence. Il a l'air d'avoir coûté une fortune.

La portière côté conducteur s'ouvre… et Tate en sort.

Il se tourne vers l'entrée, la voiture bipant derrière lui. Il atteint la porte, attrape la poignée, et comprend que c'est fermé. Il lève alors les yeux et nos regards se croisent à travers la vitre. Mon cœur bondit dans ma poitrine.

Il baisse les yeux vers la poignée comme s'il s'attendait à ce que je le laisse entrer. Mais je lève les clés et les secoue brièvement devant lui. *Désolée,* je murmure, esquissant un sourire.

Le soupçon d'incrédulité qui apparaît sur son visage me remplit de satisfaction. Je l'ai peut-être attendu toute la soirée, mais ça ne veut pas dire que je vais me ruer vers lui.

Je ferme la caisse et l'observe du coin de l'œil. Il sort son téléphone de sa poche et le presse à son oreille.

Au même instant, mon portable vibre dans mon sac. Je le sors. Un numéro que je ne reconnais pas est affiché à l'écran. Je jette un regard à Tate ; il me fait signe de répondre. J'hésite, puis finis par décrocher.

— Allô ?

— Tu m'as enfermé dehors.

J'essaie de ne pas laisser le son de sa voix me déstabiliser.

— C'est fermé.

— Hmm, murmure-t-il, comme s'il pesait ses options, cherchait quoi dire pour me convaincre de le laisser entrer.

— Au fait, comment tu as eu ce numéro ?

— Je l'ai depuis plusieurs jours.

— Ça ne répond pas à ma question. Pour ta gouverne, sache que c'est super louche que tu m'appelles, alors que je ne t'ai même pas donné mon numéro.

— Je n'aurais pas eu à appeler si tu avais ouvert la porte, rétorque-t-il avec un détachement irritant.

Il lève la tête vers le ciel, avant de se tourner à nouveau vers moi. La nuit lui va bien, d'une certaine manière, la lumière du réverbère mettant en valeur les contours de son visage incroyablement symétrique.

Un bref instant, je la ressens à nouveau, cette sensation de familiarité qui n'a rien à voir avec nos quelques échanges précédents. Puis il bouge, et la sensation disparaît.

— Tu ne réponds toujours pas à ma question…

Je lui montre mon téléphone.

— Comment as-tu eu mon numéro ?

La fossette refait surface.

— Disons que j'ai des… ressources à ma disposition.

— Quel genre de ressources ?

— Des gens dont c'est le boulot de découvrir certaines choses pour moi.

Encore une réponse vague. Mais *s'il a des gens*, il doit être plus riche que je le pense.

— Tu ne crois pas que ça te donne un avantage injuste ?

— J'ai besoin de mettre toutes les chances de mon côté.

Son regard me retient captive à travers la vitre ; je suis incapable de détourner les yeux.

— Maintenant, tu as mon numéro aussi, alors on est quittes.

— Je n'en voulais pas.

Je suis contente que l'obscurité cache mon sourire qui en dit long. Je m'amuse bien trop.

— Je pense que si. Autrement, tu aurais déjà raccroché.

Plusieurs secondes s'écoulent, pendant lesquelles j'entends distinctement sa respiration, à l'autre bout du fil. Mon estomac en frémit, et des vagues de chaleur ondulent sur ma peau.

— Pourquoi es-tu passé ce soir ? Tu n'as pas apporté de café, cette fois.

— Si tu veux du café, pas de problème. Mais tu le bois avec moi.

— Je…

— C'est vendredi soir, Charlotte. Viens faire un tour avec moi.

J'ai tant de raisons de refuser : le passé de ma mère, le présent de ma sœur, mon avenir.

— Un seul rendez-vous, insiste-t-il, de sa voix basse, presque hypnotique. Dis oui. Qu'est-ce que tu as à perdre ?

Tout.

Mais j'ai des papillons dans le ventre. Mon esprit est submergé de pensées délirantes : j'ai envie d'être près de lui, de respirer son odeur enivrante, de sentir ses doigts contre ma peau encore une fois. C'est ce dont j'ai besoin : un dernier moment avec lui. Après, je pourrai l'oublier complètement. J'ai conscience d'être en train de marchander avec moi-même. Mais ça m'est égal. Je me sens capituler.

— Si j'accepte un rendez-vous, tu arrêteras de venir ici ?

Il presse la main contre la vitre de la porte, comme pour sceller un pacte.

— Je le jure.

Ma peau brûle comme s'il était en train de me toucher. Je raccroche, de peur que ma voix ne me trahisse.

Je fais exprès de le faire attendre pendant que je termine dans la boutique ; j'ai besoin d'un moment pour retrouver mes esprits.

Quand je sors enfin, il est appuyé contre sa voiture, et mon cœur recommence à cogner dans ma poitrine. Il sourit et, l'espace d'un instant, son expression est plus ouverte que jamais.

— Alors ? dis-je, espérant qu'il fasse trop sombre pour qu'il remarque mes joues rosies par l'émotion.

— Tu ne le regretteras pas, Charlotte.

Nous remontons Sunset Boulevard à pied, à la périphérie de Beverly Hills. L'air est doux et les badauds sirotent des cocktails aux terrasses des cafés, les tables ornées d'ombrelles jaune et rouge, et de nappes blanches. J'habite à seulement dix minutes d'ici, pourtant, c'est un monde complètement différent.

Tate ne dit rien, tout d'abord, et j'apprécie son silence. J'ai peur de ce qu'il pourrait raconter, de ce que je pourrais répondre.

Il se passe la main sur son crâne rasé ; le court duvet indique qu'il est châtain foncé.

— Ça te dit d'aller manger un morceau ? demande-t-il finalement.

— Pourquoi pas, je réponds, grattant mon poignet au niveau du triangle de guingois que je dessine moi-même au stylo à bille bleu.

— Il y a un endroit sympa à quelques rues d'ici. Chez Lola.

Je lâche un petit rire incrédule, mais constate qu'il est sérieux. Un dîner chez Lola coûte probablement plus que ce que je gagne en une semaine.

— Tu penses qu'ils nous laisseront entrer ?

— Pourquoi pas ?

— Parce qu'on est…

Je marque une pause, cherchant la bonne façon d'expliquer ma pensée, puis remarque un couple qui marche vers nous, main dans la main. Le type, vêtu d'un costume gris bien taillé, est au téléphone, ignorant la femme à son bras, qui porte des talons hauts incrustés de strass.

— … parce que nous ne sommes pas eux.

Je les désigne d'un léger signe de tête tandis qu'ils nous dépassent, tout en élégance et sophistication.

Tate me regarde du coin de l'œil, amusé.

— Tu as raison, dit-il. Alors, on entrera par l'arrière. Je connais un type qui travaille dans les cuisines.

Il a un sourire espiègle et ses yeux pétillent d'une lueur malicieuse.

Je secoue la tête, mais continue de marcher, tout en songeant que je devrais retourner à la boutique, où ma vieille Volvo couleur bleu poudré m'attend. Que je devrais rentrer. Je ne veux pas l'admettre, mais j'*aime* cette sensation : les papillons dans l'estomac, la vague de chaleur sur ma nuque et mes joues, chaque fois qu'il me regarde. *Un seul rendez-vous.* Un seul rendez-vous ne me fera pas dévier de ma trajectoire. Un seul rendez-vous, et il me laissera tranquille.

J'arrive presque à m'en convaincre.

Les fenêtres du restaurant, allumées presque uniquement à la bougie, scintillent d'une douce lueur devant nous. Carlos et moi avons déambulé devant maintes fois, Carlos espérant apercevoir l'un de ses nombreux chouchous d'Hollywood, moi, juste venue l'accompagner. Mais nous n'avons jamais eu cette chance. C'est tellement sombre qu'il est presque impossible de distinguer les visages à l'intérieur. Ce qui est probablement fait exprès.

Alors que nous s'approchons, Tate m'attrape la main et me conduit vers une allée. Sa paume est chaude, et je retiens mon souffle. Il frappe du poing contre une porte métallique, puis se tourne vers moi. Il ne sourit pas, mais ses yeux pétillent.

La porte racle contre le sol de béton avant de s'ouvrir en grand sur un homme en tenue de chef — veste blanche et pantalon bleu à carreaux —, en train de s'essuyer les mains avec un torchon blanc.

— Ça alors, Tate ! s'exclame-t-il, visiblement surpris.

Il jette un coup d'œil vers la cuisine, puis vers nous. Ses yeux passent rapidement sur moi. J'ai l'impression que nous ne devrions pas être là, que cet homme ne va pas nous laisser entrer. Mais il sourit, s'avance, et Tate et lui s'enlacent comme de vieux amis.

— Salut, Ruben !

— C'est bon de te voir, mon pote. Ça fait un bail.

— Je sais.

Ils s'éloignent, et Tate lui donne une tape sur l'épaule.

— Tu as une table de libre ?

Ruben hoche la tête, le sourire aux lèvres, apparemment ravi de voir Tate.

— Pour toi ? Toujours. Suis-moi.

Tate me reprend la main et me guide à travers les cuisines, où tous les commis et serveurs s'arrêtent pour nous dévisager.

Ruben pousse une porte qui mène dans la salle et capte l'attention d'une hôtesse aux yeux charbonneux, qui porte une robe noire moulante très décolletée. L'espace d'un instant, elle semble paralysée, comme si elle avait oublié comment faire son travail, puis elle se ressaisit et sourit, révélant des dents de star de cinéma, parfaitement alignées.

— Par ici, dit-elle d'une voix mielleuse.

Ses yeux glissent de Tate vers moi comme si elle récoltait des données, évaluait mon apparence, mes vêtements, mes cheveux, mon absence de maquillage.

Quelques instants plus tard, elle nous guide le long du mur du fond à travers la salle bondée. Une symphonie discrète de verres qui trinquent et de couverts emplit l'air, le visage de chaque client étant baigné par la lueur des bougies qui ornent les tables. En dépit de cette semi-obscurité très étudiée, je vois bien que ce n'est pas le genre d'endroit où une fille comme moi s'assoit en face d'un garçon comme Tate. Pourtant, nous sommes là, installés sur une banquette dans un coin plutôt privé du restaurant.

Tate s'adosse à la banquette et me regarde, comme s'il attendait que je parle la première. Ça m'embête de lui donner satisfaction, mais je suis très curieuse de connaître la raison de notre présence ici.

— Tu viens là tous les combien ?

— Assez souvent.

Je fronce les sourcils.

— Apparemment.

— Cet endroit existe depuis les années 1930, m'apprend-il. Ça s'appelait Le Club, à l'époque. Humphrey Bogart et les autres acteurs venaient boire ici, pendant le tournage de *Casablanca.*

— Je n'ai jamais vu *Casablanca.*

— Quoi ?

Il se penche en avant.

— Je sais, c'est honteux. Je n'ai pas… beaucoup de temps pour voir des films, je réplique, gênée.

— Tu fais quoi, quand tu ne travailles pas ?

Comme j'hésite à lui répondre, il poursuit :

— Tu ne travailles pas à la boutique tous les jours. Qu'est-ce que tu fais, le jeudi, après les cours ?

— Tu connais mes horaires de boulot ?

— Ce n'est pas difficile à deviner.

— Tu as conscience que c'est ce que font les maniaques… traquer l'emploi du temps de leurs victimes.

— Tu penses que je te harcèle ?

Il fronce les sourcils, l'air blessé.

— Disons que je n'ai pas encore décidé.

— Je n'avais pas l'intention de te faire peur. Je connais tes horaires car je suis passé à la boutique plusieurs fois et j'ai remarqué les moments où tu n'y étais pas.

— Et mon numéro de téléphone ?

— C'était plus pratique.

Nos yeux se croisent au-dessus de la table. Sa bouche frémit, puis il se fend d'un sourire qui ne manifeste pas le moindre remords.

Presque malgré moi, je souris en retour. Je ne pense pas qu'il me harcèle, mais, à l'évidence, il en sait plus sur moi que moi sur lui. Je me radoucis.

— J'ai un stage à l'UCLA, les jeudis.

— Tu fais quoi ?

— Tu trouverais ça ennuyeux.

Je presse les paumes contre la surface de la table, appréciant la douceur de la nappe blanche sous mes doigts.

— Qu'est-ce que tu en sais ? Tu ne connais rien de moi.

C'est la deuxième fois qu'il me renvoie mon argument de la semaine dernière à la figure. Mais ses propos sont atténués par la fossette qui les accompagne.

— Je travaille dans un laboratoire qui étudie la dispersion des spores de moisissures dans l'environnement. Plus particulièrement, comment le vent affecte les spores.

Je le regarde avec un air triomphant, comme si je venais de réussir à lui prouver que ma vie est mortellement ennuyeuse, qu'il n'y a donc aucune raison pour qu'il s'intéresse à moi.

Mais il enchaîne par une autre question.

— Ça te plaît ?

— La recherche ?

Il fait oui de la tête. Son regard est attentif, comme s'il avait vraiment envie de connaître la réponse.

— Ouais, je crois.

— Dis donc, quel enthousiasme ! Pourquoi ce stage, alors, si le sujet ne te passionne pas ?

— Je n'ai pas besoin de trouver ça passionnant. C'est juste un stage qui fera bonne impression pour ma candidature à l'université.

Je détourne le regard, n'ayant pas envie de lui expliquer mes choix. Heureusement, un serveur passe par là et Tate lui fait signe d'un geste discret. Mais au lieu de venir à notre table, le serveur répond d'un signe de tête — un accord silencieux — et repart précipitamment.

Tate reporte son attention sur moi et reprend son interrogatoire.

— Donc, quand tu n'es pas en cours, au travail ou à ton stage, tu fais quoi pour t'amuser ?

— Tu as oublié de mentionner le journal du lycée après les cours le mercredi, et mon groupe d'étude du français un mardi sur deux, dis-je, mi fière, mi-embarrassée.

— Je commence à croire que tu n'as aucune vie sociale.

Je souris sans lui répondre, et jette un coup d'œil vers la banquette voisine, où un homme séduisant aux cheveux foncés est en compagnie d'une femme tout aussi belle. Je jurerais que je le reconnais. C'est peut-être quelqu'un de célèbre.

— Carlos en mourrait, s'il savait que je suis ici.

— C'est ton meilleur ami ?

Je hoche la tête.

— Il est obsédé par les célébrités.

— Pas toi ?

— Je n'ai pas le temps de suivre les péripéties de toutes celles de L. A., mais si on aperçoit quelqu'un ne serait-ce qu'un peu connu comme une starlette de télé-réalité, il se peut que je te mette dans l'embarras en allant lui demander un autographe pour Carlos.

J'essaie de garder un air sérieux.

— J'espère que ça ne t'ennuie pas.

— Pas du tout.

Il incline la tête et se fend d'un grand sourire.

— Je t'aiderai même à obtenir l'autographe en question.

— Ah bon, vraiment ? dis-je en gloussant. Tu devras me

prévenir, alors, parce que je ne reconnaîtrais même pas Brad Pitt, s'il passait la porte.

— Non ?

Je secoue la tête, tripotant des doigts les couverts brillants disposés sur une serviette blanche en tissu.

— J'ai vécu à Los Angeles toute ma vie, pourtant, je n'y connais absolument rien en matière de célébrités.

— C'est noté, dit-il.

Il sourit et me déstabilise un peu plus.

Un homme tout de noir vêtu arrive à notre table avec un plateau rempli d'assiettes. Il les dispose soigneusement sur la table, recule et sourit poliment à Tate.

— La suite arrive. Je vous souhaite un bon appétit.

— Merci, Marco, dit Tate tandis que le serveur s'éloigne.

— On n'a rien commandé, je murmure par-dessus l'assortiment de ce que je pense être des hors-d'œuvre.

— Ils connaissent mes goûts.

— Sérieusement, tu viens ici tous les combien ?

Tate se contente de sourire et je n'insiste pas. J'entreprends de goûter à tout : aux rouleaux de printemps délicatement enveloppés, à la salade de mandarines, à la soupe au curry et à l'association de légumes grillés dressés en forme de tour. Tate guette chacune de mes réactions.

Quand les plats principaux arrivent, des nouilles larges et plates qui embaument l'air de senteurs de gingembre et d'épices, je ne suis pas sûre de pouvoir encore manger. Mais les plats sont tellement divins que mes papilles en redemandent.

Le repas terminé, je m'adosse au siège, satisfaite et repue. Je regrette vraiment que Carlos ne soit pas là pour vivre cette expérience. Il en mourrait, s'il me voyait installée chez Lola…

en face d'un garçon comme Tate — de n'importe quel garçon, en fait. Si ce n'était pas grossier, je lui enverrais un texto : *Tu ne devineras jamais où je suis !* Mais je m'abstiens.

Le serveur n'apporte pas d'addition ; il échange simplement un nouveau hochement de tête entendu avec Tate, pendant qu'il débarrasse les assiettes. On dirait que c'est la seule forme de communication dans cet endroit.

Je repense au peu de choses que je sais au sujet de Tate, alors qu'il en connaît déjà tant sur moi. Il est temps d'égaliser le score.

— Comme je n'ai pas les mêmes *ressources* que toi à ma disposition, dis-je, reprenant son explication sur la manière dont il a obtenu mon numéro de téléphone, je vais devoir découvrir qui tu es à l'ancienne.

Mon ton est léger et taquin, mais, l'espace d'un instant, il a l'air mal à l'aise. Il fronce les sourcils, comme s'il ne comprenait pas où je voulais en venir. Alors, je pose la question qui me semble la plus importante et la plus évidente :

— Quel âge as-tu ?

Il plisse les yeux, replie sa serviette délicatement et la replace sur la table.

— Dix-neuf ans.

— Tu as donc terminé le lycée ?

— En quelque sorte… Je n'étais pas dans un lycée traditionnel. J'avais des professeurs particuliers.

Voyez-vous ça ! Maintenant, tout commence à avoir du sens.

— Intéressant, dis-je, me tapotant le menton du doigt, comme si j'étais une journaliste en train de concocter un article.

— Ah oui, tu trouves ? répond-il avec un sourire narquois.

Il n'est pas dupe, il comprend bien que j'essaie de lui soutirer des informations.

— Et toi, tu as quel âge ?

Je réponds de bonne grâce, même si j'ai l'impression qu'il connaît déjà la réponse.

— Je viens d'avoir dix-huit ans. Tu as toujours vécu à L.A. ?

— Pas toujours, depuis quelques années seulement.

Une femme à une table voisine pousse un cri aigu. Tate tressaille et se redresse aussitôt pour balayer du regard le restaurant. Mais le cri se mue en un long rire et Tate se réinstalle sur son siège, avant de reporter son attention sur moi.

— Où est-ce que tu as grandi ?

— Dans le Colorado.

C'est une réponse à laquelle je ne m'attendais pas. Il semble tellement dans son élément ici. Je pensais qu'il mentionnerait San Francisco ou Orange County, ou encore un endroit plus éloigné comme Seattle. Mais c'est difficile de l'imaginer dans un endroit comme le Colorado, surtout le Colorado tel que je me le figure, véritable publicité pour les sports d'hiver : pistes de ski, petites villes de montagne, chocolat chaud à siroter devant une cheminée de pierre immense. C'est sûrement exagéré, mais j'aime cette idée. Un paysage hivernal de carte postale.

— Je n'ai jamais vu la neige, dis-je. Ça doit être bizarre de vivre ici, après ça. C'est difficile à imaginer.

— C'est vrai. Mais je… j'avais en quelque sorte besoin de venir ici pour le boulot.

C'est la première fois qu'il mentionne son travail, et je penche la tête pour mieux l'observer. Il porte un T-shirt basique en coton, mais le genre de T-shirt qui a l'air d'avoir coûté cher. De ces vêtements que vous achetez quand vous voulez faire croire que vous vous fichez de votre garde-robe, mais qu'en fait non.

— Tu es musicien ?

Il ne répond pas tout de suite et ses mains se raidissent sur la table.

— Qu'est-ce qui te fait penser ça ?

Je hausse les épaules.

— C'est ce que je me suis dit la première fois que je t'ai vu.

— Alors, tu as pensé à moi après notre rencontre ?

À la lueur de la bougie, son visage est comme illuminé, ses pommettes et la ligne droite de son nez, accentuées. Difficile pour moi de regarder ailleurs.

— Non, dis-je.

C'est un mensonge, bien sûr, mais il n'a pas besoin de le savoir.

— Tu avais l'allure d'un musicien. Tu dégageais une sorte d'aura artistique.

Je lui trouve cette attitude décontractée typique des musiciens, comme s'il composait une chanson dans sa tête et ne voulait pas être dérangé.

— J'ai une aura artistique ? répète-t-il, un sourire aux lèvres.

— Donc, tu es bien musicien.

Il me gratifie d'un grand sourire.

— Bon boulot, détective !

— Eh oui ! Certains d'entre nous n'ont pas besoin d'auxiliaires pour faire le boulot à leur place. On utilise simplement notre instinct.

Gêné, il détourne le regard. Puis il se mordille la lèvre inférieure et tape des doigts sur la banquette. Je m'apprête à lui demander quel type de musicien il est — s'il joue dans un groupe ou en solo, s'il est chanteur ou batteur —, mais il se penche en avant, les yeux pétillants, les coudes sur le bord de la table, et parle avant moi.

— Tu as de bons instincts, c'est noté. Maintenant, à mon tour.

Il m'observe par-dessus la table, l'air de décider quelle question personnelle — et potentiellement embarrassante, j'en suis sûre — il pourrait bien me poser. Je pince les lèvres, essayant de ne pas sourire à la façon dont il me regarde.

— Je sais que tu es en terminale. Quels sont tes projets après le lycée ?

La question n'est pas aussi embarrassante que je le craignais. Je réponds, soulagée :

— Stanford.

Puis j'ajoute :

— Si je suis admise. Et si j'ai les moyens d'y aller.

— Qu'est-ce que tu veux étudier ?

— La biologie, je crois.

— Comment ça « tu crois » ?

Je hausse les épaules.

— La biologie est une bonne spécialité si tu veux faire médecine, et c'est ce que je compte faire. Le cursus a de nombreux prérequis en commun avec ceux de médecine.

C'est exactement la même explication que j'ai donnée aux conseillers d'orientation du lycée. Je l'ai répétée à l'entretien pour mon stage, récitée dans ma tête maintes fois, tel un mantra.

C'est le plan. Si je le suis à la lettre, j'aurai la vie à laquelle j'aspire.

Mais, contrairement aux conseillers et à mon coordinateur de stage, Tate n'a pas l'air de me croire, comme si mon discours bien rodé n'arrivait pas à le convaincre que je sais ce que je fais de ma vie.

— OK, dit-il, en haussant les sourcils. Après l'université, l'école de médecine ?

— Oui. Probablement.

Merde ! Pourquoi est-ce que j'ai l'air d'hésiter ? Pourquoi, assise ici en face de lui, ai-je la désagréable sensation de ne pas savoir de quoi je parle ?

— Tu as toujours voulu être médecin ?

Plus il souhaite approfondir, plus j'ai l'impression que cette conversation va me faire perdre pied.

— Pas forcément, je réponds avec honnêteté. Mais j'ai dû choisir une orientation assez tôt pour… planifier mon avenir.

Ce n'est pas la raison la plus glamour de faire un doctorat. Ce n'est pas comme si j'avais grandi avec une passion pour la médecine, les sciences ou l'ambition de trouver un nouveau vaccin. Mais j'ai toujours su que j'avais besoin d'un plan pour ne pas reproduire les erreurs des autres femmes de la famille. Et devenir médecin semblait le choix de carrière le plus solide, celui qui ne laisserait aucune place aux distractions ou au moindre faux pas.

Tate me regarde comme s'il sentait le doute qui m'assaille.

— Est-ce vraiment ce que tu veux ? demande-t-il.

— Là n'est pas la question. C'est ce que je dois faire.

Il s'adosse de nouveau à son siège et m'observe, laissant flotter ses yeux sur mon visage. En temps normal, j'aurais eu les joues brûlantes, mais là, je me sens bien sous son regard, comme protégée.

— Eh bien… J'admire ta détermination.

Je ne sais qu'ajouter. Je lui souris simplement en retour, le reste du restaurant s'évanouissant en arrière-plan.

Un flash en provenance de l'autre côté de la pièce met brutalement fin à ce moment.

Quelqu'un vient de prendre une photo. Je jette un coup d'œil à la table à côté de la nôtre, au couple toujours assis là, l'homme dans son costume-cravate. C'est peut-être vraiment quelqu'un de célèbre.

Je commence à me pencher pour mieux voir son visage, quand Tate se lève brusquement.

— Prête ? demande-t-il.

Je ne me lève pas tout de suite, pensant qu'il va tendre la main comme il l'a fait quand nous sommes entrés. Mais il se contente d'attendre, le visage inexpressif.

— Euh… oui.

Il me guide alors de nouveau à travers la cuisine. Les commis et les serveurs s'interrompent pour nous regarder partir. Ruben, occupé à dresser plusieurs assiettes, salue Tate d'un signe de la main, et nous ressortons par la lourde porte métallique.

Dehors, Tate ne nous ramène pas sur l'artère principale, mais continue, jusqu'à ce que nous débouchions sur la rue suivante.

— Il y a un glacier à quelques rues d'ici, explique-t-il.

Je lui jette un regard perplexe. Ce qui le préoccupait quand nous avons quitté le restaurant a disparu, et l'étincelle est de retour dans ses yeux ténébreux.

Je devrais poliment refuser, lui rappeler que j'ai tenu ma part du marché en lui accordant ce rendez-vous. Je devrais retourner à ma voiture et laisser cette nuit n'être qu'un bref souvenir ; la nuit où j'ai feint d'être quelqu'un d'autre pendant quelques heures. Mais, malgré toutes les questions que je lui ai déjà posées, il y a quelque chose, chez lui, qui m'intrigue et me donne envie d'en savoir plus.

— Seulement s'ils ont du sorbet, je réponds finalement.

— Quel parfum ?

— Citron vert.

— Non.

— Non, ils n'en ont pas ? je demande, confuse.

— Non, tu plaisantes… Personne n'aime le sorbet au citron vert ! dit-il d'une voix plus incrédule qu'accusatrice.

— Eh bien, moi, si !

J'ai parlé d'un ton revêche, défendant mon amour pour le parfum qui passe tristement inaperçu.

— Et je me fiche de savoir qui le sait !

Il sourit en secouant la tête, comme s'il n'en revenait pas.

— Alors, tu dois être la seule *autre* personne de la planète qui aime ça.

Je hausse les sourcils, ne sachant pas s'il me taquine encore.

— Je suis sérieux, reprend-il devant mon expression. Il semble qu'on était faits pour se rencontrer.

— Sans blague ?

Je lève les yeux au ciel, mais ne peux m'empêcher de sourire. J'ai envie d'apprécier ces derniers moments avec lui, avant de devoir lui dire au revoir.

Le feu passe du rouge au vert et nous traversons sur le passage piéton. L'air est chaud. Des personnes apprêtées pour une soirée en ville descendent des taxis, flânent sur les trottoirs. Puis, juste devant nous, un homme crie quelque chose d'une voix étouffée, et on entend le son perçant du verre qui se brise. Juste comme on passe devant la porte d'un bar mal éclairé, deux hommes en sortent en titubant. Ils sont en train de se battre et de s'insulter en s'agrippant par les T-shirts. Une fille crie.

Je me tourne et tout arrive si rapidement que je n'ai pas le temps de réagir. L'un des types me bouscule violemment, et je pars en arrière. Mes pieds se dérobent sous moi, et je percute quelque chose de dur. Je me retrouve plaquée contre une voiture garée le long du trottoir. Les hommes ne m'ont même pas remarquée ; ils continuent de se bagarrer, pendant que leurs corps m'écrasent.

— Hé ! j'essaie de crier, mais mes mots sortent comme un halètement.

J'essaie de les repousser, mais ils sont trop lourds.

J'entends d'autres voix : une fille, qui leur hurle d'arrêter. Puis une voix plus grave, familière — celle de Tate. Toutes ces voix se mélangent, bourdonnent à mes oreilles. Je reçois un coup de coude dans le menton ; la douleur est soudaine et fulgurante. J'essaie de protéger mon visage d'un autre coup, quand brusquement leur poids disparaît.

J'aspire à grandes bouffées et tâte mon menton, déjà enflé et douloureux.

— Hé ! rugit un des mecs.

Je cligne des yeux. Tate se tient entre eux, en maintenant l'un par le bras, l'autre par le T-shirt.

Des clients sortent du bar et s'amassent sur le trottoir pour observer la scène. Les yeux de Tate dévient furtivement vers moi. Ses muscles se contractent tandis qu'il repousse le plus grand des deux hommes en arrière. Une fille aux cheveux noirs et raides accourt, ses talons hauts faisant un petit bruit sec sur le trottoir, tandis qu'elle rejoint le garçon que Tate tient toujours.

— Lâche-le ! hurle-t-elle, comme si Tate était responsable.

Tate toise le type du regard, la main encore agrippée à son bras, puis finit par le relâcher.

— Sale con, dit-il.

Le type secoue le bras, la mine renfrognée. Son œil droit est enflé et commence à devenir violacé. Un filet de sang coule de son nez. La fille tend la main vers lui, dans l'intention manifeste d'essuyer le sang, mais il l'écarte d'un geste.

— Tu te prends pour qui ? lance-t-il à Tate.

La musique assourdissante qui provient du bar fait trembler l'air chaud de la nuit. D'autres personnes sortent encore, des bouteilles de bière et des cigarettes pas encore allumées dans les mains, espérant probablement assister à la bagarre.

— Hé, toi ! ajoute le type. Je te connais !

Tate ne se retourne pas. Il joue des coudes pour me rejoindre, tend la main vers moi… C'est alors que la fille aux cheveux noirs s'écrie : « Oh, mon Dieu ! »

Tate touche mon bras délicatement et examine mon visage à la recherche de blessures.

— Tu vas bien ? demande-t-il.

— Ça va.

Même si j'ai l'impression que mon menton a déjà la taille d'une balle de tennis.

— Partons d'ici, dit-il aussitôt.

Une main lui agrippe l'épaule ; il se dégage d'un coup sec.

— C'est *bien* toi, mec, dit le type à l'œil enflé.

La foule s'avance vers nous, convergeant comme des insectes, s'agglutinant, bourdonnant, vibrant avec des mots que je ne peux déchiffrer.

Tate a soudain l'air désespéré.

— Charlotte, dit-il, juste assez fort pour que je l'entende.

— Qu'est-ce qui ne va pas ? je demande, désorientée, jetant un œil vers tous ces gens qui se rapprochent de nous.

Quelqu'un crie : « C'est lui ! »

Des flashs éclatent autour de nous, me brouillant la vue. Ensuite, j'entends, aussi clairement qu'une cloche qui sonnerait juste à côté de mon oreille : « Tate Collins ! »

Les voix se font aiguës, frénétiques. Les corps vibrent contre nous ; ça pousse de tous les côtés.

Tate parvient à m'attraper le bras, mais je suis engourdie, incapable de bouger, de comprendre ce qui se passe.

J'entends encore : « Tate Collins ! »

— Charlotte, répète-t-il, mais sa voix se perd à moitié dans le brouhaha.

Le sang bat à mes tempes et l'air autour de moi est soudain épais et collant, envahi de mains, d'yeux et d'éclats de lumière.

Tate Collins. Ce garçon super canon qui est passé plusieurs fois chez le fleuriste, m'a apporté huit variétés de café, s'est procuré mon numéro de portable et m'a fait entrer en douce par les cuisines du restaurant le plus sélect de la ville — évidemment que ce n'est pas un garçon ordinaire ! C'est *Tate Collins.*

Mes lèvres bougent, formant le nom qui a soudain un goût amer.

— Tate ?

J'essaie de repousser les images qui me viennent à l'esprit, le défilé de reportages à la télévision, celui des photos dans les magazines à scandale de Carlos et sur son compte Instagram, placardées sur les bus et scotchées à l'intérieur des casiers des filles au lycée. Tate Collins, star de la pop, idole, sensation musicale qui pulvérise les charts, et sans doute l'un des chanteurs les plus célèbres au monde, se tient juste devant moi, ses yeux sombres rivés aux miens, suppliants.

La foule me pousse, m'éloigne de lui, mais je m'en rends à peine compte. Je ne résiste pas. Je regarde ces mains qui tirent sur ses vêtements, ces doigts sur son crâne rasé. Il baisse les yeux, fuyant les flashs qui explosent dans une cascade de blanc aveuglant.

Je recule d'un pas, puis d'un autre, la foule remplissant en quelques secondes l'espace où je me tenais. Je lance un dernier regard vers Tate avant de faire volte-face et de partir en courant.

Chapitre 5

Le lundi, l'air est chaud quand nous quittons les cours à la fin de la journée. On se croirait au printemps, bien que ce soit presque l'hiver — non pas que l'hiver à L.A veuille dire grand-chose.

— On va au Lone Bean boire un café ? me propose Carlos.

— C'est parti !

J'ai été silencieuse aujourd'hui, et il l'a remarqué. J'ignore pourquoi je ne lui ai rien dit pour Tate. Peut-être parce que je suis embarrassée de m'être laissée aller et surtout avec *lui*.

Je ne suis pas une imbécile. Je sais qui est Tate Collins. Tout le monde le sait. Même si vous évitez les tabloïds, que vous n'écoutez pas sa musique ou ne suivez pas les potins de stars, vous avez forcément entendu parler de lui. De son défilé incessant de petites amies mannequins ; de sa tournée mondiale durant laquelle il aurait soi-disant fait la fête avec des membres de la haute société britannique et se serait presque noyé en tombant d'un yacht près des côtes françaises, car il était complètement défoncé ; comment il s'est battu dans une boîte de nuit new-yorkaise et a été traîné au poste. Tout le monde connaît ces détails sordides.

Je connais Tate Collins, la légende. Alors comment ai-je pu ne pas reconnaître Tate Collins, le garçon ? Le soir où il est entré chez le fleuriste pour la première fois, j'ai eu la sensation tenace qu'il me semblait familier — mais je n'en ai pas tenu compte. L'ai ignorée. Ai estimé que ce n'était rien. Et dire que je me suis vantée auprès de lui de mes incroyables talents de détective !

Pour ma défense, il avait l'air différent des photos que j'ai vues. La star stylée des gros titres ne ressemble pas du tout au Tate que j'ai rencontré. Sa coupe de cheveux caractéristique a disparu et ses yeux paraissent beaucoup plus mornes. Comme s'il n'avait pas dormi depuis des lustres.

Sur le chemin, Carlos me donne un coup de coude.

— Qu'est-ce qui se passe ? Je vois bien que quelque chose te préoccupe.

Impossible de le berner. Je tourne la tête pour qu'il ne voie pas mes yeux, ni la peine qui y affleure. Ce matin, avant de quitter la maison, j'ai appliqué une couche de maquillage sur mon menton pour cacher le bleu qui est apparu rapidement. Il se voit encore un peu. J'ai parlé d'un incident chez le fleuriste, disant à grand-mère, Mia et Carlos que j'avais ouvert l'une des portes de la chambre froide trop brusquement au Bloom Room et qu'elle m'avait percuté le menton. J'ai détesté mentir, mais ils ont eu l'air de me croire.

— Je ne t'ai même pas vue à la pause-déjeuner, ajoute Carlos.

— Je sais.

Je secoue la tête.

— Je suis désolée.

Je suis restée assise dans ma voiture à me repasser les événements de vendredi soir, jusqu'à ce que j'entende la cloche sonner : le dîner chez Lola, ma bêtise, lorsque j'ai affirmé que je n'avais jamais vu de personne célèbre de ma vie, alors que j'étais assise en face d'une des rock stars les plus célèbres au monde. Pas étonnant qu'il ait trouvé mon numéro de téléphone : quand il a dit qu'il avait des ressources, il ne plaisantait pas.

Les souvenirs tourbillonnent dans ma tête, et les indices que j'ai manqués me sautent maintenant aux yeux. Cette première soirée, à la boutique, lorsque je lui ai demandé son nom et qu'il a marqué une pause, pris au dépourvu, comme s'il ne pouvait croire que j'ignorais son identité.

Il a dû me trouver si stupide ! Tout ce que j'ai dit, tous les commentaires sur mon instinct prétendument infaillible qui me soufflait qu'il était musicien… Il a bien dû se marrer, intérieurement, de constater à quel point j'étais à côté de la plaque. Rien que d'y penser, j'ai envie de rentrer sous terre. Tout ça, c'était un jeu pour lui : voir combien de temps ça me prendrait pour découvrir la vérité et ensuite regarder l'embarras se peindre sur mon visage. Rien que d'y penser, je suis furieuse. Qui est assez cruel pour faire ça ?

Je me rappelle une période, l'année dernière — un vague souvenir… Toutes les filles du lycée étaient obsédées par le dernier potin sur lui. Des rumeurs circulaient, affirmant qu'il laissait tomber la musique : plus de tournée, plus de sortie d'album. Qu'il en avait terminé, mais pourquoi ?

Non, je m'en fiche.

— Charlotte ?

Carlos me fixe de ses yeux noisette doux et rassurants.

— Je… j'ai vu ce type, vendredi soir.

— Celui qui t'a envoyé les fleurs ? Il est venu à la boutique ?

Je me revois au Bloom Room, regardant Tate à travers la vitre, son téléphone à l'oreille et son expression calculatrice. Puis je repousse cette image de toutes mes forces.

— Il est passé tous les jours où je travaillais.

Carlos cligne des yeux de surprise.

— Sérieux ? Et tu ne m'as rien dit ?

— J'espérais qu'il s'en irait. Je ne voulais pas faire une montagne de rien du tout.

Ce n'est pas entièrement faux. Je voulais effectivement qu'il s'en aille, mais, chaque fois qu'il passait les portes du magasin, je me rendais compte que j'avais vraiment envie de le voir.

— Il m'a redemandé de sortir avec lui vendredi.

Je marque une pause, prenant une respiration.

— Et j'ai dit oui.

— Tu as *quoi* ?

Une voiture passe, vitres baissées. Par une coïncidence cruelle, une des chansons de Tate sort des enceintes. Je n'en connais pas le titre, mais les paroles, oui : une ballade, une chanson d'amour qui a pour sujet de tomber amoureux de quelqu'un qui est amoureux de quelqu'un d'autre. Sa voix grave, maintenant étrangement familière, me retourne l'estomac. Comment ne l'ai-je pas *entendu* ? Chaque fois qu'il parlait, la vérité était pourtant là.

— Tu as eu un rencard ? Ton tout premier rencard ? Et c'est seulement maintenant que j'en entends parler ?

La voix de Carlos s'élève, mi-excitée, mi-accusatrice.

Je fixe le béton gris, les petits cercles plats blancs et verts de chewing-gum collés sur le trottoir.

— On a dîné chez Lola.

— Tu as dîné chez Lola ? Pourquoi est-ce que tu ne m'as pas envoyé de texto ? Je serais venu et je t'aurais regardée à travers la vitre, complètement jaloux.

Pour lui faire plaisir, je me force à rire de sa blague.

— C'est exactement pour ça que je ne t'ai pas prévenu.

Mon rire se transforme en soupir.

— Mais ça n'a pas d'importance. Je ne le reverrai plus jamais.

Le feu piéton passe au vert et j'avance sans attendre Carlos.

— Quoi ? Mais pourquoi ?

Il me court après, me rattrapant à la moitié de l'intersection.

— Est-ce à cause de ta règle anti-flirt débile ? Ou est-ce qu'il s'est passé quelque chose ?

Son attention est focalisée sur moi et il manque de percuter une blonde dans une brassière de sport blanche qui porte un tapis de yoga.

— Je me suis trompée à son sujet.

Je secoue la tête, glissant le doigt sous la lanière de mon sac accroché à mon épaule gauche. Je ne veux pas lui avouer que j'ai dîné avec Tate Collins. Il ne me laissera jamais tranquille. Il voudra examiner chaque détail ; il en parlera chaque fois qu'il en aura l'occasion. Et ce dont j'ai besoin, c'est de tout oublier.

— Charlotte ! dit-il d'un ton brusque.

Je cligne des yeux vers lui.

— Est-ce que ça va ?

Je souffle un bon coup.

— Oui, ça va.

Une voiture s'arrête le long du trottoir près de nous et je la regarde pendant quelques secondes, la tête ailleurs. Puis mon cœur fait un bond : c'est celle de Tate.

J'essaie de voir à l'intérieur, mais les vitres sont teintées. Peut-être que ce n'est pas lui… Je pense pourtant que si. La voiture est trop unique — noire, racée et presque silencieuse — pour que ce soit une coïncidence. Pourquoi est-ce qu'il me suit ? Je veux juste qu'il me laisse tranquille.

Je recommence à marcher et Carlos m'emboîte le pas. Nous

sommes presque arrivés au *coffee shop*. Plus qu'un seul pâté de maisons.

Nous nous arrêtons à l'intersection suivante et Carlos se tourne de manière à me regarder droit dans les yeux.

— Ça n'a pas l'air d'aller, insiste-t-il d'un ton plein de sous-entendus. Il s'est passé quoi exactement, vendredi soir ?

Je passe ma langue sur mes dents de devant.

— Il s'est payé ma tête. Voilà ce qui s'est passé.

J'évite soigneusement de regarder en direction de la voiture qui nous suit, tandis que nous remontons Highland Avenue.

— Je suis contente de m'en être aperçue assez vite. C'était une perte de temps, de toute façon.

— Je suis désolé, Charlotte.

Il m'entoure de ses longs bras fins. Je presse la joue contre la douce flanelle de sa chemise et son odeur familière, mentholée et sucrée comme du chewing-gum, m'apaise.

— Mais ne fais pas une croix sur tous les mecs pour autant. Il en reste quelques-uns de bien.

— Je pense que tu es le dernier, dis-je, levant la tête pour lui offrir mon premier sourire sincère de la journée. Et, malheureusement, je ne suis pas ton genre.

— Désolé. Si tu l'étais, je te traiterais comme une déesse.

— C'est déjà le cas.

Il embrasse le haut de la tête.

Je m'écarte, mais Carlos garde le bras autour de mes épaules, me pressant contre lui pour que nous marchions d'un même pas.

Nous arrivons au Lone Bean, un petit *coffee shop* décoré de vieilles photos en noir et blanc d'acteurs hollywoodiens des années 1920 et 1930. Comme d'habitude, il est rempli de personnes en train de travailler sur leurs ordinateurs portables, et quelques camarades de lycée qui ont été plus rapides que nous. Nous commandons nos boissons habituelles et un scone aux myrtilles à se partager, puis trouvons une table disponible en terrasse. Malgré moi, je repense à Tate : sa livraison-surprise de café la semaine dernière, la manière décontractée dont il est entré dans la boutique, tenant en équilibre deux porte-gobelets de boissons brûlantes, et reparti avec la même nonchalance. Comme si c'était la routine, comme si j'étais la dernière fille à tomber dans le panneau.

Carlos sort son devoir d'histoire américaine et commence à râler à propos du contrôle qu'ils ont eu aujourd'hui, car il ne se rappelle pas avoir étudié ça en cours. Je lui suis reconnaissante d'avoir changé de sujet. Ça m'empêche de penser à Tate. Mais je suis incapable de me concentrer sur ce qu'il dit. Quand il se lève pour aller aux toilettes, je jette un coup d'œil vers la rue : la voiture est toujours là, près du trottoir.

Je baisse la tête et serre la mâchoire, puis m'autorise à l'observer un moment. Je sais que c'est la sienne — à qui d'autre pourrait-elle appartenir ? S'il s'attend à ce que je vienne lui parler, il va être déçu ! En ce qui me concerne, il peut rester là toute la journée. Je m'en fiche.

Mais alors la portière côté conducteur s'ouvre et Tate sort. Il est vraiment canon derrière ses lunettes de soleil foncées et son jean gris, ce n'est pas juste !

Je ne l'ai encore jamais vu en plein jour et je déglutis avec peine, abasourdie. Sa beauté est encore plus saisissante, chacun de ses traits mis en valeur : le contour de son visage, sa large carrure qui se dessine sous sa chemise blanche. Je peux même apercevoir une bande de peau, d'abdos durs, à l'endroit où le bas de sa chemise remonte au-dessus de sa ceinture, avant de se remettre en place. J'en ai le souffle coupé.

Son regard se pose sur moi, et il avance à grandes enjambées dans ma direction.

Je ne veux pas lui parler. Je n'en ai pas envie. Pourquoi refuse-t-il de me laisser tranquille ?

Je ne fais aucun geste et le fixe avec intensité, espérant qu'il fera demi-tour et retournera à sa voiture. Mais il s'approche toujours, et mon cœur commence à s'emballer dans ma poitrine. L'espace diminue entre nous, jusqu'à ce qu'il se tienne juste devant moi. Je jette un coup d'œil aux personnes assises à côté de moi. Quelques-unes le regardent sûrement, car sa beauté peut difficilement être ignorée. Même s'ils ne réalisent pas encore qui il est, je sais, après l'épisode de vendredi soir, que c'est une question de minutes avant que quelqu'un le reconnaisse. C'est un miracle qu'on ait pu finir notre dîner chez Lola sans être dérangés.

— Charlotte…, dit-il à voix basse.

Mais je lève une main.

— Non, arrête.

— Laisse-moi t'expliquer.

— Tu n'as pas besoin de m'expliquer quoi que ce soit. J'ai compris.

— Je ne crois pas, non…

Il se rapproche d'un pas ; je me tasse sur mon siège, creusant l'écart entre nous. Ses yeux inspectent mon visage, comme s'il cherchait quelque chose, puis s'arrêtent sur mon menton.

— Ça date de vendredi ?

— C'est juste un bleu, je réponds froidement.

Ce n'est vraiment rien, comparé au sentiment de trahison

qui ne me quitte pas, mais je ne veux pas qu'il sache qu'il a le pouvoir de me blesser.

— Je vais bien.

Il expire profondément, réalisant que je ne vais pas lui rendre la tâche facile. Je veux qu'il s'en aille.

— Viens faire un tour en voiture avec moi. Laisse-moi une chance de m'expliquer.

— Je suis occupée.

Je baisse les yeux sur mon manuel scolaire. Mes mains, serrées sur mes genoux sous la table, s'agitent nerveusement.

— Tu es avec quelqu'un, là ?

Il nous a vus marcher jusqu'ici ; il a vu Carlos m'enlacer et embrasser le haut de ma tête. Il est tendu.

— Qu'est-ce que ça peut bien te faire ? Ce n'est pas comme si je comptais assez pour que tu me dises qui tu es vraiment.

Ses épaules se raidissent.

— Je n'avais pas l'intention de te mentir. Mais ce n'est pas l'endroit pour avoir cette conversation. Est-ce que je peux passer te prendre, plus tard ?

Les voix autour de nous se font plus aiguës, les murmures plus insistants.

Eh oui, vous ne rêvez pas. Tate Collins, le seul, le vrai, se tient devant le Lone Bean, échouant lamentablement à présenter ses excuses.

— Je travaille, ce soir, dis-je sèchement. De toute façon, je n'irai nulle part avec toi.

Je me sens bouillir de colère.

Il regarde à sa gauche, où trois filles installées à une table voisine sont en train de le dévisager.

— Dis-moi juste une chose. Ce mec, il compte pour toi ?

Je desserre les mains de sous la table et soupire.

— Il se trouve que oui. C'est Carlos.

Il a l'air soulagé. Mais je ne veux pas qu'il se sente soulagé… Je veux qu'il se sente comme moi, trahie et humiliée. Je veux qu'il sache le risque que j'ai pris en acceptant son rendez-vous, alors que lui m'a menti, m'a donné l'impression de n'être qu'un amusement de plus.

Seulement, tout ce qui sort, c'est :

— Je ne veux plus jamais te voir.

Il se passe la main sur la nuque. Ses lèvres s'entrouvrent, à la recherche de mots qui ne viennent pas.

J'essaie de rester de marbre devant la manière séduisante dont il serre la mâchoire, dont sa silhouette se découpe sur l'horizon bleu, derrière lui. Il y a en lui quelque chose — quelque chose de captivant, de séduisant même —, mais j'interdis à mes pensées de glisser sur ce terrain-là. Parce que c'est un menteur. Il m'a dupée, et je ne veux plus jamais le revoir.

Sans un autre mot, il fait demi-tour et retourne à sa voiture. Son absence est palpable, l'espace où il s'est tenu paraît vide. Deux des filles, à la table à côté, bondissent et s'élancent derrière lui en criant son nom. Mais il monte dans sa voiture sans se retourner. Elles restent sur place un moment, déçues, puis font demi-tour.

Enfoiré. Mais une petite partie de moi ne peut pas s'empêcher de se demander ce qu'il aurait dit, si je l'avais laissé parler, si je l'avais suivi.

Carlos revient quelques instants plus tard.

— Qu'est-ce que j'ai manqué ?

— Absolument rien !

J'ouvre d'une chiquenaude mon manuel de français et baisse

la tête pour masquer mon visage. Carlos remarquerait, sinon, que je lui cache quelque chose : il me connaît trop bien.

— Faisons nos devoirs avant que je parte au travail.

Il se laisse tomber à côté de moi et sort un stylo de son sac à dos.

— C'est parti !

Tandis qu'on étudie, je sens que le fan-club impromptu de Tate me dévisage avec curiosité. Mais je ne regarde pas dans leur direction. J'essaie de ne pas penser à lui. Peine perdue. Alors, je dis à Carlos que je reviens et me dirige vers les toilettes.

Quand j'entre, la pièce est vide. Mais quand je sors de la cabine, une fille se tient devant le lavabo. L'eau coule, mais, au lieu de se laver les mains, elle se regarde dans le miroir. Au début, je pense que c'est l'une des filles qui ont suivi Tate, mais je réalise vite que je ne l'ai jamais vue avant. Elle lève les yeux et pivote pour me regarder. Elle porte un sweat-shirt et un jean noirs — très gothique — et ses cheveux foncés sont coupés au carré, juste sous son menton. Elle est jolie, la peau pâle avec quelques taches de rousseur sur le nez. Je me demande si elle est rousse au naturel, et s'est teint les cheveux en noir pour l'effet gothique.

Je souris poliment et passe devant elle pour rejoindre les lavabos. Elle suit mon mouvement du regard comme si elle me connaissait. Le robinet s'allume automatiquement quand je passe les mains dessous, et l'eau coule, fraîche, entre mes doigts.

— Ne t'approche plus de lui, murmure-t-elle soudainement, son reflet me fixant à travers le miroir.

— Pardon ?

Sa bouche s'affaisse.

— Prends ça comme une gentille mise en garde.

Je regarde furtivement vers la porte. J'entends des voix, mais personne n'entre.

— De quoi est-ce que tu parles ?

J'ai la sensation désagréable que je le sais déjà.

Elle fait un pas vers moi, comme si elle essayait de me jauger, de se faire une idée à mon sujet. Je recule contre le comptoir, les mains agrippées au rebord.

— Dans ton propre intérêt, reste loin de Tate Collins, répète-t-elle, sans ciller.

J'ai l'impression qu'elle va ajouter autre chose, mais la porte des toilettes s'ouvre et les deux groupies entrent en bavardant bruyamment. La fille gothique tressaille et se raidit. Je m'apprête à lui répondre, mais elle se précipite vers la sortie et se faufile avant que la porte ne se referme.

Merde, c'était quoi, ça ?

J'inspire un grand coup. L'une des groupies me jette un regard appuyé. On dirait qu'elle veut me demander quelque chose, mais j'ai eu ma dose de discussions-surprises. Je me dirige vers la porte, l'entrebâille et balaie le *coffee shop* du regard. La fille est partie, la voie est libre.

Dehors, Carlos offre son visage aux rayons du soleil qui percent à travers les arbres.

Il ouvre un œil pour me regarder.

— T'es tombée dans le trou ?

Heureusement, pendant mon absence, il ne semble pas avoir entendu les discussions des tables voisines à propos de la récente apparition de Tate Collins. Je m'affale sur ma chaise.

Je devrais lui parler de la fille gothique. Mais je serais alors obligée d'admettre que je suis sortie avec Tate Collins, et je ne suis pas prête à revivre cette humiliation. De toute manière, je n'aurai aucun mal à suivre sa « gentille mise en garde ». Je compte rester loin, très loin de Tate. Je veux laisser tout ça derrière moi.

Je veux oublier que la semaine dernière a existé.

Chapitre 6

Je ne trouve pas de place de parking proche de la boutique de fleurs, alors je cours sur cinq pâtés de maisons, mon sac cognant contre mes côtes. Je sais que Holly ne sera pas fâchée de mon retard — ça n'arrive presque jamais —, mais je me sens quand même mal de l'avoir fait attendre presque une demi-heure. Ma rencontre avec la fille gothique m'a ébranlée, je me suis retrouvée ensuite bloquée sur un problème de conjugaison et j'ai perdu la notion du temps. Carlos et moi sommes retournés au lycée à pied, puis ma vieille Volvo — un tas de ferraille que j'ai acheté l'année dernière pour six cents dollars avec l'argent que j'ai économisé en travaillant au Bloom Room — a refusé de démarrer. Nous sommes restés vingt minutes sur le parking des élèves, le moteur sifflant chaque fois que j'essayais de le mettre en route, jusqu'à ce qu'il grogne finalement et se décide. Vraiment pas mon jour !

— Désolée, dis-je en ouvrant la porte, essoufflée et transpirante après mon sprint.

Puis je m'arrête brusquement, choquée par ce que je découvre.

— C'est incroyable, non ? s'exclame Holly.

Elle est assise derrière le comptoir, son visage en forme de cœur éclairé par la douce lumière bleue de l'écran de l'ordinateur, ses cheveux blond foncé coiffés en queue-de-cheval. Je ne réponds pas. Je ne peux pas.

Mes yeux passent en revue la boutique, les présentoirs et les étagères vides, alors qu'ils sont d'habitude chargés de bouquets. Seuls restent quelques pétales et quelques feuilles abîmées, dispersés sur le sol.

— On a été cambriolés ? je demande, abasourdie.

— Non. Il a acheté tout le magasin ! annonce-t-elle gaiement. Jusqu'à la dernière fleur.

Je laisse la porte se refermer derrière moi, la cloche carillonnant au-dessus de moi.

— Qui ça ?

Je pose la question, même si je pense avoir deviné la réponse.

— Tate Collins, le chanteur, réplique Holly, visiblement folle de joie, ses yeux bleus écarquillés de stupéfaction. Il a appelé il y a une heure, a dit qu'il voulait faire livrer tout ce que contenait le magasin à l'hôpital pour enfants, sur Wilshire. Les camions de livraison viennent de partir.

Un sourire jusqu'aux oreilles, elle lève les mains en l'air et les laisse retomber contre ses cuisses.

— Je n'ai pas tout compris, mais ça a fait notre quota du mois. J'allais t'appeler, seulement, ça a été un tel tourbillon… Excuse-moi. Du coup, on n'a plus rien à vendre. J'espère qu'un peu de stock nous sera expédié dans la nuit, autrement, il se peut qu'on soit fermé demain, aussi. Ne t'inquiète pas, tu seras quand même payée pour tes heures.

Je hoche la tête d'un air hébété. Je n'arrive pas à croire qu'il ait fait ça. Est-ce qu'il s'imagine qu'il peut acheter mon pardon ?

La porte derrière moi carillonne à nouveau, tandis que quelqu'un entre.

— Excusez-moi de vous interrompre. Vous devez être Holly, la patronne de Charlotte ?

Je pivote. Tate se tient à l'entrée, les mains dans les poches. Il porte une chemise gris foncé qu'il a boutonnée et dont les manches sont partiellement retroussées, et un jean brut. C'est plus joli que sa tenue du *coffee shop* de tout à l'heure, et ça lui va bien. Très bien.

Holly se lève brusquement, faisant tomber un morceau de papier au sol. L'incrédulité se lit sur son visage.

— Oui, répond-elle d'une voix plus aiguë que d'habitude. C'est moi. Et vous êtes…

Elle s'éclaircit la voix.

— … Vous êtes Tate Collins.

— Merci d'avoir fait livrer toutes ces fleurs aussi rapidement, poursuit-il d'une voix suave.

Ses yeux dérivent brièvement vers moi et je lui lance un regard furieux, pas amusée du tout par ce qu'il essaie de faire.

— Pas de problème, répond-elle.

Holly écarquille les yeux et me regarde comme si elle essayait de jauger ma réaction, comme si je ne me rendais pas compte de qui se trouvait dans la boutique avec nous.

— J'espérais pouvoir vous emprunter Charlotte pour la soirée, si vous n'avez pas besoin d'elle, bien sûr…

Il se croit probablement très intelligent de me forcer à prendre ma soirée, en ayant acheté toute la boutique. Comme si c'était un grand geste romantique. Encore un autre de ses jeux stupides. Ma poitrine se serre, mon irritation enfle. J'ai envie de hurler.

— Elle est tout à vous, répond Holly.

— Non, dis-je sèchement, pivotant pour lui faire face. Tu ne peux pas *m'emprunter*. Je ne suis pas une chose qu'on emprunte !

Il se tourne vers moi pour me fixer droit dans les yeux, et l'intensité de son regard me transperce.

— Ce n'est pas ce que je voulais dire, Charlotte. J'ai juste besoin de m'expliquer. J'ai besoin que tu saches que je ne t'ai pas menti.

— Je m'en fiche…

Mais ma voix faiblit en un murmure. Je jette un coup d'œil à Holly. Elle nous dévisage, bouche bée.

— Va-t'en !

Il me fixe et je vois une ombre passer sur son visage. Il n'a probablement pas l'habitude qu'on lui dise non.

— D'accord, cède-t-il finalement. Je suis désolé. Je ne t'embêterai plus.

Il me lance un dernier regard avant de se retourner et de ressortir dans la lumière du jour déclinant, le soleil disparaissant à l'horizon.

Je me force à bouger, et je marche jusqu'au comptoir, où Holly se tient toujours figée.

— Est-ce que j'ai raté quelque chose ? demande-t-elle. Est-ce que Tate Collins vient juste de t'inviter à sortir ?

Je secoue la tête.

— C'était plutôt un ordre.

— Et tu lui as dit non ?

On dirait Carlos.

— Ça fait plus d'une semaine qu'il vient ici, dis-je, tout en ayant conscience que ça n'est pas une réponse.

— Attends… Le garçon mystère, c'est lui ? Celui qui t'a envoyé les roses ?

Je vois le moment où le déclic se fait dans son esprit.

— L'inconnu louche qui m'a suivie et m'a embarrassée devant la classe en me faisant livrer des fleurs ? Ouais, c'est lui.

Elle se décontracte soudain.

— OK, alors que s'est-il passé, pour que tu le détestes autant ?

J'évite son regard.

— Je suis sortie avec lui vendredi soir, tout en sachant que c'était une erreur, et il m'a menti. Il ne m'a pas dit qui il était. Je suis passée pour une imbécile.

Holly lève les mains, et ses bracelets en argent ornés de breloques glissent sur ses avant-bras.

— Attends, attends… Ralentis. Tu es sortie avec lui et tu ne savais pas qu'il était Tate Collins ?

— Ouais, bon…

Je grimace.

— Je ne l'ai pas… reconnu.

— Arrête-moi si je me trompe : et c'est pour ça que tu ne veux plus sortir avec lui, parce qu'il ne t'a pas dit dès le début qui il était, alors que presque toute l'Amérique — non, le monde entier — l'aurait reconnu instantanément ?

— C'est sûr que présenté comme ça…

Je sors le balai du placard, et commence à rassembler les feuilles éparpillées au sol. Je me sens mal tout à coup. J'ai l'estomac noué.

Holly fait claquer sa langue en signe de désapprobation.

— Charlotte… Il est probablement tellement habitué à ce que les filles tombent à ses pieds que ton attitude a dû lui paraître rafraîchissante.

— Oui, peut-être.

Sa réaction quand il est entré dans la boutique la première fois me revient en mémoire. Il me regardait comme s'il attendait quelque chose, que je le reconnaisse, sans doute. Mais ce moment n'est jamais arrivé. Il a continué de venir me voir ; il a continué de trouver des raisons de passer cette porte. Peut-être que Holly a vu juste.

— Mais ça n'a aucune importance, dis-je. C'est terminé.

Ses mots repassent en boucle dans mon esprit : « *Je ne t'embêterai plus.* »

— Est-ce qu'il te plaît ?

Je pince les lèvres, taisant la vérité.

— Non. Enfin… je ne sais pas.

Holly se penche en avant contre le comptoir.

— Lui, en tout cas, a l'air de beaucoup t'apprécier. Il a acheté la boutique juste pour passer une soirée avec toi, pour l'amour du ciel ! Je sais que tu as des règles strictes au sujet des garçons, mais tu es une fille intelligente, Charlotte, et tu as toujours été si responsable. N'aie pas peur de te lâcher un peu.

Elle sourit, faisant apparaître les fines ridules autour de ses yeux.

— Lui as-tu demandé de s'éloigner parce qu'il ne te plaît pas ou parce que tu as peur qu'il te plaise ? Pose-toi sincèrement la question.

Un sentiment nouveau grandit en moi, comme s'il avait eu besoin de la permission de Holly pour se manifester. Ce n'est pas de la colère, cette fois, même si j'essaie de m'y raccrocher. Il y a ces sensations, lorsque je suis près de lui, celles des papillons dans mon ventre. Il y a la façon dont il me regarde, comme s'il me voyait vraiment ; la façon dont il m'écoute, quand je parle, semblant pressé d'entendre le prochain mot qui sortira de ma bouche.

— Bon, c'est vrai… Peut-être qu'il me plaît.

Elle fait un signe de tête vers la porte.

— Il n'est pas trop tard. Sa voiture est toujours dehors.

Je me tourne. La silhouette de sa voiture noire aux lignes épurées se dessine dans la rue, les phares toujours allumés. J'hésite.

— Fonce, me presse Holly. Laisse-le s'expliquer, et *ensuite* décide si tu veux le revoir ou non.

Je souris et passe derrière le comptoir pour l'enlacer. Puis je cours vers la porte.

— Appelle-moi si tu as besoin de quoi que ce soit ! crie-t-elle.

Le moteur est en train de ronronner. Sans réfléchir, je me plante devant la voiture. Je me retrouve baignée par la lumière bleutée des phares, et discerne la silhouette de Tate sur le siège conducteur, à travers les vitres teintées. J'ai un moment d'hésitation. Je me rappelle la fille gothique et sa mise en garde ; je prends conscience de ce que je suis sur le point de faire, puis décide de ne plus y penser. Peut-être que je suis folle, mais je veux entendre ce qu'il a à me dire.

J'ouvre la portière côté passager et m'installe sur le siège, mais je ne suis pas encore assez courageuse pour le regarder, lui. L'intérieur de cuir noir est impeccable : pas d'emballages de fast-food ou de baskets sales, même pas une bouteille d'eau qui traîne.

Je retiens mon souffle. Il attend que je parle.

— Demande-le-moi encore, dis-je après quelques secondes.

Puis je lève les yeux vers lui. Son expression me coupe le souffle.

— Te demander quoi ?

Son regard perçant rend toute pensée cohérente difficile.

— Redemande-moi de sortir avec toi.

Un début de sourire se dessine sur ses lèvres.

— Veux-tu sortir avec moi, Charlotte ?

— Oui.

Cette fois, le mot vient facilement.

Il se penche, attrape ma ceinture et l'attache. Ses doigts frôlent mes bras et le sang bat à mes tempes. J'en fais abstraction et regarde droit devant moi.

— Je veux toujours savoir pourquoi tu ne m'as pas dit la vérité. Alors, ne te crois pas tiré d'affaire. J'ai besoin d'une explication.

— Tu en auras une, m'assure-t-il.

Un sourire naissant lui relève le coin de la bouche ; il fait vrombir le moteur.

— Où est-ce qu'on va ?

— Chez moi.

Il passe la première, relâche l'embrayage. La voiture démarre en trombe et remonte Sunset Boulevard en direction du nord. Tate conduit avec assurance, de manière agressive, mais, loin d'être effrayée, je souris, tandis qu'on gravit les collines d'Hollywood. Puis, tout à coup, la voiture tourne dans une allée et ralentit devant une grille. Tate appuie sur un bouton sur le tableau de bord et les battants s'ouvrent automatiquement.

L'allée serpente en descente, puis sa maison apparaît derrière un enchevêtrement d'arbres majestueux. Je me penche en avant, retenant un cri d'exclamation. De la pierre, du béton, des baies vitrées sur trois étages, et un toit qui s'étire vers le ciel comme s'il pouvait atteindre les fines traînées de nuages dans l'obscurité.

Tate traverse l'allée circulaire et s'arrête près de portes d'entrée imposantes en métal. Je lui jette un regard abasourdi, mais il est déjà descendu de voiture. Il vient m'ouvrir la portière et me prend la main pour m'aider à sortir. La chaleur de ses doigts provoque une vague de frissons. Il y a quelques jours seulement que nous nous sommes tenu la main, mais j'ai l'impression que ça fait une éternité.

— Tu vis là tout seul ?

Nous remontons l'allée de gravier blanc.

— Ouais. Avant, il y avait d'autres personnes… Maintenant, il n'y a plus que Hank, mais il vit dans la dépendance.

— C'est qui, Hank ?

Comme s'il nous avait entendus, un homme d'une carrure impressionnante ouvre en grand la porte d'entrée.

— Quoi de neuf, T. ? dit-il, tendant la main et tapant son poing contre celui de Tate.

Hank est grand et massif, il a le crâne rasé et un cou aussi large qu'un tronc d'arbre. Mais son sourire est décontracté et aimable.

— Charlotte, voici Hank, mon garde du corps.

— Sauf que, dernièrement, T. a pris l'habitude de quitter la maison sans moi, souligne Hank en me regardant. Il a dit qu'il voulait passer inaperçu et qu'un garde du corps attirait trop l'attention. Je soupçonne que ça a quelque chose à voir avec toi.

Son sourire atténue la sévérité de ses paroles, et il me fait un baisemain.

— Voici donc cette Charlotte qui torture mon garçon… C'est bien que tu ne lui rendes pas les choses faciles. Ça lui fait du bien d'avoir les pieds sur terre, de temps en temps.

Je lève la tête et lui souris, essayant de ne pas m'appesantir sur le fait que je connais quelqu'un qui a son garde du corps attitré.

— Je fais de mon mieux.

— Arrêtez de conspirer contre moi, tous les deux ! dit Tate, en tirant sur ma main.

— Tu as fini pour la soirée, T. ? demande Hank, comme nous entrons dans la maison.

Tate me regarde.

— Je crois, ouais.

— Dans ce cas, je vais mettre la voiture au garage. Préviens-moi si tu en as besoin plus tard.

— Merci, Hank.

— Ça a été un plaisir de te rencontrer, Charlotte.

— Pour moi aussi.

Hank sort et ferme la porte derrière lui. Je regarde autour de moi et suis stupéfaite devant l'étendue de la maison. Je me croirais dans un musée d'art moderne. Les fenêtres vont du sol au plafond, et toute la pièce est baignée d'une douce lumière dorée qui semble jaillir des murs eux-mêmes.

Nous traversons le salon, où un large piano blanc, dans un coin, brille tant qu'il reflète la lumière du plafonnier. Tout est propre, immaculé, parfait. Presque trop parfait. Il n'y a pas de photos de famille ou d'amis sous cadre, aucun signe que cette maison soit vraiment habitée.

Des albums or et platine sont accrochés au mur — les titres de ses tubes gravés sous chacun d'eux. C'est surréaliste. Et la réalité me frappe à nouveau.

Je suis dans la maison de Tate Collins.

Chapitre 7

Il y a plus d'albums que je ne peux en compter, et je voudrais l'interroger à leur sujet, mais Tate passe devant sans même leur accorder un regard. Les baies vitrées donnent sur une piscine à débordement et révèlent un dénivelé abrupt et une vue panoramique.

— Tu as faim ? Je n'ai pas grand-chose dans la cuisine, peut-être quelques restes de pizza, ou alors on pourrait commander quelque chose…

— Non, ça va.

Je n'ai pas très faim. Je suis toujours méfiante à son sujet, sur mes gardes. Le seul fait d'être près de lui accélère mon rythme cardiaque.

— Est-ce qu'on peut aller dehors ? je demande, attirée par les pâles lumières scintillantes de la piscine.

Je n'ai jamais mis les pieds dans un aussi bel endroit.

Il touche l'une des portes, qui commence à se replier comme un accordéon, ouvrant entièrement le salon sur la pelouse. Instantanément, l'odeur de l'herbe fraîchement tondue embaume l'air. La longue piscine rectangulaire s'étire devant nous, illuminée d'un bleu vibrant. Au-delà s'étend une large étendue de pelouse avec vue époustouflante sur l'horizon — le monde entier comme suspendu dans la distance.

Tate me conduit à l'extrémité de la pelouse et je m'assieds en tailleur à côté de lui, trop admirative pour protester quand il me prend la main. Nous restons à contempler le flanc de colline qui révèle l'étendue infinie de lumières scintillantes de Los Angeles, loin, en contrebas. La ville a l'air spectaculaire vue d'ici, comme un paysage de conte de fées qui s'étire jusqu'au sombre océan.

— On finit par s'y habituer, dit-il, comme s'il lisait dans mes pensées.

— Je ne crois pas que je m'y habituerais. Tout a l'air si différent, vu d'ici.

— C'est juste une illusion.

Il étend les jambes devant lui.

— De loin, tout paraît beau.

Je détourne les yeux de l'horizon et observe son visage. Il semble en permanence sur ses gardes, la mâchoire serrée. Je retire ma main, passant mes paumes sur les brins d'herbe.

— Pourquoi ? dis-je doucement.

— Pourquoi quoi ?

J'enfonce les doigts dans la pelouse, sentant la terre légèrement humide en dessous.

— Pourquoi est-ce que tu ne m'as pas dit qui tu étais ?

Son air se fait pensif ; il observe les lumières de la ville pendant un long moment avant de répondre.

— Je t'ai vue.

— Vue ?

— Le premier soir. Dans la boutique. C'est pour ça que je suis entré, parce que je t'avais remarquée à travers la vitrine.

Il se passe la langue sur les lèvres.

— Tu écoutais de la musique sur ton téléphone, tu chantais et tu dansais, couverte de paillettes.

Ses yeux se posent sur mes mains qui fourragent toujours dans l'herbe.

— Tu étais si heureuse, si belle ! Tu n'avais presque pas l'air réelle — comme si tu étais le fruit de mon imagination.

Ses mots sont des étincelles embrasant l'air entre nous. Personne ne m'a jamais rien dit de tel et, même s'il raconte ça à toutes les filles qu'il ramène chez lui, je me sens parcourue de petites décharges électriques qui ondulent sur ma peau.

— Je n'avais pas besoin d'acheter des fleurs. Je voulais simplement te parler. Et quand j'ai réalisé que tu ignorais qui j'étais, j'ai été pris au dépourvu.

Il fronce légèrement les sourcils.

— Alors j'ai menti, et j'ai dit que je voulais acheter des fleurs. Mais elles t'ont toujours été destinées.

Je me frotte les genoux, essayant de masquer ma réaction à ses mots, de me donner une contenance.

— Après ça, j'ai eu envie de te revoir, poursuit-il. Tu… m'intriguais. Je ne me rappelle pas la dernière fois que j'ai rencontré quelqu'un qui ignorait mon identité.

Il a la grâce de paraître un peu gêné.

— Tu m'as invitée à sortir avec toi uniquement parce que je ne t'avais pas reconnu ?

Je parle de manière brusque exprès, pour essayer de casser la tension qui grandit entre nous.

— Non, pas uniquement.

Je sens son regard sur moi, mais je refuse de tourner la tête. Je ne me fais pas confiance.

— Il y avait quelque chose chez toi… Il y *a* quelque chose…

J'ignore ce qu'il veut dire exactement et mon front se plisse. Mais je ne le regarde toujours pas.

— Tu n'avais pas besoin de mentir.

Le souvenir de ce fameux vendredi soir, avec les paparazzis, la foule qui poussait et nous encerclait, me noue l'estomac. Je me suis sentie tellement stupide ! Et, même si nous n'avions eu qu'un seul rencard, complètement trahie.

— Je n'ai pas menti, dit-il.

En fait, il a raison. Il ne m'a pas donné de faux nom, ne m'a pas dit de choses qui n'étaient pas vraies à son sujet. J'ai tout de même l'impression d'avoir été manipulée.

— Je voulais savoir si tu accepterais un rendez-vous, même en ignorant qui j'étais.

— Alors, c'était un test ?

— Non.

Il secoue la tête, et je sens ses yeux glisser sur moi, sur mes pommettes, mes cheveux qui tombent sur ma nuque, mes lèvres.

— Je suis curieux de toi.

— Tu ne devrais pas. Je ne suis pas si intéressante que ça.

— Je pense que si. Je veux en savoir plus sur toi. Un seul rendez-vous n'était pas suffisant.

Je ne réponds pas. J'en suis incapable. J'ai déjà du mal à respirer normalement. Il me prend la main, la porte à ses lèvres. Je frémis à ce contact sur ma peau et me force à regarder ailleurs, vers le ciel étoilé et scintillant des lumières de la ville.

— C'est un vrai ? demande-t-il, sa voix proche de mon oreille.

— Quoi ?

Il touche l'intérieur de mon poignet gauche d'un doigt rugueux, et suit le tracé du triangle bleu foncé.

Je retire brusquement la main et caresse le triangle de mes doigts ; il symbolise des souvenirs.

— C'est juste du stylo. Je l'ai toujours dessiné.

— Est-ce qu'il signifie quelque chose ?

— Les triangles sont la forme la plus solide. Ils peuvent supporter la pression de tous les côtés.

J'éloigne mon poignet d'un geste protecteur.

— Je crois que c'est ce que ma mère disait, mais je n'en suis pas certaine.

Dommage que ça n'ait pas marché pour elle ! Elle n'arrivait jamais à dire non aux hommes qui lui faisaient la cour. Tout comme Mia. Mais ce symbole me rappelle que je peux être différente.

— Est-ce que tu as besoin d'être forte ?

— On en a tous besoin… à un moment ou à un autre.

Comme là, maintenant.

J'ai plus que jamais besoin de me rappeler la promesse que je me suis faite. Mon futur est planifié ; j'ai un projet. Et ce plan n'inclut pas Tate, ni la centaine de papillons qui frémissent dans mon estomac.

Il respire, assez fort pour que je l'entende.

— Tu dessines d'autres choses ?

— Parfois.

Tout le temps.

J'ai toujours aimé dessiner et peindre. Enfant, je pensais que je deviendrais artiste en grandissant. Ensuite, j'ai appris que la plupart des artistes n'arrivaient pas à vivre de leur art. Même Van Gogh et Monet n'étaient pas reconnus de leur temps. Alors, j'ai élaboré un projet plus pragmatique. Que des A, le stage, Stanford, la meilleure école de médecine, l'internat, puis décrocher un job. Mais je ne le lui dis pas.

— J'aimerais pouvoir faire ça : dessiner ou peindre, créer quelque chose à partir de rien, dit-il, s'appuyant sur les coudes et levant la tête vers le ciel.

— Tu fais de la musique. C'est beaucoup plus impressionnant que des gribouillis.

Ses doigts ne sont qu'à quelques centimètres des miens, et je ne peux pas m'empêcher de suivre du regard la ligne de son bras musclé jusqu'à son épaule, puis l'inclinaison de sa nuque jusqu'au creux, derrière son oreille.

— Je ne sais même pas si on peut appeler ça de la musique. Ce sont juste des arrangements et du design sonore en studio.

Il rit amèrement, la tête toujours levée vers le ciel inondé de rais de lumière — les étoiles sont tellement plus brillantes vues d'ici, où la lueur des néons et des réverbères ne les atténue pas.

— Avant, la musique comptait pour moi, c'était la mienne… mais plus maintenant. Elle a perdu tout ce qui la rendait authentique.

— C'est pour ça que tu as arrêté les concerts ?

Je ne sais pas grand-chose de la vie et de la carrière de Tate Collins, mais j'ai entendu à la radio qu'il y avait plus d'un an qu'il n'avait pas donné un seul concert, ni sorti un nouvel album, disparaissant de la circulation, alors qu'il était au sommet. Et personne ne semblait savoir pourquoi. Et je ne m'y étais jamais vraiment intéressée… jusqu'à maintenant. Maintenant que je suis assise près de lui, sur sa pelouse, alors que ses doigts, son épaule, son corps sont si dangereusement près des miens.

Il se redresse.

— Tout n'est pas rose, dans ce milieu.

Son regard se voile subitement, comme s'il se rappelait une autre époque, un souvenir connu de lui seul.

— J'ai laissé les choses dégénérer et je ne peux pas revenir en arrière.

— Quelles choses ?

Il ne répond pas. Ne secoue même pas la tête. Son regard est fixé sur un point lointain.

— Mais tu aimes toujours faire de la musique ? je demande doucement, tentant de le ramener au moment présent.

— Ça fait tellement longtemps que je n'ai rien écrit, je ne suis pas sûr de me rappeler comment on fait.

— Je doute que ce soit une chose qu'on oublie, dis-je, pour essayer de l'encourager.

Il se tourne et me regarde pour la première fois depuis que nous avons commencé cette conversation. Ses yeux s'adoucissent.

— J'espère que tu as raison.

Et il sourit, pour de bon.

— De toutes tes chansons, laquelle est ta préférée ?

J'espère, par cette question, l'aider à se rappeler ce qu'il aimait, peut-être même se souvenir de ce qui l'inspirait.

— Sûrement une dont tu n'as jamais entendu parler, répond-il d'un air espiègle.

Je détourne le regard, légèrement embarrassée.

— C'est vrai que je ne connais pas vraiment ton répertoire.

Je me mordille le bord de la lèvre et grimace un sourire.

Il rit — un vrai rire cette fois.

— Encore mieux.

Puis il bondit et me tend la main.

— Viens par là !

Il m'aide à me relever et, avant que je m'en rende compte, il place la main au creux de mes reins et m'attire à lui. Puis nous commençons à danser.

Mon cœur bat follement contre mes côtes.

— Qu'est-ce que tu fais ?

— Tu voulais connaître ma chanson préférée… C'est la meilleure façon de te la faire connaître. C'est une chanson d'amour — idéale pour un slow.

Avant que je puisse protester ou ravaler la boule dans ma gorge, il commence à fredonner. Doucement, au début, puis en murmurant les paroles d'une chanson que je reconnais vaguement.

Si tu savais ce que ça fait, d'être loin de toi, tu ne m'aurais jamais quitté.

Et dans sa voix, dans la teneur suave, grave de ses paroles, j'entends Tate Collins le chanteur.

Tes yeux sont comme des émeraudes, ton corps comme de l'or.

Si seulement tu pouvais encore m'aimer.

Tu ne sais pas ce que tu as fait…

Il me tient doucement, fermement, et sa voix est un murmure à peine audible. Je ne résiste pas, laisse mes paupières se fermer. Non loin, une brise se lève, soulevant les feuilles d'un arbre proche de nous, et, bien que l'air soit chaud, des frissons me parcourent les bras. Il presse la main sur mon dos, ses doigts appuient contre mon T-shirt, tandis qu'il m'entraîne dans un slow langoureux. Je m'abandonne. Le moment m'enveloppe complètement.

Lorsque je rouvre les yeux, je m'aperçois qu'il est en train de me dévisager. Son expression est indéchiffrable. Sans un mot, il me guide vers la maison. Il se tourne vers moi juste avant que nous atteignions la porte, passe les bras autour de ma taille et me presse contre l'une des colonnes de pierre qui entourent son patio arrière. Ses yeux cherchent les miens. Son pouls bat à la base de son cou. Il se rapproche de plus en plus.

J'inspire un grand coup, ma poitrine frôlant la sienne, et il ferme les yeux. Timidement, je pose les mains sur son torse.

Mon audace me coupe presque le souffle. Il est si chaud. Je sens sous ma paume le battement rapide de son cœur.

Il caresse ma pommette d'un doigt, juste sous l'œil. Son corps est si près — seule une mince couche d'air ou de tissu sépare sa poitrine, son torse, ses lèvres, des miens. Je frissonne et ferme les yeux, mes lèvres s'entrouvrant par anticipation. Son souffle effleure mes lèvres, tiède et doux ; je devine qu'il est tout près. Je sais qu'il va m'embrasser.

Et j'en ai terriblement envie.

Ses bras m'enserrent et il m'attire fermement contre lui ; pas même un centimètre ne nous sépare. Un gémissement m'échappe et, avant que je puisse dire ou penser quoi que ce soit, il presse sa bouche contre la mienne.

Tous mes sens sont en alerte. Une myriade de sensations explosent à la surface délicate de mes lèvres. Je n'ai jamais rien ressenti de tel. C'est tout ce que j'attendais d'un premier baiser. Ses lèvres sont douces mais sûres d'elles, avides. Je prie pour ne pas tout gâcher, me fiant à mon instinct. Il capture ma lèvre inférieure avec les siennes, tirant légèrement dessus avant de la libérer. Mes genoux menacent de se dérober sous moi. J'agrippe son T-shirt et serre le tissu de mes poings.

À chaque effleurement de sa bouche sur la mienne, j'ai l'impression de m'envoler. Il caresse mon visage, ma joue, ma mâchoire, mon menton. Ses doigts descendent le long de ma gorge, suivent ma clavicule et restent posés là. Je prends une inspiration frémissante, craignant qu'il n'ose aller plus loin. Excitée à l'idée qu'il aille plus loin…

J'ouvre les yeux comme il rompt notre baiser. Notre respiration est saccadée, nos poitrines se soulevant et s'abaissant de concert. Il s'écarte juste le temps de me poser une question silencieuse, ses yeux ténébreux rivés sur les miens. Je réponds par le plus léger des hochements de tête.

Il m'embrasse alors à nouveau. Plus intensément, cette fois. Mes lèvres s'ouvrent sous les siennes, sa langue tiède effleure ma peau. Je gémis contre sa bouche insistante et il en profite, approfondissant son baiser. Mon cœur s'emballe quand son doigt descend sur ma gorge et joue avec le décolleté de mon T-shirt.

Puis, tout à coup, je recouvre mes esprits. Saisie de panique, je le repousse doucement pour que nos lèvres se détachent. J'essaie de reprendre mon souffle, de calmer mon cœur fou, mais c'est impossible, car il continue de jouer avec mon T-shirt, ses doigts frôlant ma peau à vif.

— Mon Dieu, Charlotte.

Il secoue la tête.

— Je ne peux pas…

Il s'interrompt et me regarde comme si j'étais un mystère qu'il avait du mal à élucider.

Doucement, je lève la tête pour l'observer, les joues en feu. Je devrais m'écarter, mais il caresse ma joue de ses doigts et je frissonne, incapable de faire un mouvement. Je prends une profonde inspiration juste comme il s'apprête à m'embrasser de nouveau.

Et d'un coup, je lâche :

— Je ne l'ai jamais fait avant.

— Quoi ?

Il recule légèrement.

— Je n'ai… je n'ai jamais embrassé personne avant toi.

Je ferme les yeux et déglutis avec effort.

Quelle idiote. Pourquoi est-ce que j'ai dit ça ?

Pas mieux pour casser l'ambiance ! Mais j'ai paniqué ; tout allait si vite, c'est sorti tout seul.

Tate recule à peine, mais, soudain, l'air de la nuit est froid.

— Tu n'as jamais embrassé *personne* ?

Il a l'air stupéfait.

Je secoue lentement la tête.

Son regard ne me quitte pas.

— Comment est-ce possible ?

Je me détourne pour échapper à ses yeux pénétrants.

— Ça n'a pas fait partie de mes priorités.

— Mais tu as déjà eu des petits amis ?

Je fronce les sourcils.

— Non. J'attendais. Mais ça ne veut pas dire que j'ai envie d'arrêter.

Je secoue la tête, submergée par l'humiliation.

— Je n'aurais rien dû te dire. Je ne sais pas pourquoi je l'ai fait. Je suis désolée d'avoir tout gâché.

— C'est moi qui suis désolé, Charlotte.

J'entends un soupçon de regret dans sa voix.

— Je ne peux pas faire ça, ajoute-t-il.

Sa voix est plate, blanche, pourtant, ses mots me transpercent le cœur.

Il recule, et le monde reprend sa place : la brise nocturne, le sifflement du vent dans les arbres, une voiture qui passe au loin.

— Tu devrais rentrer.

Il a parlé avec douceur, il est cependant à des millions de kilomètres. L'espace entre nous est froid, comme si son corps ne l'avait jamais occupé, comme si j'avais tout imaginé.

— Hank te raccompagnera.

J'ai du mal à me concentrer sur ses paroles. Je me sens

étourdie, incapable de comprendre ce qui a si brutalement changé entre nous.

Je ne hoche pas la tête. Je ne peux même pas prononcer un mot. Soutenue par la colonne de pierre contre laquelle il m'a laissée chancelante, je le regarde se diriger vers la maison. Il se retourne une fois pour me dévisager. Quelque chose passe entre nous, mais je ne peux déchiffrer son expression : du regret, peut-être ? Ou est-ce l'embarras d'avoir flirté avec une fille tellement naïve qu'elle avait envisagé la soirée d'une manière totalement différente de lui ? Il doit déjà regretter de m'avoir conduite ici. Il répète :

— Je suis désolé, Charlotte.

Et c'est tout. Ensuite, il rentre chez lui.

Je suis dans un état second. Hank me fait sortir. Une berline attend dans l'allée. Il ouvre la portière arrière et je lève les yeux, abasourdie, vers l'imposante façade de la maison. Je m'attends à voir le visage de Tate à l'une des fenêtres, mais seul l'extérieur froid me répond.

Je me sens complètement et terriblement seule.

Chapitre 8

Nous sommes mercredi soir et je suis assise en tailleur sur le sol de ma chambre, un manuel scolaire d'un côté, Leo de l'autre. Mia avait besoin de prendre une douche et j'ai proposé de m'occuper de lui. En même temps, je révise pour un contrôle d'histoire.

Je tapote le haut de mon livre avec un surligneur et observe Leo, qui mordille joyeusement un anneau de dentition aux couleurs vives en forme de set de clés de voiture.

Plus de trois semaines se sont écoulées depuis ce soir-là. Trois semaines depuis que j'ai laissé Tate m'humilier. Encore.

Et je n'arrive pas à passer à autre chose.

Les cours ont été abrutissants : une déferlante de rédactions et de révisions pour les contrôles. Au travail, les jours passent et se ressemblent, sans aucun signe de lui. Je me suis plongée dans le travail scolaire, ai fait des heures supplémentaires pour mon stage — dans le seul but de ne plus penser à lui. Pourtant, je m'attends toujours à le voir passer la porte de la boutique, ou qu'un autre bouquet de fleurs arrive au lycée, mais rien de cela ne se produit. Bien évidemment, Holly mourait d'envie de savoir ce qui s'était passé après que j'ai quitté la boutique, ce soir-là. « *J'avais raison la première fois*, lui ai-je dit le lendemain en arrivant au travail. *J'ai eu tort de lui donner une seconde chance.*

C'est un abruti. » Elle m'a serrée dans ses bras et m'a dit qu'elle était fière de moi, que j'avais bien fait de me lancer, et que je ne devais pas laisser cette histoire avec Tate ruiner ma vision de l'amour. Mais c'est trop tard.

Je devrais être heureuse que ce soit terminé. C'était ce que je voulais. Seulement, je n'arrête pas de penser à lui. Et ça m'est insupportable.

La porte d'entrée se referme ; grand-mère est rentrée du travail. Elle me rejoint dans la chambre et, dès que Leo l'aperçoit, il lève ses petits bras potelés vers elle. Parfois, j'ai l'impression qu'elle est sa préférée. Mais dans quelques années, quand je pourrai l'emmener à la plage pour faire des châteaux de sable, et boire des milk-shakes, je serai alors la tante super cool. Mia et grand-mère ne rivaliseront pas.

— Comment avancent les révisions ? me demande grand-mère, en se baissant pour attraper Leo.

Il sourit tandis qu'elle le fait voler dans les airs et le berce dans ses bras.

— Je lis la même page depuis une heure.

Elle murmure d'un air compréhensif :

— Tu as semblé distraite, ces dernières semaines.

— Oui. Je ne sais pas pourquoi.

C'est un mensonge : je sais précisément ce qui ne va pas. Je n'arrête pas de penser à *lui*.

— Je peux m'occuper de Léo pour que tu travailles tranquillement, propose-t-elle, marchant vers la porte, Leo accroché à sa hanche, le col de sa blouse déjà dans sa bouche.

Je lui souris.

— Merci.

Mais ce n'est pas Leo qui m'empêche de me concentrer.

C'est quelqu'un d'autre. Une personne que j'aimerais pouvoir oublier. Hélas plus les jours passent, plus c'est difficile. Il semble que mon cerveau m'empêche de tourner la page. Et ça empire au lieu de s'améliorer.

Grand-mère s'arrête à la porte, berçant Leo dans ses bras, et se retourne vers moi, l'air grave.

— Tu as travaillé si dur, Charlotte, dit-elle de manière inattendue. Tu n'as jamais laissé quoi que ce soit se mettre en travers de ton chemin. J'ai conscience de tout ce que tu as à gérer, entre les cours, le travail, le stage et Stanford. Tu as toujours fait de ton futur une priorité et je veux que tu saches à quel point je suis fière de toi. Je ne sais pas ce qui te perturbe ces jours-ci, mais…

Elle soupire.

— … rappelle-toi ceci : les problèmes que tu rencontres aujourd'hui sont temporaires. L'année prochaine, à la même période, tu traceras ta route.

J'acquiesce d'un signe de tête. Mais, une fois qu'elle est sortie, je referme mon manuel et appuie la tête contre le bord de mon lit. Ça ne peut plus durer. Je ne peux pas continuer à prétendre que tout va bien.

Je dois faire quelque chose.

Je descends Sunset trop vite, le pied sur l'accélérateur, et ma Volvo proteste.

La nuit dernière, incapable d'étudier à cause des souvenirs de Tate et de la soirée chez lui qui repassaient en boucle dans mon esprit, j'ai réalisé que je n'arriverais pas à tourner la page tant que je n'aurais pas compris pourquoi il m'a jetée dehors, quand il a appris que je n'avais embrassé personne avant lui.

Je sillonne les rues de West Hollywood. Je devrais être à la maison en train de réviser. Mais, à la place, je m'apprête à faire une chose que je regretterai peut-être.

Je baisse complètement les vitres et augmente le volume de la radio pour essayer de noyer mes pensées, d'atténuer la colère douloureuse qui cogne dans ma poitrine. Le vent soulève mes cheveux, mes mèches s'emmêlent. J'agrippe le volant et appuie plus fort sur l'accélérateur. La chanson se termine et une nouvelle commence ; les basses font trembler les portières. Ma gorge se serre, tandis qu'une voix connue sort des enceintes.

« Si seulement tu pouvais encore m'aimer,

Si tu pouvais voir ce que tu as fait,

Je n'arrive pas à dormir sans toi, le lit est glacé. »

Le souvenir s'impose à moi avant que je puisse le réprimer : Tate fredonnant la même chanson, murmurant ces mêmes paroles comme nous dansions sous une voûte étoilée, ses lèvres contre mon oreille.

« Mes rêves sont devenus des cauchemars,

Je sens encore tes mains sur moi… »

J'éteins l'autoradio d'un coup sec. Je tourne à droite à l'intersection suivante, m'éloignant un peu plus de la maison, de la fille raisonnable, rationnelle, qui devrait étudier pour ses examens, peaufiner sa candidature à Stanford, s'avancer dans ses lectures pour son cours d'anglais. Au lieu de ça, je suis le chemin que nous avons emprunté cette nuit-là, quand les lumières de la ville dansaient et tournoyaient derrière ma vitre teintée, quand nous nous enfoncions dans les collines d'Hollywood.

La route est facile à retrouver. Mes mains semblent connaître le chemin, et guident d'elles-mêmes la voiture à travers les virages serrés et les montées abruptes, jusqu'à ce que j'arrive au portail. Je n'ai pas de télécommande pour entrer. Alors, je baisse ma vitre et fixe la minuscule lumière rouge de la caméra de surveillance.

— Qui est-ce ?

La voix de Hank, qui sort soudainement de l'enceinte, me fait sursauter sur mon siège.

— Euh… C'est Charlotte. On… on s'est rencontrés, il y a quelques semaines.

J'ignore pour quelle raison il me laisserait entrer. C'était une idée stupide.

Mais, après un court silence, il déclare :

— Vas-y, entre.

Mes mains commencent à trembler et je tapote nerveusement le volant. La grille s'ouvre et j'accélère, descendant l'allée circulaire qui mène à la maison.

Je me gare et inspire un grand coup, avant de monter les marches. L'imposante porte d'entrée s'ouvre et Hank apparaît, sa carrure emplissant presque entièrement l'encadrement de la porte.

— Que puis-je faire pour toi, Charlotte ? demande-t-il, jetant un coup d'œil par-dessus mon épaule à mon tas de ferraille.

— Il faut que je voie Tate, dis-je d'une voix ferme.

Je déteste la pitié que je lis dans ses yeux.

— Vous aviez rendez-vous ?

Je me décale pour regarder derrière lui, à l'intérieur. Dans le salon, la cheminée crépite doucement, mais je ne discerne personne dans la pénombre.

— Est-ce qu'il est là ?

Hank fait un pas en avant et déclare à voix basse :

— Je suis censé ne rien dire…

Il regarde rapidement vers l'intérieur avant de revenir vers moi.

— … mais, pour être franc, il n'est plus lui-même depuis quelques semaines. Ça pourrait lui faire du bien de te voir.

Il ouvre en grand et me fait signe de passer.

Stupéfaite qu'il m'ait laissée entrer, j'avance à pas hésitants dans le hall. Hank sort et referme la porte derrière lui.

Je suis seule chez Tate.

J'entends des bruits de pas. Tate émerge du couloir sur ma droite, uniquement vêtu d'un jean, son torse nu éclairé par la lumière vacillante. J'en ai le souffle coupé. Sa peau semble bronzée à la lueur du feu.

J'aimerais lui crier après, hurler qu'il est un enfoiré, qu'il n'avait pas le droit de me traiter comme il l'a fait. Je veux qu'il souffre, même si une partie de moi, traîtresse, espère une explication, une raison acceptable à ce qu'il a dit ce soir-là.

Mais, avant que je puisse former les mots, il me coupe l'herbe sous le pied.

— Qu'est-ce que tu fais là ?

— Je…

Je suis si nerveuse que mes mains en tremblent. Je ne suis pas venue avec un plan d'action précis en tête. Il plisse les yeux, comme pour mieux me voir dans la pénombre. Comme si la réponse était écrite sur mon visage.

— Pourquoi est-ce que tu m'as mise dehors, la nuit où je suis venue ici ?

Il se tourne face au feu. Les flammes crépitent et font des étincelles.

— Est-ce que c'est parce que je n'avais jamais été embrassée avant ? Tu m'as trouvée trop innocente, trop ennuyeuse pour toi ?

Je déteste mon ton, mais je dois savoir.

— J'ai besoin de te l'entendre dire.

— Non, répond-il, me lançant un regard par-dessus son épaule.

Je me rapproche d'un pas.

— Alors quoi ? Après tous tes efforts pour me convaincre, pourquoi est-ce que tu m'as repoussée ?

Il se tourne complètement vers moi.

— Je ne suis pas celui qu'il te faut, dit-il, comme si ça expliquait tout.

Je laisse échapper un petit rire — un rire froid et dur.

— Je te demande pardon ? Ce n'est pas ce que tu pensais, il y a trois semaines, quand tu refusais de me laisser tranquille.

Je me rapproche de lui, et la chaleur du feu s'intensifie. Je veux comprendre.

— Je finirais par te blesser.

— C'est-à-dire ?

Ma voix va crescendo.

Son expression se voile et il reporte son attention sur le feu.

— Tu penses que je suis faible, parce que je n'ai jamais eu de petit ami ? Sache, pour ta gouverne, que c'est beaucoup plus difficile de résister que de se laisser aller, je te…

— Ce n'est pas ça, me coupe-t-il.

Il me fait face à nouveau et je lis une soudaine lassitude dans son regard.

J'insiste :

— Je ne suis pas faible. Et c'est à moi de décider ce qui est bon pour moi.

Ma propre conviction me surprend. D'autant plus que je ne suis pas sûre de savoir ce que je veux. Est-ce que je suis venue régler mes comptes ? Lui dire qu'il fait une erreur ? Je ne sais même plus.

Il secoue la tête de manière presque imperceptible.

— Il vaut mieux que tu t'en ailles.

— C'est *toi*, Tate, qui es à l'origine de tout ça ! Tu m'as envoyé des fleurs, tu es venu sur mon lieu de travail, tu as acheté toute la boutique. Moi, je voulais que ça s'arrête. À l'instant où j'ai découvert qui tu étais vraiment, c'était terminé pour moi. Tu es revenu, pourtant, tu voulais t'expliquer. Je t'ai laissé une chance, mais toi, tu m'as blessée. Je n'ai rien demandé de tout ça. Seulement, maintenant… Maintenant, je suis là. Et je veux…

Mais je ne peux terminer ma phrase

— Qu'est-ce que tu veux ?

— Je…

Je secoue la tête.

— Je l'ignore.

Il me dévisage, les lèvres entrouvertes, comme s'il essayait de lire dans mes pensées.

— Je n'ai jamais eu l'intention de te blesser, Charlotte. Cette situation… ce n'est pas non plus ce que je voulais.

— Alors, qu'est-ce que *tu* veux ?

À peine ces mots ont-ils quitté mes lèvres que j'aimerais les ravaler. Je ne peux même plus faire confiance à mes pensées, à ma propre voix ! Je dis des choses qu'en temps normal je ne prononcerais pas à voix haute ni ne penserais, à vrai dire.

— Charlotte…

Il s'approche de moi avec hésitation, comme s'il craignait que je ne parte en courant sans me retourner. Mais je suis pétrifiée. Un million de pensées contradictoires tourbillonnent et s'affrontent dans ma tête.

— Je m'excuse pour l'autre soir.

Il semble sincèrement désolé, blessé, même, d'évoquer les événements de cette nuit-là.

— Je m'excuse de la manière dont je me suis comporté. J'ai été pris de court. Je n'avais pas imaginé que ça puisse être ton premier baiser. Il y a des choses que tu ignores à mon sujet.

Il prend une profonde inspiration, et poursuit :

— Sache que tu m'as manqué. Je n'arrête pas de penser à toi. Je ne sais pas pourquoi mais… je ne me suis pas senti comme ça depuis longtemps. Et maintenant, tu débarques, et tout ce que je veux, c'est t'embrasser encore, te demander de ne pas partir. Mais je sais que je ne devrais pas.

— Pourquoi pas ?

— Parce que je pourrais te faire souffrir. Parce que nos mondes sont très différents, et que je ne veux pas semer la pagaille dans ta vie.

— C'est ma décision, pas la tienne. Je suis assez clairvoyante sur ce que je peux gérer ou pas.

— Et c'est en partie pour ça que tu m'intrigues autant. Tu sais ce que tu veux dans la vie, tu sais exactement où tu vas, et je t'envie.

Ce portrait qu'il fait de moi, si responsable, si prévisible, m'arrache une grimace. Peut-être que je ne veux plus être cette fille-là.

— Je ne veux pas tout gâcher, reprend-il.

— Tu te comportes comme si notre histoire était déjà vouée à l'échec. Comme si, toi et moi, ça ne pouvait être qu'un désastre.

Mes propres mots me surprennent — je me dispute avec lui au sujet d'une relation de couple dans laquelle nous ne sommes même pas.

— J'ai l'impression d'avoir cumulé les échecs, ces derniers temps.

— Et alors quoi ? Tu ne prendras plus jamais aucun risque, c'est ça ?

On dirait Holly. Ces propos ne me ressemblent tellement pas ! Je suis une experte quand il s'agit d'éviter les risques, à moins qu'ils ne soient calculés. Et je lui demande d'en prendre un. La partie rationnelle de mon cerveau a complètement déserté la conversation. C'est mon cœur qui la dirige.

Il se rapproche de moi, son torse nu éclairé par la lueur du feu. Il plonge ses yeux dans les miens, le rythme de sa respiration s'accordant au mien.

— C'est ce que tu veux, Charlotte ? Prendre des risques ?

Je ne peux plus respirer. Mes lèvres s'entrouvrent, les mots me viennent, puis s'évaporent tout aussi rapidement. Je ne peux avouer ce que je ressens vraiment. Ni à moi ni à lui.

Mais avant que j'aie le temps de trouver comment esquiver sa question, il s'avance vers moi, glisse les mains le long de ma joue et approche mon visage du sien, avant de poser ses lèvres sur les miennes. L'espace d'un instant, je suis incapable de réagir. Puis la chaleur de sa bouche m'envahit et je capitule — je lui rends son baiser. Nous nous respirons mutuellement. Ses lèvres sont avides, exploratrices. Je touche du bout des doigts son torse puissant, et des papillons volettent dans mon ventre.

J'ouvre les yeux. Il abandonne mes lèvres quelques secondes, avant de m'embrasser à nouveau, plus doucement cette fois. Mon cœur bat la chamade, tandis qu'il me caresse la joue, traçant une ligne le long de ma peau, de mon cou.

Puis il descend plus bas, et je crains qu'il s'éloigne de moi et me laisse toute seule, comme la dernière fois. Mais il reste près de moi et passe une mèche derrière mon oreille.

— Je suis désolé, dit-il.

Il retire doucement sa main, comme s'il venait de briser une règle, d'envahir mon espace vital. Comme s'il avait perdu le contrôle de lui-même un bref instant et qu'il avait besoin de s'excuser.

— Je n'aurais pas dû faire ça. Mais j'en avais envie.

— Je ne suis pas aussi fragile que tu le penses.

Un sourire éclaire son visage.

— Je commence à m'en rendre compte.

Mon cœur cogne dans ma poitrine. Je voudrais qu'il me touche encore, je voudrais sentir ses lèvres sur les miennes. Je baisse la tête et essaie de me ressaisir. Puis je demande :

— Et maintenant ?

— Ça va dépendre de ta réponse à ma question, rétorque-t-il, ses yeux rivés aux miens. Es-tu vraiment prête à prendre des risques ?

— Oui, dis-je, la gorge étranglée par l'émotion. Et toi ?

L'audace de ma réponse me surprend moi-même.

Il se rapproche et je pense qu'il va m'embrasser, mais à la place il murmure :

— Plus que tout.

Puis son regard se voile, quelque chose de douloureux le traverse. Il déglutit avec effort.

— Si on sort ensemble, il faudra qu'on y aille doucement.

Je fronce les sourcils. Où veut-il en venir ?

— J'ai besoin d'être sûr que tu ne sois pas blessée.

Je secoue la tête. Je ne comprends *vraiment* pas ce qu'il veut dire.

— On doit établir des règles.

— Comment ça, des règles ?

— Des règles pour que notre histoire fonctionne.

— À t'entendre, on dirait qu'on passe un contrat, je lui fais remarquer, mal à l'aise.

— C'est la seule façon pour que ça marche. La seule façon que j'aie de te protéger.

— Tu n'as pas besoin de me protéger.

Il grimace légèrement.

— Si.

— Et tu veux me protéger de quoi, exactement ?

Il soupire.

— Ma vie peut être folle, parfois. Les choses bougent très vite dans mon monde. Je ne veux pas que tu en fasses les frais, que tu te sentes obligée à quoi que ce soit.

— Au risque de me répéter, je suis capable de prendre mes propres décisions.

— Je veux juste suggérer que tu n'es peut-être pas préparée au chaos qui accompagne le fait de sortir avec quelqu'un comme moi. Tu as vu ce qui s'est passé l'autre soir, devant le bar, les fans hystériques, prêts à tout pour se rapprocher de moi. Ça peut être suffocant. Je veux t'en protéger. C'est pourquoi on doit y aller doucement, sans se précipiter.

— Qu'est-ce que ça signifie, au juste ? Que tu décideras, quand on se verra, la date de nos rendez-vous, et *jusqu'où* on ira ?

Il se passe la main sur les yeux d'un geste las.

— Écoute, j'ai bien conscience que ça a l'air excessif, mais tu ne sais pas ce que c'est. Ce qui s'est passé après notre dîner chez Lola… c'était seulement un aperçu. Tout ce que je fais est amplifié, scruté, examiné, jugé. Je… je dois être dans le contrôle en permanence.

— Et tu veux me contrôler aussi ?

La colère brûle mes joues.

— Non. Mais sortir avec moi ne sera pas comme sortir avec quelqu'un d'autre. Il y a certaines… complications, et moi seul sais comment les éviter ou les contourner. Ça veut dire que j'ai besoin d'instaurer des limites. Pour ta protection et la mienne.

— Et si je veux te voir, si je veux t'embrasser ? Est-ce que j'en aurai le droit ?

Mon ton est sec, et j'ai croisé les bras pour l'empêcher de venir plus près.

Il souffle un grand coup.

— Oui, bien sûr. Mais, encore une fois, il y aura des limites, du moins au début. J'ai besoin que tu me fasses confiance.

Je secoue la tête et détourne le regard, les dents serrées.

— Ça ne peut pas être autrement, Charlotte.

Sa voix n'est pas apaisante ni suppliante. Il sait que j'ai dépassé ce stade.

La bague de ma mère pèse soudain à mon doigt. Je la touche du pouce.

— Tate, ce n'est pas ce que je veux… pas comme ça. J'essaie de comprendre, mais tout ce qui t'importe, apparemment, c'est d'établir des limites. Ce n'est pas comme ça que c'est censé se passer.

Un frisson me parcourt l'échine.

— C'est le seul moyen.

Tout paraît rigide chez lui tout à coup.

J'ai la bouche sèche. Je n'en crois pas mes oreilles. Je laisse retomber mes bras, me redresse de toute ma hauteur et le regarde droit dans les yeux.

— Dans ce cas, je suppose que ça ne marchera pas.

Je m'éloigne d'un pas, les mains tremblantes. J'ai toujours tout fait pour garder le contrôle sur ma vie : planifier mon futur, prendre les bonnes décisions. Tracer ma route, comme ma grand-mère a dit. Je n'ai jamais laissé personne avoir prise sur moi, et je ne vais certainement pas commencer maintenant !

Il n'essaie pas de me retenir, de me convaincre de rester, mais je sens qu'il me suit du regard, comme je fais demi-tour et traverse la pièce.

Je veux être avec lui… mais pas comme ça.

Des larmes me brûlent les yeux. Je ne me retourne pas, me dépêche de passer la porte d'entrée, mes pieds martelant la pierre.

La nuit m'enveloppe de son silence dès que je suis dehors. J'inspire à pleins poumons pour rafraîchir ma chair brûlante, les endroits où il m'a touchée.

Les endroits où jamais plus il ne me touchera.

L'air est lourd. Mon corps est luisant de transpiration et je rejette les couvertures. La fenêtre près de mon lit est ouverte, mais aucune brise ne passe. Seul le bruit des insectes en mouvement, qui grésillent et bourdonnent, dérange le silence.

Je me force à fermer les yeux. Mais mon cerveau est envahi de souvenirs de Tate. Je peux encore sentir ses lèvres, sa bouche sur la mienne, l'empressement de ses mains, le murmure de sa voix, tandis qu'il fredonnait sa chanson à mon oreille.

Je ressasse les mots qu'il a prononcés plus tôt dans la soirée : *« Es-tu prête à prendre des risques ? Je dois garder le contrôle sur tout ce que je fais. C'est la seule façon pour que ça marche. La seule façon que j'aie de te protéger. »*

Pourquoi a-t-il besoin de tout contrôler ? De quoi a-t-il si peur ? Et pourquoi semble-t-il convaincu que je finirai par être blessée ?

Je me retourne dans mon lit, écrasant mon visage contre

l'oreiller pour essayer d'étouffer mes pensées et enfin réussir à m'endormir.

« *J'ai besoin que tu me fasses confiance* », a-t-il dit.

J'en ai envie, désespérément. Cependant, je ne suis pas sûre de savoir comment. Je n'ai jamais été en couple et n'ai aucun point de comparaison. Et pour ce que je sais des histoires de Carlos, je suis bien sûre qu'aucun de ses petits amis n'a eu autant besoin de contrôler leur relation.

Le cas de Tate est différent, certes. Il est célèbre et riche, mène une vie que je ne peux probablement pas imaginer. Mais il semblait inquiet que quelque chose puisse m'arriver à moi, comme si sortir avec lui pouvait, d'une certaine manière, détruire ma vie.

Je repasse sur le dos, les yeux grands ouverts, fixant le mastic du plafond. Je n'ai pas besoin de sa protection. Comme je le lui ai dit ce soir, je suis capable de prendre mes décisions.

Et de faire mes propres erreurs.

Si c'est ce que je veux, alors qu'est-ce qui me retient ? S'il veut décider des règles de cette relation, quelle importance, au fond ? Même avec des limites à ne pas franchir quand nous sommes ensemble, ça en vaut la peine.

C'est *ma* vie. Et si je veux être avec lui, je mérite qu'il en soit ainsi. Je me moque des conditions et des termes du contrat.

Je me retourne dans mon lit et attrape mon téléphone portable : 3 h 10. J'affiche mon journal d'appels et retrouve son numéro.

Il décroche à la première sonnerie.

— Charlotte ?

— C'est d'accord, dis-je dans un souffle.

Je suis fébrile et mon corps tremble malgré la transpiration qui perle sur ma peau.

— On va essayer à ta manière.

Le silence s'installe entre nous et j'ose à peine respirer. J'entends sa respiration de manière si claire que, si je fermais les yeux, je pourrais presque l'imaginer ici, dans la chambre, avec moi.

— J'ai pensé à toi toute la nuit, répond-il finalement. Je n'ai pas pu fermer l'œil.

Ça explique pourquoi il a pris si vite mon appel.

— Je suis heureux que tu aies changé d'avis.

À sa voix, je sais qu'il sourit et j'ai la certitude d'avoir pris la bonne décision.

Peu importent les limites et les restrictions.

Peu importe ma règle anti-flirt.

Je veux juste être avec lui.

Chapitre 9

— Allez, crache le morceau ! exige Carlos, appuyant son coude contre le casier près du nôtre.

Je baigne encore dans le souvenir de la nuit dernière : le coup de fil à Tate à 3 heures du matin, ma peau brûlante dans la moiteur de la nuit. Je me retiens de sourire devant Carlos pour ne pas me trahir. Je ne suis pas encore prête à lui faire des confidences. Une partie de moi craint sa réaction, qu'en dépit de toutes ses taquineries, il ne soit déçu, au fond, que j'aille à l'encontre de ma règle anti-flirt.

Et puis, il y a le fait que je fréquente Tate Collins. Je n'ai pas vraiment envie que ça se sache. La livraison de fleurs en plein cours était déjà embarrassante, alors, j'ose à peine imaginer les réactions, si notre relation était connue du public. Pour l'instant, pour aujourd'hui du moins, je ne vais rien dire. Ça m'ennuie de cacher ça à Carlos, mais je garde les paroles de Tate à l'esprit et j'y vais lentement.

Je laisse tomber mon sac à dos dans le casier.

— Quoi, crache le morceau ?

— Tu es rayonnante.

— Pas du tout.

Machinalement, j'effleure mes joues du bout des doigts. J'ai histoire en première heure. Je sors mon manuel du casier. Il est recouvert de fleurs exotiques et de silhouettes dansantes que j'ai dessinées pendant les leçons d'histoire les plus chiantes de M. Trenton.

Carlos laisse retomber son coude et se penche vers moi.

— Oh mais si ! Je te connais et tu es rayonnante. Ce qui constitue une nette amélioration après ta morosité de ces trois dernières semaines.

Amy Rogers se glisse à côté de lui pour atteindre son casier, mais il attend mon explication, et ne bouge pas d'un pouce.

Je lui jette un regard noir.

— Je n'étais pas morose !

Mes paroles ne convainquent personne, et surtout pas moi.

— Je suis juste contente qu'on soit vendredi, j'ajoute, comme si l'approche du week-end pouvait expliquer mon teint radieux.

Heureusement, il a l'air de me croire.

— Eh bien, je suis ravi que la vieille Charlotte soit de retour ! J'ai aussi désespérément besoin d'un week-end. Mme Duncan nous a inondés de devoirs en algèbre et je songe à mettre le feu à mon bouquin de maths en signe de protestation.

— Je suis sûre qu'une manifestation sera une solution très efficace, je réponds avec un sourire.

— Content que tu approuves. J'ai aussi décidé de passer la journée devant Netflix, demain, pour oublier tous mes malheurs.

Je hoche la tête distraitement, lorsque, soudain, mon téléphone bipe. Je fouille mon sac avec empressement.

— On se voit en cours d'anglais, dit Carlos. Et ... Charlotte... bon retour parmi nous !

Il se faufile dans la foule d'élèves en route pour le premier cours de la journée.

Je sors mon téléphone. J'ai reçu un texto de Tate.

On peut se voir ?

Une sensation de chaleur m'envahit et, à l'intérieur de moi, les papillons s'affolent. Je balaie d'un coup d'œil méfiant le couloir bondé, craignant que, d'un simple regard, on ne puisse deviner que je suis en train d'écrire à Tate Collins. Mais tout le monde m'ignore, comme d'habitude.

Je m'empresse de répondre.

Oui.

Un autre texto apparaît sur l'écran.

Aujourd'hui ?

La cloche retentit au-dessus de ma tête : plus que cinq minutes avant le début des cours. Je claque la porte du casier et me faufile dans la foule des élèves. Tout en marchant, j'écris :

Dis-moi où.

La journée avance à une lenteur insoutenable. Nous passons en revue certains chapitres pour les contrôles à venir, mais j'enregistre à peine ce qui se dit. Je me rappelle vaguement avoir terminé un contrôle-surprise en histoire. Non seulement je souffre d'un sérieux manque de sommeil qui rend toute concentration impossible, mais encore je n'arrête pas de consulter mon téléphone, car j'attends une réponse de Tate. Mais elle ne vient pas.

Le soleil perce à travers la rangée de palmiers qui bordent la rue quand nous quittons les cours, et je lève une main en visière pour me protéger les yeux. Carlos me raconte comment en cours de sport il a accidentellement frappé Amanda Coats au visage, en jouant au dodgeball.

— Je me sens super mal, tu t'en doutes. Mais cette fille porte trop de maquillage en cours de sport, et c'est comme si les ballons étaient attirés par son visage tels des aimants…

Il continue son histoire, mais je n'écoute plus. Mon regard s'est posé plus loin dans la rue, au-delà de la foule d'élèves qui quittent l'enceinte du lycée.

La voiture de Tate est garée près du trottoir.

— Mike Logan donne une fête, ce soir.

La voix de Carlos me rappelle à la conversation.

— On devrait peut-être y aller. Ça pourrait être sympa.

Il n'a pas encore remarqué la voiture. Je la quitte des yeux pour reporter mon attention sur lui.

— Je ne peux pas.

Il soupire.

— Qu'est-ce que tu peux bien avoir à faire, ce soir ? C'est vendredi, Charlotte. Les devoirs et les révisions peuvent attendre demain. Et tu as dit que Holly t'avait donné ta soirée.

— Je sais…

Je joue avec une mèche de cheveux et la place derrière l'oreille, le temps de peaufiner mon mensonge.

— C'est juste que je dois m'avancer pour le prochain contrôle d'histoire. Je crois que j'ai complètement raté celui d'aujourd'hui.

— Ça m'étonnerait ! Charlotte Reed ne rate jamais un test.

Il a raison, sauf que je n'ai pas été aussi concentrée ces trois dernières semaines et que même un A– risque d'être pénalisant pour Stanford.

— Je me rattraperai. Café et télé-réalité chez moi la semaine prochaine ?

Carlos souffle bruyamment pour montrer son mécontentement.

— D'accord.

Il m'embrasse tout de même sur la joue avant de s'éloigner.

— Appelle-moi demain. J'ai besoin que tu m'aides en algèbre, n'oublie pas !

Je lui fais un signe de la main, feignant de chercher quelque chose dans mon sac à dos.

Quand il a traversé la rue et est hors de vue, je descends les marches en direction de la voiture. Elle n'a pas bougé depuis que je suis sortie. Je me dirige vers elle, tout en commençant à douter. Peut-être que j'ai tort. Peut-être que ce n'est pas celle de Tate.

Mais la portière s'ouvre.

Je marque une pause et jette un œil à l'intérieur.

— Tu viens ? fait une voix qui émane de l'obscurité — la voix de Tate.

Mon cœur bondit dans ma poitrine, et je scanne rapidement le parking et la pelouse. Seule Jenna Sanchez, qui est encore contrariée, selon moi, que les roses violettes ne lui aient pas été destinées, lève brièvement les yeux de son cercle d'amis pour me regarder. Elle se retourne ensuite.

Alors, je retire mon sac à dos et me glisse sur le siège passager.

À l'intérieur, Tate me sourit d'un air presque timide.

— Salut.

— Je ne pensais pas que tu passerais me chercher.

— Je voulais te faire la surprise.

— C'est réussi.

J'essaie de retenir le sourire qui me démange les lèvres. Je ne veux pas qu'il sache à quel point je suis heureuse de le voir. Je ne souhaite pas paraître déjà trop conquise. Ça ne me ressemble pas.

— Tu as sûrement encore des doutes. Mais depuis que tu m'as appelé, hier soir, je… je suis pressé de te revoir.

Je lève les yeux vers lui, savourant du regard la courbe de ses lèvres, ses yeux ténébreux, le million de mystères qu'ils cachent et que je n'ai pas encore résolus. Rien qu'à cette contemplation, mon cœur s'accélère. La fatigue que je ressentais plus tôt s'évapore. Être avec Tate met tous mes sens en éveil.

Je remarque soudain le morceau de tissu noir qu'il tient à la main.

— Qu'est-ce que c'est ?

— Un bandeau, dit-il avec un sourire qui fait apparaître sa fossette. Je veux t'emmener quelque part, mais c'est une surprise aussi.

J'hésite, m'agitant nerveusement sur le siège.

Un bandeau ? Sérieusement ?

Je devrais quitter la voiture, là, tout de suite. Rentrer à la maison et travailler sur mes rédactions pour Stanford, faire mes devoirs, aider Mia avec Leo. Tout sauf ça. Mais, à la place, je reste immobile.

— Charlotte, poursuit-il d'une voix douce. Tu me fais confiance ?

Il a dit quelque chose de similaire, la nuit dernière. Je sais que c'est important pour lui et je veux qu'il sache que je fais des efforts, que j'ai vraiment envie que ça marche entre nous.

Alors, je hoche la tête.

— Je te fais confiance.

Je pivote et me place face à la vitre, qui me renvoie mon reflet : yeux écarquillés, cheveux dans la figure. Tate noue le bandeau et mon reflet disparaît. Je me mordille la lèvre inférieure, légèrement nerveuse, malgré tout.

— C'est trop serré ? murmure-t-il.

Je secoue la tête. Son souffle tiède contre mon oreille fait naître une vague de chaleur au creux de mon ventre.

— On ne triche pas, me taquine-t-il.

Il démarre et s'insère dans la circulation.

Pour compenser ma vue, mes autres sens prennent le relais. J'entends distinctement la respiration lente, décontractée de Tate à côté de moi, je sens son eau de Cologne fraîche et vivifiante, ainsi que quelque chose d'autre, peut-être l'air iodé de la plage. Je l'imagine se rapprocher, et je me demande ce que je ressentirais d'avoir ses mains sur moi sans être capable de le voir.

Nous roulons en silence durant plusieurs minutes, puis Tate parle enfin.

— À quoi est-ce que tu penses ?

— Je ne…

Je m'interromps. Il attend une vraie réponse. Mais je ne peux pas me résoudre à lui dire que j'imagine ses mains sur ma peau.

— Je pense à l'océan.

Je ne mens qu'à moitié.

— À quoi, exactement ?

— À l'air. Son odeur de sel, la sensation du soleil, la nature… Et…

Je m'interromps, mais Tate ne parle pas. J'entends à peine sa respiration, à présent, comme s'il la retenait en attendant que je continue.

— Je pense à la sensation des vagues sur mes cuisses. Quand j'étais petite, je croyais que la mer était vivante, que, du plus profond de l'océan, elle voulait m'emporter dans un acte désespéré. Parfois, j'ai envie de la laisser m'entraîner dans les profondeurs, où je pourrais dériver sur des milliers de kilomètres. Jusqu'à un continent lointain. Cette idée me plaît.

Tate ne dit rien pendant un long moment. Je me demande s'il est en train de me regarder.

— J'aime ta façon de voir les choses, dit-il finalement, et je l'entends bouger sur son siège.

Je me passe la langue sur les lèvres, puis me mordille la lèvre inférieure. Il prend une grande inspiration.

— Charlotte…

Sa voix est suppliante.

— Quoi ?

— Ne… ne fais pas ça, d'accord ?

— Pourquoi pas ?

À ma grande surprise, je suis à nouveau décontractée. Je m'amuse. Je reprends ma lèvre entre mes dents, la mordille doucement. Savoir que ses yeux sont sur moi me fait frissonner. C'est comme s'il me touchait, comme si ses dents mordillaient ma lèvre.

— Charlotte, arrête… Tu vas me rendre fou !

Il n'est pas le seul à mener la danse ici, quoi qu'il en dise ! Je m'adosse à mon siège, me souriant à moi-même.

La voiture s'arrête et je remarque alors que les bruits de la ville se sont atténués. Nous ne sommes plus sur une artère principale.

La portière s'ouvre et un coup de vent me donne la chair de poule, bien que l'air soit chaud et doux. Tate me prend les mains pour me guider hors de la voiture et un frisson d'excitation me traverse. Quelqu'un klaxonne au loin. J'ignore totalement où nous sommes.

Après quelques pas, nous pénétrons dans un édifice qui sent légèrement la poussière et le tissu d'ameublement ancien.

Puis le bout de ma chaussure percute quelque chose de dur.

— Attention aux marches, murmure Tate à côté de moi.

Je lève le pied droit, de manière hésitante au début, craignant de tomber la tête la première. Mais Tate me tient fermement — une paume à plat au bas de mon dos, son autre main enlaçant mes doigts — et nous montons un escalier recouvert d'un tapis.

— Où sommes-nous ? je demande, quand nous arrivons en haut.

Je tends ma main libre devant moi à la recherche d'un indice, mais mes doigts se referment sur le vide. Tate ne répond pas. Au lieu de ça, il me fait avancer, puis me lâche complètement. Je me sens exposée, vulnérable, comme si je pouvais tomber à tout instant.

— Tate ?

Je lève les bras pour retirer le bandeau qui me couvre les yeux.

Aussitôt, ses mains remontent le long de mes bras, doucement, tout doucement. Je retiens mon souffle tandis que ses doigts glissent sur ma nuque, jusqu'à l'arrière de ma tête. Il détache enfin le bandeau, qui tombe alors au sol.

Je cligne des yeux pour que ma vue s'accommode à la vaste étendue du lieu faiblement éclairé. C'est un cinéma, majestueux et richement décoré. Le plafond voûté est rehaussé de dorures, et des rideaux rouges tombent jusqu'au sol. Nous sommes au deuxième étage sur un balcon qui surplombe des rangées de fauteuils vides, un immense écran devant nous. Il y a des échelles contre un mur et des seaux de peinture, de grands draps blancs étalés sur le sol. Le cinéma est en travaux.

— Il s'appelle le Lumière, m'apprend Tate. Tu en as entendu parler ?

Je secoue la tête et le regarde pour la première fois depuis qu'il a détaché le bandeau. Il a presque l'air anxieux, comme s'il craignait que sa surprise ne me plaise pas.

— C'est incroyable ! dis-je dans un souffle.

— C'est l'un des premiers cinémas de Hollywood. Il a été fermé et a rouvert plusieurs fois au fil des ans. On y diffusait surtout des films de seconde zone. Mais ils le rénovent enfin.

J'avance vers la rambarde, passe les paumes sur la barre de métal froid et baisse les yeux. À l'étage au-dessous, il manque des fauteuils à certaines rangées.

— Est-ce qu'on a le droit d'être ici ?

Il sourit.

— J'ai pris mes dispositions.

Derrière nous, une petite table est dressée, flanquée de deux chaises placées en face de la balustrade. De l'eau pétillante, un énorme bol de pop-corn et des petits ramequins en verre contenant un assortiment de bonbons colorés sont disposés sur la nappe blanche.

Tate me conduit jusqu'aux chaises et nous nous asseyons. Presque immédiatement, les lumières s'éteignent, contrôlées à distance. Tout est parfaitement chorégraphié.

Je n'arrive pas à croire que je suis installée là avec Tate Collins dans un cinéma qui n'est même pas encore ouvert au public. Comment loue-t-on un endroit comme celui-là ? Et combien est-ce que ça lui a coûté ? Mais je ne veux pas gâcher le moment. Je préfère demander :

— Qu'est-ce qu'on regarde ?

Il hausse son sourcil gauche en un défi silencieux.

— Tu verras.

À peine a-t-il prononcé ces paroles que l'immense écran s'allume devant nous, la pâle lumière se reflétant sur le visage de Tate. Des images en noir et blanc prennent vie sur l'écran : une carte d'Afrique, rapidement remplacée par une scène de marché animée, granuleuse et déformée. Le son a cet écho lointain typique des vieux films. Je souris, me rappelant notre soirée chez Lola — il a été si surpris d'apprendre que je n'avais jamais vu *Casablanca*. Et maintenant, nous sommes sur le point de le regarder… ensemble.

Il est immobile, adossé à son siège, mais je sens ses yeux posés sur moi. Il m'observe encore durant la première scène de baiser entre le héros, Humphrey Bogart et son amour perdu, Ingrid Bergman, dans un flash-back à Paris, ville où ils sont tombés amoureux. J'attends que Tate me touche, que sa main recouvre la mienne. À un moment donné, il se penche pour me servir de l'eau et je pense qu'il va frôler mon genou, mais il ne me touche pas, pas une seule fois. Il garde ses distances. Seuls ses yeux se posent sur moi.

Le film se termine après que les deux amoureux se sont fait leurs adieux et que l'avion s'est envolé vers l'horizon. L'écran redevient noir et les lumières se rallument. Tate se tourne vers moi, les yeux fixés sur mes lèvres.

— Ça t'a plu ?

Je pose un doigt sur l'accoudoir qui nous sépare, telle une barrière infranchissable.

— C'était merveilleux !

Je me retiens de dire ce que je pense vraiment. Je ne veux pas le décevoir, alors qu'il s'est donné la peine d'organiser cette surprise incroyable.

— Mais ?… demande-t-il.

Comme d'habitude, il lit entre les lignes.

— C'était d'une telle tristesse !

— Pourquoi est-ce que tu penses ça ?

— Ils ne finissent pas ensemble. Elle part…

— Alors, tu n'as pas aimé ?

Au lieu d'avoir l'air déçu, comme je le craignais, il paraît en fait intrigué.

— Si, beaucoup. J'ai adoré. Mais je ne pensais pas que l'histoire se terminerait de cette façon. Ça ne semble pas juste comme conclusion.

Je me sens un peu ridicule de l'admettre, mais lui a l'air amusé.

— C'est une grande histoire d'amour, me rappelle-t-il.

— Mais je veux qu'ils finissent ensemble ! C'est le but d'une histoire d'amour, non ? Deux personnes qui s'aiment et qui sacrifient tout pour pouvoir être ensemble.

Sans aucune expérience en la matière, je n'ai donc jamais eu l'occasion d'être romantique, mais j'ai tout de même adoré *Roméo et Juliette*.

— Ils en ont fait, des sacrifices.

Il marque une pause, pensif.

— Ils ont fait une croix l'un sur l'autre, alors qu'ils étaient amoureux. Parfois, la vie nous empêche d'être avec la personne qu'on aime.

— T'as déjà été amoureux ?

Ma question est peut-être trop audacieuse. Je n'aurais pas dû la poser, mais je suis curieuse. Il y a encore tant de choses que j'ignore à son sujet. Et tant de choses que je voudrais connaître.

Il se lève, son jean bas sur les hanches.

— Non. Et toi ?

Je ricane.

— Tu veux rire ? Je t'ai déjà dit que tu as été le premier à m'embrasser.

Je m'attends à ce qu'il réponde par un sourire, mais son regard est lointain. J'essaie d'interpréter la lueur froide et sombre de ses yeux, la manière dont il serre la mâchoire.

— Tu es prête ? demande-t-il finalement.

Je me lève lentement et fais un arc de cercle pour admirer la taille du cinéma une dernière fois avant qu'on parte.

— Merci pour ce merveilleux moment. Je ne l'oublierai jamais.

Il attrape ma main, mêle ses doigts aux miens, et nous redescendons l'escalier jusqu'à une porte de métal que Tate ouvre.

La Tesla — j'ai appris que sa voiture noire aux lignes épurées s'appelle ainsi — attend dehors. La nuit est tombée pendant que nous étions à l'intérieur.

Il ouvre la portière côté passager. Je pose une main sur le capot de la voiture, prête à entrer, quand je remarque un groupe de filles qui se baladent dans la ruelle, leurs robes courtes, scintillantes, dansant sur leurs cuisses, leurs talons dangereusement hauts. Je baisse les yeux, soudain frappée par la banalité de mon apparence : mon short en jean tout simple, mes ballerines bleu marine qui ont connu des jours meilleurs, mes cheveux châtains remontés en une queue-de-cheval rapide.

Je suis ordinaire. Je ne suis pas l'une de ces filles. Je ne fais pas partie des Jenna Sanchez ou des Sophie Zines de ce monde, qui attirent l'attention partout où elles vont. Et, bien que je sois tout à fait consciente que les robes à paillettes et les talons hauts ne rendent pas ces filles plus intéressantes que moi, je les envie. J'ai l'impression que c'est avec l'une d'elles que Tate *devrait* sortir.

Soudain, je regrette de ne pas avoir un placard rempli de

robes, de hauts noirs élégants, de chaussures de créateurs que je pourrais porter à des rendez-vous comme celui-ci. Pourtant, Tate sort avec moi.

— Tout va bien ? demande-t-il.

— Oui.

J'entre dans la voiture.

J'ai observé les filles trop longtemps et il l'a remarqué.

Nous roulons en silence — pas un silence inconfortable, mais un silence baigné d'anticipation, comme si nous attendions tous les deux quelque chose.

Je n'arrive toujours pas à croire que je suis avec lui. Pas seulement parce qu'il est Tate Collins. Je n'arrive pas à réaliser que j'ai accepté un rencard. Que, malgré tout ce que j'ai fait pour construire une vie dans laquelle les garçons comme lui n'ont pas leur place, je ne veux pas que la journée se termine. C'est comme si mon esprit souhaitait que je m'éloigne, tandis que mon cœur me poussait à me rapprocher de lui.

Je lui demande de se garer à un pâté de maisons de chez moi. Je ne veux pas que grand-mère ou Mia me voie descendre d'une telle voiture. Le bouquet de fleurs était une chose, mais expliquer que Tate Collins me ramène à la maison imposerait un tout autre niveau de mensonge.

Il descend sur le trottoir. Je le vois qui balaie du regard les immeubles et les maisons alentour : les balcons encombrés d'appareils à barbecue, les chaises en plastique et les vélos, la Buick de mon voisin qui rouille sur place depuis des années. Un garçon dribble avec un ballon de basket plus loin sur le trottoir, faisant des mouvements de karaté occasionnels avec les bras. Il ne nous voit même pas.

— Tu vis là depuis combien de temps ?

J'aimerais pouvoir embellir ce qu'il voit, lui dire que ce n'est pas si terrible, d'habitude, ou qu'on vit là temporairement. Mais ça ne changera pas la vérité — c'est ma maison.

— Pratiquement depuis toujours. Ma sœur et moi avons emménagé très jeunes avec ma grand-mère.

— Sœur aînée ou plus jeune ?

— Aînée.

— Elle est aussi intelligente que toi ?

— Oui et non.

Il sourit, et n'insiste pas, mais il sent manifestement que je ne lui dis pas tout.

— Merci pour le film.

— Je suis content que tu l'aies à la fois apprécié et détesté.

Je lui souris.

— Je ne l'ai pas détesté. C'est juste que je ne suis pas d'accord avec la fin.

— Tu es une romantique, alors ?

— C'est tout récent…

Je me sens rougir en lui répondant.

Nous nous tenons à quelques centimètres seulement l'un de l'autre ; l'air entre nous est si immobile que je me sens étourdie. Être si proche de lui me rappelle le contact de sa bouche sur la mienne, son torse nu pressé contre moi, la chaleur de la cheminée qui faisait frissonner ma peau.

Je fais un pas vers lui, réduisant la distance entre nous au strict minimum. Je veux le sentir encore, sentir le goût de sa bouche. Je retiens ma respiration.

Ses mains se posent sur ma taille, ses doigts appuient contre mes hanches. Mais, au lieu de m'attirer vers lui, il me repousse doucement.

— On y va doucement, tu te rappelles ? dit-il.

Ses yeux remontent de mes lèvres vers mes yeux et l'ironie de la situation me fait presque rire. J'ai passé ma vie à éviter les garçons — les garçons comme lui, surtout, pensant qu'ils ne s'intéressaient qu'à une chose. Et c'est lui qui me conseille de ralentir !

Je me redresse.

— C'est vrai…

Je devrais être heureuse qu'il ne précipite pas les choses. Et m'en contenter. Pourtant…

— Bonne nuit, Charlotte Reed, dit-il, me lâchant la taille.

— Bonne nuit, Tate Collins, je réponds, d'une voix beaucoup plus douce que la sienne.

Je commence à m'éloigner sur le trottoir. J'entends le léger ronflement de la Tesla derrière moi, mais je ne me retourne pas. Je refuse d'être la fille qui se retourne. Mais je sais qu'il me suit des yeux, jusqu'à ce que je disparaisse à l'angle.

Je sens son regard sur moi longtemps après que je me suis allongée entre les draps frais de mon lit, un oreiller écrasé sur le visage, me repassant la manière dont ses doigts ont glissé avec dextérité sur mes hanches, m'empêchant de me rapprocher trop près, de le toucher, de l'embrasser.

Et je m'endors en rêvant de ses mains.

Chapitre 10

Mon téléphone portable vibre sur ma table de chevet. Je me tourne juste à temps pour le voir tomber sur le sol, vibrant toujours.

Je me baisse pour le ramasser.

J'ai fait la grasse matinée. Il est presque 10 heures. La fenêtre de ma chambre est ouverte et je peux sentir la douceur de la brise du matin.

J'ai un appel manqué de Carlos et un message vocal : il me demande probablement à quelle heure on pourra se retrouver pour réviser. Et j'ai un texto de Tate.

Je regarde immédiatement.

Je veux que tu voies ce que je vois.

Je le lis de nouveau, puis deux fois encore. Je laisse tomber le téléphone sur l'édredon jaune pâle dont je me suis débarrassée et repousse les cheveux qui me tombent dans les yeux. Qu'est-ce qu'il veut dire ? Je songe à répondre avec un point d'interrogation, mais mon portable vibre de nouveau.

Je suis dehors.

Je bondis hors du lit.

Je n'ai pas le temps de prendre une douche, alors j'enlève rapidement mon short et mon débardeur, et fouille dans ma commode étroite à la recherche de sous-vêtements propres. Je m'excuse par texto auprès de Carlos et enfile mes vêtements : un short en jean — pas le même qu'hier — et un T-shirt rose pâle décolleté qui épouse mes formes. Chaque fois que je le porte, Carlos siffle d'un air appréciateur.

Le samedi matin, Grand-mère va au centre d'activités senior pour son cours de zumba. Alors, la seule personne que je dois affronter, c'est Mia.

Elle est dans la cuisine en train de laver les biberons de Leo. Ses manches sont retroussées et quelques mèches s'échappent de son chignon bas.

— Tu vas où ? demande-t-elle, s'essuyant le front à l'aide de son avant-bras, et faisant couler de l'eau sur sa tempe.

— Dehors… voir Carlos.

— Tu fais tes devoirs le samedi, d'habitude, dit-elle d'un air absent, comme si la réponse ne l'intéressait pas vraiment.

J'atteins la porte d'entrée, agrippe la poignée. Je préférerais mentir le moins possible, alors plus vite je sors, mieux c'est.

— Ouais. C'est ce qui est prévu. De l'algèbre.

Je grimace. Ma voix sonne tellement faux ! Mais Mia n'a pas l'air de remarquer.

— Tu pourrais me garder Leo, ce soir ? J'ai rendez-vous avec Greg au Palapa pour écouter de la musique live.

— Greg ?

— Ouais, tu sais, Greg… Le mec avec qui j'ai dû annuler mon rendez-vous, il y a quelques semaines, parce que tes activités extrascolaires sont beaucoup plus importantes qu'aider ta sœur et passer du temps avec ton neveu ?

Ses paroles sont dures, mais sa voix montre surtout qu'elle est fatiguée.

— Alors, tu pourras le garder ?

J'ai la main sur la poignée. Je veux l'aider, j'en ai vraiment envie.

— Bien sûr, dis-je. Si je rentre à temps.

J'ouvre. Il faut que je sorte d'ici avant qu'elle ne pose d'autres questions.

— Mais je ne te promets rien.

— Charlotte !

Mais je suis déjà en train de refermer la porte derrière moi.

Je descends l'escalier au pas de course avant que Mia ne puisse ajouter autre chose.

Tate m'attend à un pâté de maisons de là, à l'endroit où il m'a déposée la veille, sa Tesla ronronnant. Je suis essoufflée après mon sprint, et j'inspire un grand coup avant d'ouvrir la portière.

Quand je m'installe sur le siège, il me lance d'un air taquin :

— Je commençais à croire que tu allais me poser un lapin.

— Je n'ai pas eu beaucoup de temps pour me préparer. J'étais encore au lit, quand j'ai reçu ton texto.

La fossette apparaît. Je souris tandis qu'il démarre et s'éloigne.

Nous traversons les quartiers plus raffinés de Beverly Hills, où les haies font trois mètres de haut, où d'imposantes grilles protègent les villas. Les contrastes sont saisissants : une bicoque miteuse comme la nôtre se trouve à quelques kilomètres à peine des propriétés les plus extravagantes au monde. Une fille comme moi peut rencontrer un mec comme Tate, comme si nous évoluions dans le même monde. C'est difficile à imaginer, et pourtant…

— Je me suis rendu compte que je devais travailler plus dur pour t'impressionner, déclare-t-il soudain.

Surprise, je tourne la tête vers lui.

— M'impressionner ?

Il a les yeux sur la route. Nous dépassons des Mercedes argentées, des Bentley blanches et des Ferrari gris acier aux vitres baissées pour laisser entrer l'air chaud du Pacifique.

— Louer le célèbre cinéma Lumière pour regarder *Casablanca* en séance privée n'impressionne apparemment pas Charlotte Reed.

— Crois-moi, j'étais impressionnée !

— Ce n'est pas grave, reprend-il, un sourcil levé, comme s'il ne me croyait pas. J'aime les défis.

Il s'arrête devant un bâtiment avec service de voiturier.

— Tu n'as pas besoin de vêtements hors de prix pour être belle, poursuit Tate, son regard semblant détailler chacun de mes traits. Mais j'ai quand même envie de t'en offrir.

— Je ne comprends pas… Qu'est-ce qu'on fait ici ?

Mais il est déjà à l'extérieur, en train de faire le tour de la voiture. Il tend la main pour m'aider à sortir. Sur le trottoir, je lève les yeux vers une impressionnante marquise noire, les mots *Barneys New York* inscrits en lettres blanches.

— Tate ?

Je connais le magasin de l'extérieur, bien sûr, mais je ne me suis jamais arrêtée devant. Je ne pense même pas qu'on m'aurait laissé garer ma Volvo à proximité.

Tate lance ses clés au voiturier.

— Viens, dit-il.

Il me prend la main, mais je m'arrête aux portes, l'estomac noué par la nervosité.

— Je ne crois pas que…

Je m'interromps, ne sachant pas comment lui expliquer ce que je ressens.

— Qu'est-ce qui ne va pas ?

— Tu n'as pas besoin de faire ça

Il passe un bras autour de ma taille et m'attire à lui.

Il ne m'a pas autant touchée depuis que je suis allée chez lui, l'autre soir, et une onde de chaleur m'envahit.

— Charlotte, j'ai vu la façon dont tu regardais ces filles, hier, après le film. Et j'aurai beau te répéter que tu es belle, pour une raison que j'ignore, tu ne le verras pas. Alors, je me suis dit que tu avais peut-être besoin de te *sentir* belle. Que je pouvais faire ça pour toi.

Je souris et je ne peux m'empêcher de rougir au mot « belle ». Je sais que je suis assez jolie, parce que Mia et moi nous ressemblons énormément, mais je ne me mets jamais en valeur. Ça n'est pas important pour moi, ça ne l'a jamais été. Je ne peux cependant me défendre de jeter un coup d'œil aux portes de Barneys et de me demander ce qu'elles renferment.

— Tu me fais déjà me sentir belle, dis-je, croisant ses yeux ténébreux. Mais ça… C'est trop.

— Non. Et je te l'ai dit. J'aime les défis.

Il baisse la tête pour déposer un baiser sur ma joue. Un frisson me parcourt et j'inspire, me mordillant le bord de la lèvre inférieure.

— D'accord.

Il me prend la main. Ses doigts tapotent les miens en suivant un rythme connu de lui seul, comme si la musique ne demandait qu'à sortir de lui.

À l'intérieur, il s'adresse à une femme qui semblait attendre notre venue et, bientôt, je suis conduite par deux vendeuses dans ce qui peut être nommé un paradis de fashionista. Elles sélectionnent des robes courtes à paillettes, des débardeurs en soie, des leggings noirs, qu'elles emportent, dès que j'accepte de les essayer. Elles me conduisent d'un étage à l'autre, au milieu d'un tourbillon de rayons, de marques et de prix beaucoup trop élevés.

Tate nous suit, arborant un air soucieux, comme s'il craignait d'être reconnu par un des clients du magasin. Mais, chaque fois que nos regards se croisent, il me sourit, s'amusant peut-être encore plus que moi.

Finalement, nous arrivons aux cabines d'essayage. Là, devant un imposant miroir en pied, les vendeuses m'aident à zipper les fermetures, défroissent les tissus. Elles échangent des tailles et m'apportent des chaussures à essayer avec les différentes tenues. Bientôt, je n'arrive plus à garder le fil de ce que j'ai essayé et de ce que j'ai aimé, mais elles semblent avoir un système bien rodé.

De temps en temps, je sors de la cabine pour demander son avis à Tate, mais il me donne rarement son opinion.

— Si *toi* ça te plaît, prends-le, dit-il en souriant. Et arrête de regarder les prix. Ça n'a pas d'importance, ajoute-t-il quand j'essaie de reposer une robe qui coûte plus que ce que je gagne en un an.

Mon esprit commence à s'embrumer vers la tenue numéro douze, puis, avant même que je m'en rende compte, nous voilà nous dirigeant vers la sortie, Tate portant sous le bras un énorme paquet.

Je ne suis pas prête à penser à tout l'argent qu'il a dépensé. Je me contente de sourire en regardant le sac bien plus petit à mon poignet. À un moment, l'une des vendeuses m'a apporté un joli soutien-gorge *push-up* bleu ciel à essayer sous l'une des robes, et le miroir m'a renvoyé une image si différente de moi-même, si étrangement mature, que j'ai eu envie de le garder quel qu'en soit le prix. C'est le seul article que je n'ai pas laissé Tate voir ou payer. J'ai considéré comme une victoire qu'il s'éloigne de la caisse après quelques protestations seulement.

Dehors, je cherche le voiturier du regard, mais Tate me prend la main.

— C'est l'heure de l'autre surprise, m'annonce-t-il, me guidant vers Wilshire avant que je puisse dire quoi que ce soit.

Le salon de coiffure, un bâtiment discret en stuc avec un panneau qui indique simplement Q, se situe en retrait dans une petite rue.

Un homme vient à notre rencontre dans la salle d'attente et se présente comme étant Steven. Ses cheveux blonds décolorés sont coiffés en épis et son sourire révèle un espace étroit entre ses deux dents de devant. Comme Hank, il est grand et bâti comme un culturiste, avec des bras qui se contractent sous un T-shirt moulant couleur lavande.

Je jette un dernier regard vers Tate, rassurée par son sourire confiant, puis Steven me conduit dans une longue pièce rectangulaire, et m'installe au milieu d'une rangée de sièges vides, face à une étendue de miroirs. Le lieu nous a été réservé.

Il retire l'élastique qui retient ma queue-de-cheval, laissant mes cheveux châtains retomber sur mes épaules.

— Tu as cette coupe depuis combien de temps ?

J'ai déjà aperçu Steven dans l'une des émissions de téléréalité que Mia aime regarder. C'est un coiffeur de stars. Steven Salazar. Et Q, je m'en souviens maintenant, est le nom de son petit chien blanc.

— Depuis 1999, je réponds sèchement.

Puis je me mords la lèvre, ne voulant pas offenser l'homme sur le point de me couper les cheveux.

Il fait brusquement pivoter le fauteuil, ses mains appuyées sur les accoudoirs, et plonge son regard dans le mien.

— Ferme les yeux !

— Fermer… les yeux ?

— Oui, je ne veux pas que tu voies tes cheveux. Je veux que tu les imagines.

Sa peau est comme du marbre. Il lève un sourcil parfaitement dessiné et la peau de son front ne se plisse même pas.

Je cligne des yeux, puis obtempère.

— Maintenant, dit-il à voix basse, comme s'il était sur le point de me révéler un secret, imagine que tu puisses avoir n'importe quelle coupe, prendre n'importe quel risque, parce que, si jamais ça ne te plaisait pas, tu retrouverais ta vieille coupe ennuyeuse le lendemain. Qu'est-ce que tu choisirais ?

Ennuyeuse ? J'essaie d'imaginer une nouvelle coupe. J'ai bien une idée en tête, mais j'hésite à le dire.

— Allez, vas-y. Je vois bien que des pensées scandaleuses déferlent dans ta tête.

Alors, je me lance :

— Blonde. Un peu.

Il se redresse.

— Alors, comme ça, la jolie brunette veut devenir blonde ?

Il se tapote la tempe du doigt et roule la langue contre l'intérieur de sa joue.

— Hmmm, dit-il, l'air pensif. Oui, c'est ça. Des mèches.

Il me fait de nouveau pivoter vers le miroir.

— Accroche-toi, ma jolie ! Je suis sur le point de te faire passer les deux heures les plus grisantes de ta vie. Sauf si, bien sûr…

Il me fait un clin d'œil et désigne du menton la salle d'attente où j'ai laissé Tate. Je suis son regard, mais je ne l'aperçois pas ; il n'est pas assis dans l'un des fauteuils en bois lustré.

— Peut-être que M. Tate Collins t'a déjà emmenée au septième ciel ? ajoute-t-il, en se penchant vers moi et en me regardant à travers le miroir.

— Pas tout à fait.

Il penche la tête en arrière et éclate de rire.

— Petite maligne ! Tu as raison, dans cette ville, mieux vaut garder ses secrets pour soi.

Il se met alors au travail, enduit d'un produit violet granuleux des mèches qu'il a préalablement séparées, puis enveloppe chacune d'elles dans un morceau d'aluminium. Ensuite, j'attends, en feuilletant un magazine people. Mon cœur rate un battement quand je tombe sur une photo de Tate. Il est debout au milieu de la foule, une main en visière pour avancer incognito.

La légende commente :

TATE COLLINS APERÇU EN PUBLIC APRÈS UN AN D'ABSENCE.

Le cliché a été pris le soir où nous avons dîné chez Lola, quand il a été assailli par la foule à l'extérieur du bar. Le soir où j'ai appris qui il était vraiment. J'ai l'impression que ça fait une éternité.

Une fois les mèches prêtes, Steven brandit une paire de ciseaux brillants et commence à couper. Je retiens mon souffle, regardant les mèches tomber sur sol de carrelage blanc.

La coupe terminée, il me sèche les cheveux et je ferme les yeux pour ne pas voir le résultat final. Je crains de détester, d'avoir des regrets. Mais quand il me demande d'ouvrir les yeux, j'aperçois, stupéfaite, mon reflet.

Mes cheveux retombent souplement sur mes épaules, paraissant baignés par le soleil, comme après une journée passée à la plage. Les mèches blondes font ressortir mes yeux verts — deux émeraudes qui semblent presque translucides. Je passe les mains dans mes cheveux ; mon châtain naturel est toujours visible dans les mèches blondes. J'en soulève une ; elle se remet en place naturellement.

Je me penche plus près du miroir.

— J'ignorais que mes cheveux pouvaient ressembler à ça.

— Je suis assez extraordinaire, déclare Steven, avec un clin d'œil.

Je souris et pivote pour lui faire face.

— Maintenant, tu ressembles à la Charlotte qui sommeillait en toi.

Je suis au bord des larmes. Tant de choses se sont passées aujourd'hui : la visite-surprise de Tate ce matin, la virée shopping impromptue, et maintenant ça. Sans même y penser, je m'avance et enlace Steven. Il me serre dans ses bras comme s'il y était habitué. Il sent le clou de girofle et la noix de coco.

— Elles pleurent toutes la première fois.

Il me fait un clin d'œil et rit de sa blague.

— Merci, je lui dis sincèrement.

— Oh ! tu n'as pas encore fini. C'était seulement le début.

De nouveau, il me lance un regard espiègle.

— À présent, Marielle va s'occuper de ton maquillage.

Une femme émerge d'une porte sur ma gauche. Ses joues sont d'un rose lumineux, ses cheveux lisses, noir de jais, coupés avec une frange sévère qui touche presque ses cils.

Steven fait une petite révérence quand je me retourne pour lui jeter un dernier coup d'œil, et Marielle me prend la main pour me conduire dans une autre partie du salon.

Je m'assieds dans un fauteuil blanc très confortable. Je n'ai pas souvent eu l'occasion de porter du maquillage et je ne sais pas à quoi m'attendre. J'ai l'impression que la brosse de mascara va me rentrer dans l'œil, et je suis presque sûre que le recourbe-cils va m'arracher tous les cils. Mais, d'une main experte, elle penche ma tête d'un côté, comme si j'étais une toile et elle une artiste peintre en pleine création.

— C'est terminé, dit-elle finalement.

J'ouvre les yeux. Le visage dans le miroir appartient à quelqu'un d'autre.

Découvrir ma nouvelle coupe, c'était comme mettre une perruque pour Halloween — cool mais temporaire. Seulement, me voir comme ça, transformée à ce point, c'est comme me réveiller d'un rêve étrange.

— Ça te plaît ? demande Marielle.

Elle laisse retomber sa main droite de sa taille, le pinceau toujours entre les doigts.

Je ne peux détourner les yeux de mon image. Mes lèvres sont brillantes et pulpeuses, d'un rose assorti à mes pommettes, comme si je venais de finir un jogging par temps froid. Mes yeux sont charbonneux, soulignés d'un trait de crayon gris, et mon teint semble parfait. J'ai l'air… magnifique ! Et pourtant, je suis toujours moi.

— Je vais prendre ça pour un oui.

Elle sourit et détache la cape qu'on m'avait nouée autour du cou. Je baisse la tête, et mes yeux tombent sur le short et le T-shirt banals que je porte toujours.

— Je crois que quelque chose t'attend dans une autre pièce, dit Marielle.

Elle me conduit le long d'un petit couloir et ouvre une porte sur la gauche. C'est une salle de bains luxueuse, avec des méridiennes blanches et des miroirs richement décorés, dorés et ornés de nœuds sur leur pourtour.

Et puis, je la vois, drapée contre un mur, suspendue à un crochet : une robe rouge longue et fluide, avec un col haut, des épaules dénudées et une longue fente le long de la jambe. Je l'avais remarquée, chez Barneys, mais ne l'ai pas essayée — un coup d'œil a suffi pour deviner qu'elle serait trop chère. Mais elle est là.

C'est trop, beaucoup plus que je ne peux accepter. Pourtant, quand je passe les mains sur le tissu soyeux, je ne résiste pas à l'envie de l'essayer.

Je me débarrasse de mes vieux habits et passe la robe Elle glisse sur ma peau et tombe parfaitement, comme si elle avait été cousue pour moi. J'en caresse la douce texture, puis me regarde dans le miroir qui va du sol au plafond. Je suis… éblouissante ! Je ne peux pas dire non à cette robe. Tout comme je suis incapable de dire non à Tate.

Je remarque alors une paire d'escarpins à brides. Je les enfile, me remets sur mes pieds, émerveillée de ma hauteur.

Est-ce que je vais réussir à marcher ?

Je plie mes vieux vêtements et les fourre dans un sac en plastique suspendu derrière la porte, un sac du salon de coiffure, un Q imprimé sur le devant.

Prenant une grande inspiration, je quitte la salle de bains et reviens dans le coin salon.

Tate se tient près de la porte d'entrée et regarde par la fenêtre.

Il se tourne à mon arrivée, puis s'immobilise net, comme frappé de paralysie.

Ses yeux se promènent sur moi quelques instants en silence ; il a l'air subjugué. Puis nos regards se croisent.

— Tu es absolument sublime ! dit-il dans un souffle.

Le désir dans ses yeux me déstabilise, et je me force à inspirer, expirer, pour ne pas défaillir.

— Merci pour la robe, dis-je, faisant courir mes doigts sur le tissu. Elle est magnifique.

— C'est toi qui es magnifique.

Il me prend le sac plastique des mains. J'ai déjà l'impression que ça fait une éternité que je portais les vêtements qui se trouvent à l'intérieur — une Charlotte différente, dans une réalité différente.

Je commence vraiment à m'habituer à la nouvelle.

Il Cielo n'est pas un restaurant — c'est un autre univers. Féerique et magique, tapissé de vignes qui grimpent le long des murs de brique rouge, éclairé de chandeliers suspendus, tel un océan de lumière qui diffuse une douce lumière dorée.

J'ai l'impression d'être dans un conte de fées, une scène égarée du *Songe d'une nuit d'été* ; un monde imaginé par Shakespeare, où les fées et les amoureux éconduits dansent, font l'amour et confessent leurs obsessions les uns pour les autres.

Tate est assis en face de moi dans le jardin extérieur, niché au fond du restaurant. Notre serveuse, une petite créature sautillante aux joues roses et aux cheveux courts, participe de la sensation d'avoir été transportés dans un univers romantique.

Pendant le repas, Tate m'observe, faisant naître en moi des vagues de chaleur. Je me demande encore comment un simple regard a le pouvoir de me faire oublier les promesses faites à moi-même, les erreurs de ma mère et celles de Mia.

— Parle-moi de ta famille, demande-t-il, comme s'il lisait dans mes pensées.

Je soupire.

— Ma mère m'a eue très jeune. Elle est morte quand j'avais douze ans. Je n'ai jamais connu mon père. J'ai une sœur aînée qui a un fils, Leo. Il a presque neuf mois. On vit tous avec ma grand-mère. Il n'y a pas grand-chose d'autre à ajouter.

Il me regarde droit dans les yeux, et je suis sûre qu'il devine que ce n'est pas là toute l'histoire.

— Je suis désolée pour ta mère. Elle doit te manquer.

Bien que j'essaie de le refouler, le souvenir de la nuit de sa mort me revient en mémoire. Ray, son petit ami du moment, et elle ont percuté de plein fouet une barrière de béton sur l'I-5 au sud de San Clemente, alors qu'ils roulaient dans leur Chevy marron. Ils avaient bu et ils étaient si défoncés que, d'après la police, si l'accident ne les avait pas tués, ils auraient pu faire une overdose plus tard dans la nuit. Ce qui n'est pas facile à entendre pour une fillette de douze ans. Tandis que les agents annonçaient la nouvelle à grand-mère, dans le salon, j'espionnais de la porte de ma chambre. Mia et moi vivions depuis trois ans déjà chez elle, voyant notre mère tous les deux mois environ, quand elle avait besoin d'un endroit où passer la nuit.

— Oui, dis-je. Mais c'est compliqué. Elle nous a abandonnées quand on était très jeunes, alors je ne sais pas…

Je hausse les épaules.

— Pour être honnête, j'ai passé la majeure partie de ma vie à tout faire pour ne pas lui ressembler. C'est pour ça que je ne voulais pas sortir avec toi, au départ. Elle ne savait pas faire la différence entre un mec bien et un mec peu recommandable, et...

Je m'interromps.

— Tu pensais que j'étais un mec peu recommandable ? demande Tate, stupéfait. Tu le penses toujours ?

Je l'observe longuement, comme si cela pouvait me permettre de mieux le cerner.

— Eh bien... Si on considère les nombreux articles parus à ton sujet dans *People* et *US Weekly*, j'aurais de bonnes raisons de le penser, non ?

Il ouvre la bouche pour se défendre, mais je poursuis :

— Sauf que ma propre recherche empirique m'amène à une conclusion différente.

Son air renfrogné se transforme en un rire dont je savoure chaque note. C'est la première fois que je l'entends rire comme ça, de manière aussi décontractée, sans retenue.

— Recherche empirique, hein ?

— Je suis une scientifique, ne l'oublie pas, dis-je avec un sourire.

Nous sommes encore en train de rire en sortant sur le trottoir, et le flash d'un appareil photo explose devant mes yeux.

— Tate ! crie un homme.

Et il prend une autre photo.

Tate réagit immédiatement. Il m'attire vers lui et place la main devant mon visage.

— Tate ! crie encore l'individu, essayant de le faire se retourner vers lui. Qui t'accompagne ? Pourquoi te cachais-tu ? Dis-nous comment elle s'appelle !

Il utilise « nous », comme s'il y avait d'autres paparazzis, mais il n'y a que lui. Soit quelqu'un l'a prévenu, soit il campait devant le restaurant, dans l'espoir de voir quelqu'un de célèbre en sortir.

Tate me guide le long du trottoir et nous nous éloignons. Les flashs n'arrêtent pas et je me protège les yeux de la main.

J'aperçois bientôt la Tesla. Tate ouvre précipitamment la portière côté passager et me pousse à l'intérieur. Il grimpe sur le siège conducteur et démarre en trombe. Le flash de l'appareil photo continue d'exploser contre les vitres teintées, jusqu'à ce qu'on s'insère dans la circulation.

Tate se gare à l'angle de la rue, près de chez moi, et s'adosse au siège. L'ambiance légère du dîner n'est plus qu'un lointain souvenir. Il est tendu, la mâchoire crispée.

Je tends la main avec hésitation pour lui toucher le bras.

— Au moins, il n'y en avait qu'un, dis-je d'un ton qui se veut rassurant.

— Je suis désolé, Charlotte. Je devrais être plus vigilant quand je suis avec toi. Je n'aurais jamais dû t'emmener à *Il Cielo*.

— Je vais bien.

C'est arrivé trop vite pour que j'aie le temps de comprendre. Tate semble plus remué que moi. Ce sont juste des photos. Et nous n'étions pas en train de faire quelque chose de scandaleux, ou digne d'un gros titre. Du moins, je ne crois pas. J'ai du mal à imaginer que le photographe puisse les vendre ou s'en servir pour quoi que ce soit.

Mais Tate ne me regarde pas, il est toujours renfrogné.

— Je ne veux pas que tu sois photographiée. Je ne veux pas que ta vie change parce que j'en fais partie.

— Je sais, mais elle a déjà changé. Pas seulement à cause de tout ce que tu as fait pour moi aujourd'hui — les vêtements, le salon de beauté, ou le film, hier. Elle change simplement parce que tu es avec moi. Et c'est ce que je veux. Je t'ai dit que j'étais prête à me lancer dans cette histoire avec toi. Ne te sens pas obligé de me protéger.

Il desserre les mains du volant, les pose sur ses genoux et se tourne vers moi.

— Comment tu fais ça ?

— Quoi ?

— Dire exactement ce que j'ai besoin d'entendre, pile au bon moment ?

Je l'observe dans la lueur bleutée du tableau de bord. Les traits de son visage sont illuminés d'un seul côté, en un vif contraste.

Je repense à tous les moments où ses mots m'ont déstabilisée, au fait qu'il m'ait convaincue d'accepter un rendez-vous, de me promener en voiture avec lui, puis que j'aie approuvé les termes de son « contrat ». Il a une façon de me faire oublier tout le reste. Tout sauf lui.

— C'est toi, d'habitude, qui dis exactement ce qu'il faut, je lui rappelle.

Il sourit et ses yeux se posent sur mes lèvres.

Je croise son regard, puis — au diable les conséquences — je demande :

— Est-ce qu'on peut aller chez toi un moment ?

Il ne répond pas tout de suite.

— Je ne peux pas t'emmener chez moi, déclare-t-il finalement, le regard fixé par-delà le pare-brise. Je ne suis pas sûr de pouvoir me contrôler.

— Qu'est-ce que tu veux dire ?

— L'allure que tu as, ce soir… J'ai du mal à garder les idées claires.

Il déglutit avec effort.

— Je ne me fais pas confiance, quand je suis près de toi.

Je sens mon cœur palpiter dans ma poitrine. Le désir soudain chante dans mes veines. Cette journée a fait de moi quelqu'un de différent, d'audacieux et, cette fois, je n'ai pas peur de le toucher. Je caresse son cou, laisse glisser mes doigts vers sa mâchoire puis ses lèvres. J'effleure sa lèvre inférieure, exerce une pression, sens leur chaleur, et je frémis de tout mon corps.

Il se tourne vers moi, mes doigts toujours contre sa bouche.

— Charlotte…

Sa voix est grave et profonde.

Il écarte ma main.

— Si je commence à t'embrasser, je ne pourrai pas m'arrêter. Je continuerai jusqu'à ce que…

Il me caresse doucement la main, puis la repose sur mes genoux. Ses yeux glissent vers mes jambes cachées sous la robe, puis remontent vers mon cou et mes lèvres.

J'ouvre la bouche pour parler, mais il m'arrête.

— Pas encore, dit-il.

Je soupire. Toutes les cellules enflammées de mon corps sont réduites en cendres, éteintes par ses paroles. Ma déception est immense.

Jamais je n'aurais imaginé ressentir cela. Jamais je n'aurais pensé que ce serait moi qui insisterais pour que nous allions plus loin, dans l'attente d'un baiser qu'il refuse de me donner. Je ne comprends pas ses limites ; ses règles n'ont aucun sens pour moi.

Mon cerveau repasse alors en mode pratique, m'empêchant de m'appesantir sur ma déception et la sensation d'échec qui l'accompagne. Je ne peux pas rentrer à la maison avec les vêtements que je porte.

— Je dois me changer.

Tate me regarde, hésite, puis hoche la tête. Il m'aide à sortir et à m'installer sur le siège arrière, où le sac qui contient mes vieux vêtements est posé à côté des autres achats. Il se glisse sur le siège à côté de moi pour ne pas que mes voisins le remarquent, mais la couleur lui monte aux joues lorsqu'il réalise à quel point nous sommes proches.

— Je ne regarderai pas, promet-il.

Il tourne la tête, joignant le geste à la parole.

Il s'attend à ce que je me change dans la voiture. Les vitres sont teintées, presque noires, il n'y a aucun risque que quelqu'un me voie, de l'extérieur, mais je suis déstabilisée de le sentir si près.

Toutefois, je n'ai pas d'autre option.

J'enlève mes escarpins noirs. Mes plantes de pied commençaient à être douloureuses, et je me masse rapidement les talons. J'essaie de défaire la fermeture Éclair de ma robe, mais, dans cette position maladroite, je ne peux pas atteindre le haut.

— Est-ce que tu pourrais…

Je lui indique le problème d'un signe ; parler à voix haute rendrait la situation trop intime.

Il se retourne, me regarde sans ciller, et ses yeux semblent s'assombrir plus encore.

Je m'ajuste sur le siège de manière à lui tourner le dos, mais il ne s'exécute pas tout de suite. Je peux entendre sa respiration, son hésitation dans chacune de ses expirations.

Puis ses mains se posent sur moi, s'attardent à la base de ma nuque, avant de trouver le haut de la fermeture et de la faire glisser jusqu'à ma taille. Son souffle chatouille faiblement mon dos nu et je plaque le devant de la robe contre ma poitrine, avant de me retourner pour le regarder.

Son visage a presque l'air douloureux, comme s'il luttait pour ne pas tendre la main et me toucher à nouveau, pour se retenir de m'arracher ma robe. Il se tourne ensuite vers la vitre, pour me donner un semblant d'intimité.

Je cambre le dos et fais glisser la robe le long de mes jambes jusqu'à mes chevilles. Dans la pénombre, la soie rouge continue de briller sur le tapis de sol. L'air est doux, mais un frisson court sur ma peau nue. Je plie la robe, puis la fourre dans le sac du salon de beauté. Je ressors mon short et mon T-shirt, et me rhabille aussi vite que possible.

Pendant ce temps, Tate reste immobile, n'essayant pas de regarder à la dérobée mon corps partiellement nu.

Quand j'ai fini, je me sens comme Cendrillon après minuit, revenue à la normale dans mes vêtements de tous les jours.

— C'est bon, dis-je doucement, pour qu'il sache que j'ai terminé.

Il commence à ouvrir la portière, puis interrompt son geste, et se retourne vers moi. L'espace d'un instant, il a l'air gêné, comme s'il avait toujours à l'esprit mon corps à moitié nu, assis à quelques centimètres de lui.

— Je veux te revoir, dit-il, me dévisageant de son regard pénétrant. Cette semaine.

Je veux le revoir aussi — je ne veux même pas lui dire au revoir. Mais le rappel de toutes les choses que j'ai à faire cette semaine — un contrôle d'algèbre, un devoir à rendre en anglais — me ramène durement à la réalité.

— Ça va être une semaine de folie au lycée. En plus, j'ai dit à Holly que je ferais des heures supplémentaires.

— Peut-être que tu ne devrais plus travailler chez cette fleuriste, suggère-t-il.

Je penche la tête, pensant avoir mal entendu.

— Quoi ? Pourquoi ?

— Pour qu'on ait plus de temps pour se voir. Tu as déjà tellement à faire !

Je repousse une fine mèche de cheveux qui me tombe sur le visage.

— J'ai besoin de ce job, Tate.

— Je pourrais acheter la boutique et engager quelqu'un qui travaillerait à ta place.

— Tate !

Je suis choquée de l'entendre parler ainsi. Est-ce encore son besoin de tout contrôler qui s'exprime ?

— J'aime mon travail. Et ce n'est pas parce que tu as beaucoup d'argent que je cherche à me faire entretenir.

Je m'attends à ce que la discussion vire à la dispute, mais il se fend d'un sourire, que sa fossette rend plus craquant.

— J'aime quand tu fais ça.

— Quoi ? je bougonne, encore un peu sur la défensive.

— Cette tête-là. Quand quelque chose te contrarie, tu plisses le nez. C'est adorable.

— Tate…

Agacée qu'il ne me prenne pas au sérieux, j'ouvre la portière et descends de voiture. J'essaie de garder une mine sévère, pour bien lui montrer qu'il ne peut pas me malmener ainsi. Mais quand je lève les yeux vers lui, je remarque qu'il arbore un de ses rares sourires jusqu'aux oreilles, et je ne peux pas m'empêcher de sourire à mon tour.

Il me rejoint à l'extérieur, porte mon poignet gauche à ses

lèvres et, sans me quitter des yeux, embrasse le triangle dessiné au stylo bleu.

— D'accord. Garde ton travail. Mais je veux quand même te voir et, si ça veut dire que je dois acheter tout le stock de fleurs du Bloom Room chaque semaine et les faire livrer à divers hôpitaux, c'est ce que je ferai.

Je secoue la tête.

— Bonne nuit, Tate. Merci pour cette magnifique journée.

— Bonne nuit, Charlotte. Je suis content que ça t'ait plu.

Je fais quelques pas à reculons. Il me suit du regard, puis je me retourne et remonte le trottoir rapidement.

Arrivée à la porte de la maison, je cache les sacs derrière un grand pot de fleurs vide, puis me faufile en douce à l'intérieur, pour vérifier que la voie est libre. Mia est dans le salon, devant la télévision, somnolant à moitié, Leo endormi sur ses genoux. Un mince filet de lumière encadre la porte fermée de la chambre de grand-mère.

Sautant sur l'occasion, je passe les sacs en douce, filant dans ma chambre, évitant de croiser le regard de Mia. Elle est probablement contrariée que je ne sois pas rentrée à temps pour garder Leo, ce qui a dû l'obliger à annuler une fois de plus sa sortie avec Greg. Mais je devais déjà me préoccuper de mon propre rendez-vous et, bien que j'adore Leo, il n'est pas ma responsabilité.

Je me dévisage une dernière fois dans le miroir au-dessus de la commode, observant l'étrangère glamour qui s'y reflète. Puis j'essuie mon visage avec un mouchoir, regardant le beau maquillage se fondre en un mélange de crème et de gris. N'osant pas suspendre mes vêtements neufs sur des cintres, au cas où quelqu'un les verrait, je fourre les sacs de Barneys au fond de mon placard minuscule.

Juste avant que j'aille me coucher, grand-mère pousse ma porte entrebâillée pour me souhaiter bonne nuit. Elle s'arrête net en remarquant mes cheveux. Alors je mens — encore un mensonge. Je lui dis que Carlos m'a emmenée les faire couper et colorer — son cadeau d'anniversaire en retard —, qu'il voulait que j'aie un tout nouveau style pour les vacances.

Elle porte son pyjama de coton blanc, celui qu'elle traîne depuis des années et repasse tous les soirs avant de se coucher. Ses cheveux auburn sont tressés dans son dos.

Elle a l'air fatiguée, mais je perçois aussi autre chose sur son visage : de l'inquiétude, du doute peut-être.

— C'est joli, déclare-t-elle finalement.

J'essaie d'ignorer le pincement de culpabilité que je ressens. Je vis depuis longtemps avec elle et je ne lui avais jamais menti jusqu'à maintenant, jusqu'à ma rencontre avec Tate.

Lorsqu'elle quitte la pièce, je me glisse entre les draps et appelle Carlos. Je m'excuse d'avoir séché notre séance de révisions, mais passe sous silence ma journée avec Tate. Je ne suis pas prête à en examiner chaque détail, à en partager chaque moment. Une partie de moi aime avoir un secret, quelque chose à moi, rien qu'à moi.

Tate est le seul élément de fantaisie dans ma vie ennuyeuse, responsable. Une fantaisie que je ne veux dévoiler à personne.

Chapitre 11

Mia fait irruption dans ma chambre, la lumière de son téléphone portable flottant au-dessus de mon visage. Je cligne des paupières.

— C'est quoi ça ? aboie-t-elle.

Je me frotte les yeux et jette un coup d'œil au réveil sur la table de chevet — il n'est pas encore 6 heures du matin.

Mes yeux s'ajustent à la lueur de son téléphone et je reconnais l'image sur l'écran. Aussitôt, je bondis hors de mon lit et lui arrache l'appareil des mains.

C'est une photo de Tate. Et la personne qui marche à côté de lui, c'est… *moi.* Elle date de notre dîner à *Il Cielo.* Les clichés dont je pensais qu'ils n'intéresseraient personne.

— Tu m'expliques ?

Je ne lui réponds pas. À la place, je fais défiler d'un doigt fébrile la série de quatre images sur le site people où elles ont été publiées. Heureusement, ce n'est pas aussi terrible que je le craignais : la main de Tate masque la majeure partie de mon visage.

— Je sais que tu me prends pour une imbécile, Charlotte, ajoute Mia, mais tu te doutes bien que je reconnais ma propre sœur quand je la vois. Et tu portes la bague de maman. On la distingue parfaitement, sur celle-là.

Elle pointe du doigt la photo. À ma main gauche levée se trouve la bague turquoise de maman. Impossible de se tromper.

Merde.

J'essaie de faire abstraction de la sensation désagréable qui naît au creux de mon ventre.

Je ne peux pas continuer à mentir.

Je respire profondément.

— Tu as raison. C'est bien moi. J'étais avec lui samedi.

Ses yeux verts s'écarquillent, comme si elle me voyait pour la première fois.

— Qu'est-ce que tu foutais avec *Tate Collins* ?

Je lui rends son téléphone et croise les bras.

— Je… on se voit.

Finalement, c'est un soulagement de prononcer ces mots. J'avais la sensation de me tenir au bord d'un précipice, et l'avouer me donne l'impression de sauter d'une falaise. Une fois la peur initiale dépassée, le sentiment de légèreté est incroyable.

— Qu'est-ce que tu veux dire ? Vous sortez ensemble ?

Je me rends compte que beaucoup de monde parle de *Tate Collins*, sans distinguer son prénom de son nom, comme s'il n'était pas comme nous, une personne en chair et en os, avec des défauts et des faiblesses.

C'est peut-être pour ça qu'il me tournait autour, au début. Parce que, pour moi, il était juste Tate, et que c'était nouveau pour lui.

Mia fronce les sourcils. Je ne parviens pas à déterminer si elle est en colère que je ne lui en aie pas parlé plus tôt, ou si elle est jalouse. Il n'y a jamais rien eu dans ma vie dont elle ait pu être jalouse, en tout cas pas dans le domaine amoureux. Évidemment, je suppose que sa liberté et ses sorties du samedi soir doivent lui manquer.

Mais je n'ai jamais été libre non plus. Pas vraiment. J'étais tenue par la promesse que je m'étais faite, cette vie planifiée d'avance, dans laquelle les garçons n'avaient pas leur place. Une vie qui n'incluait pas Tate. Mais je me retrouve propulsée, et de plus en plus rapidement, dans une vie différente depuis quelque temps. Et je ne veux pas faire machine arrière.

J'acquiesce donc :

— Oui. On sort ensemble.

Elle glisse son portable dans la poche de son sweat-shirt.

— J'aurais dû me douter que ta nouvelle coupe de cheveux n'était pas un cadeau de Carlos. Est-ce que tu vas me dire comment tu as rencontré une star interplanétaire ? Et comment il t'a invitée à sortir ?

Je soupire.

— Il est entré dans la boutique, un soir. Ensuite… c'est juste arrivé.

— Grand-mère va être furieuse. Ça va la détruire.

Je me précipite vers elle.

— Tu ne dois rien dire. Promets-le-moi, Mia. Elle ne doit rien savoir.

Elle tourne le menton de gauche à droite, l'air pensif.

— Et pourquoi est-ce que je garderais ton secret ?

— Parce que je t'ai couverte des tas de fois.

Je n'en reviens pas qu'elle fasse autant de complications ! Elle préférait sûrement quand j'étais la sœur rasoir qui n'avait aucune vie sociale.

— Le mois dernier, j'ai gardé Leo pour que tu puisses aller retrouver un mec, après avoir dit à grand-mère que tu te rendais à un entretien. Et rappelle-toi le soir où tu es venue dans ma chambre à 1 heure du matin pour me demander de dormir dans ton lit, à côté du berceau de Leo, pour que tu puisses sortir en douce rejoindre le type marié… Je n'ai pas du tout dormi, cette nuit-là, et j'avais un contrôle, le lendemain. Et…

— C'est bon ! me coupe-t-elle, avant que je continue à énumérer toutes les fois où je lui ai sauvé la mise.

Non pas que je l'aie fait pour elle, pas exactement. Je l'ai fait pour Leo.

— Mais si grand-mère le découvre, ajoute-t-elle, je nierai être au courant de quoi que ce soit. Je ne veux pas qu'elle soit fâchée contre moi aussi.

Je me passe la main dans les cheveux, grimaçant à l'idée que grand-mère découvre mon histoire avec Tate.

— OK, Mia.

Elle se dirige sans bruit vers ma commode, tripotant l'assortiment de livres, de baumes à lèvres et de stylos dispersés dessus.

— Je n'arrive pas à croire que Charlotte la parfaite ait enfin brisé l'une de ses règles, reprend-elle — et je ne peux dire si c'est de l'inquiétude ou de la satisfaction qui perce dans sa voix, ou un mélange compliqué des deux. Et avec Tate Collins, rien que ça !

Elle me lance un sourire espiègle.

— Vous avez déjà couché ensemble ?

— Bien sûr que non ! Non pas que ça te regarde.

— Tu as raison. C'est ta vie, dit-elle, soudain lasse. Libre à toi de la gâcher, si c'est ce que tu souhaites.

— Je ne gâche rien, Mi. Je vis, c'est tout.

— C'est ce que je disais aussi, avant.

Elle se dirige vers la porte. J'entends grand-mère qui prépare du café dans la cuisine.

— Fais quand même attention.

Une fois qu'elle est sortie, j'attrape mon téléphone portable posé sur le chevet et envoie un texto à Tate :

Il y a des photos de nous sur Internet.

Une heure plus tard, je me tiens devant mon placard, essayant de décider quoi mettre pour le lycée, mais mon esprit revient sans cesse aux photos du paparazzi.

Est-ce que quelqu'un d'autre va découvrir que c'est moi ? Est-ce que grand-mère va aussi tomber dessus ?

Je sors le sac de vêtements neufs fourré au fond du placard. J'ai vraiment envie de porter l'une de mes nouvelles tenues ; je veux éprouver ne serait-ce qu'un dixième de l'assurance que je ressentais samedi. Mais je ne veux pas non plus attirer l'attention.

Mon téléphone bipe alors sur le lit et je l'attrape rapidement, espérant que c'est Tate. C'est bien lui.

J'ai vu les photos. Est-ce que ça va ?

Ça va. Ma sœur a compris que c'était moi. Sinon, R.A.S. Ça va, toi ?

Je m'inquiète seulement pour toi.

J'ai vraiment envie de lui parler, d'entendre sa voix, mais je ne peux pas prendre le risque que grand-mère me surprenne.

Un nouveau texto arrive.

D'après mon publiciste, les médias ne savent pas qui tu es. Ils t'appellent « la fille mystère ». Mon équipe travaille pour faire en sorte que ça reste ainsi.

Merci.

Son équipe. Il a une équipe, ces « personnes » qu'il a mentionnées au début. Encore un rappel des énormes différences qui existent entre nous.

Je secoue la tête et vérifie l'heure sur mon téléphone. Il faut que je m'habille ou je vais être en retard.

En route pour le lycée. On se parle plus tard ?

Bien sûr.

Puis il ajoute :

Tu me manques à en devenir fou.

J'opte pour un jean et un T-shirt. Je ne sais pas ce qui m'attend au lycée. Mieux vaut me fondre dans la masse, me comporter comme si de rien n'était.

Tandis que je traverse le couloir de l'établissement, je remarque avec soulagement qu'il n'y a rien d'inhabituel. Seul le cafard du lundi matin se lit sur les visages. Personne n'est au courant. Comment le pourraient-ils ? D'accord, des photos de Tate Collins et d'une fille mystère circulent sur tous les forums en ligne, les blogs et les réseaux sociaux, mais le visage de la fille est dissimulé derrière une masse floue de cheveux blond foncé. Seule ma sœur a pu faire le lien.

Mais, tout à coup, une grande silhouette se glisse à côté de moi, bloquant la vue partielle du couloir que j'ai de mon casier.

— Inutile de te cacher !

Je lève la tête et Carlos m'observe, ses sourcils formant un arc parfait sur son front. Il ne me regarde pas avec des yeux compatissants. Il est fâché après moi. *Parce qu'il sait.*

— Carlos…

Il lève sa paume droite devant mon visage — des doigts longs, élégants —, et je fixe sa ligne de vie qui prédit son avenir : trois enfants, beaucoup d'argent et une longévité jusqu'à quatre-vingt-dix ans au moins.

Un jour, une femme de Venice Beach qui sentait l'oignon a lu les lignes de nos mains. Ma ligne du destin se divisait en deux, selon elle — ce qui n'était pas forcément une bonne chose —, témoignant de deux choix, deux chemins de vie possibles. J'avais oublié cette prédiction jusqu'à maintenant.

— Est-ce vraiment la peine que je pose la question, ou es-tu prête à tout déballer ? demande-t-il.

Il laisse retomber son bras et enfonce les mains dans les poches de son pantalon. Aujourd'hui, il porte une chemise bleu marine boutonnée jusqu'au cou et un pantalon gris.

— Je ne voulais pas te le cacher.

— C'est ce que tu as fait, pourtant.

— Je sais. Je voulais juste que personne ne le sache… Pas encore.

— Je ne suis pas n'importe qui. Je suis ton meilleur ami, Charlotte !

— Je suis vraiment désolée.

Je lève la tête, croise son regard, et mon cœur a la sensation d'être écrasé et piétiné.

— J'allais t'en parler.

— Quand ? Si ces photos n'avaient pas été prises, si je n'avais pas remarqué une bague turquoise très particulière à la main gauche de la mystérieuse fille blonde à côté de Tate Collins, et ensuite découvert, ce matin, que tu avais subitement l'air très blonde, quand exactement me l'aurais-tu dit ?

Je déglutis avec effort. Visiblement, il est très, *très* en colère.

— Sous peu, dis-je, essayant de paraître convaincante. J'attendais simplement… le bon moment.

Il respire fort par les narines, pas dupe.

— Et Tate Collins ?

Il tape du doigt contre la porte ouverte du casier.

— Ça t'ennuierait de m'expliquer comment c'est arrivé ?

— Il est venu à la boutique, dis-je, répétant ce que j'ai raconté à Mia un peu plus tôt. Ensuite, il m'a envoyé ces roses…

— Tate Collins est M. Sexy et Mystérieux ?

Il en est bouche bée, les yeux écarquillés.

— Oui.

Je réalise soudain à quel point je lui ai dissimulé les choses. Et je vois à son expression qu'il s'en rend compte aussi. J'ai été une amie minable.

— J'ai refusé plusieurs fois de sortir avec lui. J'ai essayé de le repousser, j'ajoute, comme si ça pouvait expliquer mon manque d'honnêteté envers lui.

Si Tate était sorti de ma vie dès la première nuit, il n'y aurait rien eu à raconter, rien eu à cacher.

— Mais il a continué de passer à la boutique. Finalement, j'ai accepté un rencard avec lui, et c'est là que j'ai compris qui il était.

— Attends, tu ignorais que c'était Tate Collins ?

— Je n'y connais rien dans ce domaine…

— Mais Tate Collins, quoi !

— Crois-moi, Carlos, je me sens déjà super nulle de ne pas l'avoir compris plus tôt.

— Et comment t'es-tu retrouvée à quitter *Il Cielo* dans cette robe rouge magnifique et avec cette coupe de cheveux ?

Il désigne ma tête d'un geste théâtral.

— Tate m'a emmenée dans des boutiques, puis chez Q, un salon de coiffure à Beverly Hills.

— Il t'a emmenée chez *Steven Salazar* ?!

Je hoche la tête, tandis qu'il se fend d'un sourire malgré lui. Il sait bien sûr où toutes les célébrités vont se faire couper les cheveux. Il regarde même probablement l'émission de Steven.

— Je crois que je suis plus vexé que tu ne m'aies pas immédiatement invité par texto à te rejoindre au salon de Steven que je ne le suis de ton silence sur Tate Collins.

— J'ai été bête de ne pas t'en parler, dis-je, espérant que ma voix communique tout le regret que je ressens. Tout est arrivé si vite, j'ai à peine eu le temps de respirer.

— Ta journée shopping et ta séance beauté, ou ton histoire avec Tate ?

— Les deux.

Son expression se radoucit et il lâche la porte du casier.

— Bon… Je t'aime et je suis incapable de rester fâché contre toi.

Puis il hausse les sourcils.

— Mais tu ferais mieux de ne plus me cacher un seul détail à l'avenir ! Je veux *tout* savoir. Absolument tout.

— Ça marche, dis-je, avec un sourire hésitant.

Puis, sans prévenir, il me prend par la taille, me soulève et me fait tournoyer, avant de me reposer contre notre casier. Les quelques personnes autour de nous jettent des regards dans notre direction, avant de reprendre leurs conversations, siroter leur café ou échanger des livres dans leurs casiers.

— Tu sors avec Tate Collins ! fait-il à voix basse, comme pour souligner le côté incroyable de la situation. Le fait que tu aies un petit ami est déjà en soi ahurissant. Alors, le méga-célèbre et canon Tate Collins, dont la musique m'obsède depuis trois ans, mais dont tu n'avais rien à faire… *ce* Tate Collins !

Il prend une grande inspiration, comme s'il allait défaillir.

Je me mordille la lèvre supérieure pour m'empêcher de pouffer.

— Ouais, je réponds doucement. C'est bien lui.

— Quand Charlotte Reed décide de sortir avec un garçon, elle ne perd pas son temps avec le lycéen moyen, elle choisit carrément une star. Je n'ai jamais été aussi fier de toi.

Ses paroles me font penser à grand-mère : elle ne sera pas fière, elle, si elle l'apprend.

— Tu ne me trouves pas faible ? je demande d'une petite voix. Tu connais ma règle anti-flirt, et je viens de la briser.

Il se penche vers moi.

— Tu n'es pas faible, me rassure-t-il. Tu viens seulement de comprendre ce à côté de quoi tu passais. Rien d'autre n'a changé — tu n'as abandonné aucun de tes objectifs, tu n'as pas laissé tomber les cours. Tu vas juste avoir une vie amoureuse palpitante pour accompagner tout ça.

Il me fait un clin d'œil et on se sourit. Entendre que Carlos n'est pas déçu me fait me sentir mieux.

La cloche sonne, et tout le monde se disperse.

Carlos attrape son manuel d'algèbre dans notre casier.

— On se voit en anglais, Charlotte. Je rêverai de toi et Tate Collins en attendant.

Je lève les yeux au ciel d'un air amusé, referme notre casier commun, puis m'éloigne dans la direction opposée, pour mon cours d'histoire.

J'avais un peu d'appréhension, en arrivant au lycée, mais personne ne jette un œil dans ma direction. D'autres que Carlos ont vu les photos — Jenna Sanchez et Lacy Hamilton chuchotent à leur sujet, pendant que M. Rennert fait cours sur le symbolisme dans *L'Attrape-cœurs*. Mais elles se concentrent davantage sur la robe rouge à tomber que sur la fille elle-même. Alors qu'elles parlent des abdos de Tate, Carlos me sourit d'un air entendu en me donnant un coup de coude, et je me force à prêter attention au héros du roman, Holden Caulfield.

Je prends alors conscience que je ne risque rien. La nouvelle petite amie mystérieuse de Tate ne pourra *jamais* être Charlotte Reed l'intello, le rat de bibliothèque, la fille sage et rangée. Une fille comme elle n'attire pas l'attention des stars interplanétaires de la musique comme Tate Collins.

Je jubile intérieurement. Ils ont tous tort à mon sujet.

Terriblement tort.

Ma vie reprend son cours normal. Je termine mes dossiers de candidature universitaires, vais travailler au Bloom Room, révise mes cours, agis tout comme je l'ai toujours fait. À l'exception d'une chose : Tate.

Seuls Mia et Carlos savent que je passe mes vendredis et samedis soir avec lui, chez lui, ou dans de petits restaurants intimes qu'il réserve rien que pour nous. Il me parle de sa musique, m'explique qu'il n'a pas eu envie d'écrire quelque chose de nouveau depuis longtemps.

Nous sommes plus vigilants, au sujet des paparazzis, et nous évitons les endroits les plus branchés. On demande à Tate de donner des interviews et de passer dans des émissions ; le magazine *Rolling Stones* veut même faire un article au sujet de sa réapparition soudaine, après un an d'absence, et révéler en exclusivité au monde entier l'identité de sa petite amie mystère.

Mais il décline toutes les invitations. Il ne veut pas parler de nous, ni de l'année dernière. Il veut seulement qu'on le laisse tranquille et être avec moi.

Nous faisons de longues balades en voiture jusqu'à Laguna Beach. Une fois, nous allons même jusqu'à La Jolla, où on s'assoit à la terrasse d'un petit glacier face à l'océan, pour partager une coupe de sorbet citron vert.

Dans ces moments-là, Carlos me sert d'alibi. Je dis à grand-mère que nous passons tout notre temps libre à étudier à la bibliothèque ou chez lui, que c'est trop difficile pour moi de se concentrer à la maison, avec Mia et Leo toujours présents.

Alors qu'en fait, je suis avec Tate.

Mais même lorsque nous sommes blottis l'un contre l'autre dans sa voiture face à l'océan Pacifique, ou sur son canapé en train de regarder un film que j'ai choisi, on ne s'embrasse pas. « Pas encore », me dit-il chaque fois que j'essaie de me rapprocher.

Pas encore.

Le premier soir des vacances d'hiver, j'ai le sommeil agité. Des images de Tate se mélangent à mes rêves. Nous sommes dans ma chambre, seuls, et ça a l'air normal, comme s'il avait le droit d'être là. Je peux à peine discerner les traits de son visage dans l'obscurité, mais je sais qu'il me dévisage, je peux le sentir. Puis il m'attire contre lui et m'embrasse. Ses mains se posent sur moi, et je me sens étourdie, même dans mon rêve. Mon rythme cardiaque s'accélère. Soudain, ses doigts passent sous mon T-shirt, il me l'enlève et je l'entraîne vers mon lit. Ensuite, j'entends sa voix, claire et douce. *Charlotte, Charlotte.*

Mais, soudain, la voix devient trop brusque, trop forte.

— Charlotte !

J'ouvre les yeux et je me redresse.

C'est Mia, qui se tient à l'entrée de la pièce.

— Tu es réveillée ? demande-t-elle.

— Maintenant, oui.

— Regarde par la fenêtre. Il faut que tu voies ça.

— Quoi ?

Je remonte les couvertures sur ma poitrine. C'est le matin, mais il est très tôt, la lumière extérieure d'un gris-bleu pâle, et le soleil pas encore levé sur l'horizon.

— Je m'en suis rendu compte quand je me suis levée.

— Tu t'es rendu compte de quoi ? je demande, ne voulant pas quitter la chaleur de mon lit.

Elle entre dans la chambre et tire le rideau d'un coup sec.

— Regarde !

Je rejette les couvertures et la rejoins à la fenêtre.

Au début, je ne vois rien. L'extérieur est plus lumineux que je m'y attendais et je presse les mains sur mes paupières. Ça me rappelle la soirée à *Il Cielo*, quand le flash du photographe nous a aveuglés sur le trottoir. Puis je comprends pourquoi tout a l'air si lumineux. Tout est blanc.

Le jardin, sous ma fenêtre, est recouvert d'une neige duveteuse, cristalline. Elle est accrochée aux branches des palmiers telle une couche de glaçage lisse. Partout, elle recouvre notre jardin, comme la scène de Noël d'un film classique.

— Comment est-ce possible ?

Mia hausse les épaules, tout en berçant Leo. Il fait un petit bruit de succion, la bouche en cul-de-poule.

— Aucune idée. Je crois qu'il n'a jamais neigé à L.A.

J'ouvre la fenêtre et passe la main dans l'air doux.

— Et il fait trop chaud, j'ajoute.

Puis nos yeux verts se croisent ; nous venons toutes les deux de comprendre.

— Tate, je murmure.

Je referme la fenêtre et attrape mon téléphone sur la table de chevet. Il était en mode silencieux et j'ai raté un appel de lui voici cinq minutes. J'enfile rapidement un sweater par-dessus mon short et mon débardeur. Mais je m'arrête net avant de passer la porte. Mia me regarde, toujours près de la fenêtre. Elle pourrait prévenir grand-mère, elle pourrait aller la réveiller si elle le voulait.

Mais elle hausse les épaules et me fait un petit signe de tête.

— Vas-y.

Je lui souris, puis traverse le couloir et sors à toute vitesse.

J'ai l'impression de pénétrer dans un paysage hivernal féerique.

Je n'ai jamais vu de vraie neige. C'est aussi beau que je l'imaginais. J'aimerais avoir un appareil photo de pro : la lumière, avec le soleil sur le point de se lever, est sublime, teintée de rose, et se réfracte sur la couche cristalline.

Tout est silencieux. Une immobilité qui semble amplifiée par la neige. Personne n'a encore marché dessus, il n'y a aucune autre empreinte — je suis la première. Elle est à la fois poudreuse et légèrement friable ; sa froideur gagne mes pieds, à peine protégés par mes chaussons.

Comment Tate a-t-il fait ça ? Et pourquoi ?

Dans un coin du jardin, un bonhomme de neige de carte postale se dresse sous l'un des palmiers. Une écharpe rouge vif est nouée autour de son cou, et deux pierres noires enfoncées dans son crâne neigeux font office d'yeux.

Une enveloppe est coincée dans l'une des branchettes qui figurent ses bras et ses mains.

Je retire soigneusement la carte qui se trouve à l'intérieur.

Le papier est blanc, le haut parsemé d'un soupçon de paillettes, des lettres majuscules étroites m'indiquent :

Regarde dans le jardin.

D'habitude, notre jardin est un carré triste qui s'étend jusqu'au grillage séparant notre maison de celle des voisins. Mais, sous la neige, il est transformé. Et là, assis sur le vieux banc branlant où Mia et moi avions l'habitude de jouer au bateau pirate et capture-the-castle[1], se tient Tate.

Sa fossette apparaît, tandis que je cours vers lui.

— Pourquoi ? dis-je dans un souffle.

— Tu n'avais jamais vu la neige.

Mon sourire est si large que j'en ai presque mal.

— C'est bien la première fois.

Il me tapote le nez, doucement.

— Mais pas la dernière. Je voudrais que tu m'accompagnes à la maison, Charlotte, dans le Colorado. Pour Noël. Un Noël sous la neige.

Je ne peux pas m'en empêcher — je me penche et l'embrasse. Enfin, il ne me repousse plus. Puis il me conduit vers le banc, qu'il a recouvert d'oreillers et de couvertures qui sont douces contre mes jambes nues. Je me blottis contre lui.

— Tu as assez chaud ? demande-t-il.

— Presque.

Un frisson me parcourt et je tremble.

1. Jeu d'aventure pour enfants dans lequel deux groupes essaient d'assiéger le château protégé par un troisième groupe. (N.d.T.)

Ses bras se reserrent autour de moi.

— C'est mieux ?

Ses lèvres chatouillent le lobe de mon oreille et je peux seulement hocher la tête en réponse. Je suis bouleversée d'être dans ses bras, là, chez moi, dans mon jardin. Bouleversée qu'il m'invite à rencontrer sa famille. C'est tellement parfait !

Le cœur léger, je commence à m'éloigner de lui, mais il me serre contre lui, sa bouche trouvant la mienne de nouveau. Il entoure mon visage d'une main, ses doigts doux malgré sa bouche ardente. L'autre se déplace vers ma taille et soulève mon sweater. Je sens sa chaleur contre ma peau.

Je suis impatiente de l'accompagner chez lui, de découvrir où il a grandi, de mieux comprendre qui il est et pourquoi il est tant sur ses gardes. Puis une pensée me vient : s'il veut que je rencontre sa famille, alors je veux qu'il rencontre la mienne. J'ai passé tant de temps à le garder secret, allant même jusqu'à me mentir à propos de ce que je commence à ressentir pour lui. Si je compte pour lui au point qu'il souhaite me présenter à ses parents, alors j'ai besoin de lui montrer que je prends notre histoire au sérieux, moi aussi.

— Suis-moi à l'intérieur, je lui dis. Je veux que tu rencontres ma grand-mère et ma sœur.

Chapitre 12

— C'est une mauvaise idée, Charlotte.

Grand-mère se tient à l'entrée de ma chambre. Je suis assise sur ma valise, essayant de la fermer.

— Je ne changerai pas d'avis, dis-je, faisant des efforts pour lui répondre gentiment et ne pas laisser transparaître l'irritation qui me gagne.

— Après tous les efforts et les sacrifices que tu as faits pour t'offrir un avenir brillant, tu vas tout laisser tomber pour t'envoler vers le Colorado avec un garçon que tu connais à peine ? Une *célébrité* qui vit dans un monde complètement différent du tien ? Qu'en est-il de ta promesse de rester célibataire, de te concentrer sur ton avenir ? Tu vas tout abandonner ?

— Je n'abandonne rien.

J'attrape mon téléphone et l'enfonce dans ma poche arrière.

— Rien n'a changé, sauf que j'ai quelqu'un dans ma vie à qui je tiens et qui tient à moi — apparemment assez pour vouloir que je rencontre ses parents. Je pensais que tu serais plus compréhensive.

Grand-mère a rencontré Tate, l'autre matin, après son invitation-surprise d'un Noël sous la neige, dans le Colorado. Mia se tenait à l'entrée de la cuisine, Leo dans les bras, muette pour la première fois de sa vie. Elle dévisageait Tate comme s'il était une espèce étrangère, et j'ai bien cru qu'elle allait se mettre à le mitrailler de photos, là, dans notre cuisine. Grand-mère, elle, a été polie et lui a serré la main, lui a offert du café et un petit déjeuner, a souri gentiment... Et puis, dès qu'il a été parti, elle m'a bombardée de questions, me disant que j'avais complètement perdu l'esprit. Elle a surfé sur différents sites people, étudiant son historique de *bad boy*. J'ai protesté. Mais elle ne m'a pas crue et ne me croit toujours pas. Elle pense que chacune de ses erreurs témoigne de qui il est réellement. Bien sûr, elle ne peut pas voir ce que moi, je vois.

— Comment veux-tu que je sois compréhensive ? Tu vas gâcher ta vie !

— Mais non, dis-je en soupirant. Si tu décides de ne pas me soutenir, tant pis. Je pars, que ça te plaise ou non.

— Je ne voulais pas en arriver là, mais tu ne me laisses pas le choix : ma maison, mes règles.

C'est la première fois qu'elle me parle ainsi — la voix teintée de ce mélange de frustration et de mépris que je pensais réservé à Mia et, quand nous étions plus jeunes, à notre mère.

— Je ne te laisserai pas faire les mêmes erreurs que les autres femmes de cette famille. Tu ne pars pas avec lui dans le Colorado, c'est mon dernier mot !

Je soulève ma valise du lit et croise son regard.

— J'ai dix-huit ans, tu ne peux pas m'interdire quoi que ce soit.

Quand je vois l'expression sur son visage, je regrette instantanément mes paroles. Mais je m'empêche de capituler. C'est peut-être sa maison, mais il s'agit de *ma* vie.

— S'il te plaît, fais-moi confiance, OK ? j'ajoute plus gentiment, espérant qu'elle comprendra l'importance qu'a ce voyage pour moi. Je suis intelligente, tu te rappelles ? Laisse-moi prendre mes propres décisions.

— Tu peux être brillante et malgré tout stupide en amour. Les femmes de cette famille le sont toujours.

Je me suis répété la même chose au fil des années, mais entendre grand-mère le dire me coupe le souffle. Les choix des femmes ma famille n'ont peut-être pas conduit au *happy end* espéré, mais Mia et moi ne serions pas là, si ces choix avaient été différents. Leo non plus. Difficile pour moi de me défaire de l'impression qu'en cet instant, grand-mère regrette notre existence. Je la contourne, puis fais rouler ma valise dans le couloir. Elle n'essaie pas de m'arrêter — peut-être a-t-elle compris que c'était peine perdue.

Avant de sortir de la maison, je tente encore une fois d'arranger les choses.

— Je sais que tu t'inquiètes, grand-mère. J'aime que tu te soucies tant de moi. Mais tu m'as appris à avoir la tête sur les épaules. Sois tranquille.

Ses épaules s'affaissent. Sur son visage, la lassitude a remplacé la colère.

— Je n'en suis pas si sûre, murmure-t-elle.

Je sens un pincement de culpabilité en ouvrant la porte. Elle ne m'enlace pas pour me dire au revoir. Elle ne prononce pas une parole. Je m'en vais et il n'y a rien qu'elle puisse faire. *C'est ma vie*, je me répète. Et je ferme la porte derrière moi.

Tate a envoyé une limousine pour me conduire à l'aéroport, et la voiture rutilante ne passe pas inaperçue dans notre rue miteuse. Les enfants du voisinage la pointent du doigt, tandis que je m'y engouffre. Ces mêmes enfants ont fait des châteaux et des anges de neige dans notre jardin, avant que tout ne fonde. Nous sommes la maison la plus populaire du quartier, ces jours-ci.

Mais, une fois en route, mes inquiétudes s'évaporent. L'air est doux et chaud ; je baisse les vitres pour faire des vagues avec la main pendant que nous roulons.

Je pensais que le chauffeur me conduirait à l'aéroport de LAX, mais nous allons vers le nord, pour finalement nous arrêter dans un aéroport dont j'ignorais l'existence.

Le panneau, sur la grille, m'informe qu'il s'agit de l'aéroport Van Nuys. La limousine avance jusqu'au tarmac, où un jet blanc, les marches baissées et la porte ouverte, attend.

Un jet privé.

Mon cœur commence à battre plus fort dans ma poitrine, comme je m'engage sur le petit escalier. Je me retourne pour jeter un coup d'œil à la limousine. Le chauffeur donne ma valise à un autre homme, qui l'emporte jusqu'à l'avion.

J'aperçois Tate dès que j'entre ; il est installé dans le fond, sur un canapé de couleur crème qui s'étire sur tout un pan de la carlingue. Il porte un T-shirt gris et un jean. Même dans des vêtements simples, il est superbe.

Il se lève dès que j'apparais.

— Salut, dis-je, presque timidement.

Je suis restée plusieurs jours sans le voir et je ne peux m'empêcher de le dévorer des yeux. Il ressemble à Tate Collins le *bad boy*, la rock star à qui toutes les filles de mon lycée rêveraient de parler. Et je me tiens en face de lui dans un jet privé.

— Salut, répond-il. Tu m'as manqué.

— Ça fait à peine quelques jours, dis-je, essayant de ne pas révéler à quel point je suis heureuse d'être là. J'ai dû fêter Noël en avance avec grand-mère, Mia et Leo.

Il traverse l'espace qui nous sépare et passe la main dans mes cheveux.

— Je suis content de les avoir rencontrés. Mais je suis encore plus content de t'avoir pour moi tout seul.

C'est étrange comme le désir peut vous prendre par surprise. Je n'avais jamais ressenti ça avant, mais, quand je suis avec lui, mon corps veut des choses que mon cerveau sait déraisonnables. Et avec le souffle de Tate si proche de mes lèvres, tout ce que je souhaite, c'est sentir sa bouche sur la mienne et qu'il m'embrasse. Mais il secoue la tête, comme pour repousser la tentation, et retire sa main.

Une femme émerge d'une petite pièce à l'avant de l'avion.

— Je peux vous débarrasser de votre manteau et de votre sac à main, si vous le souhaitez, me propose-t-elle avec un sourire étincelant.

Ses cheveux sont relevés en chignon, avec une fausse orchidée vert et bleu attachée sur le côté. Elle est jolie, bronzée, et je me demande dans combien de lieux exotiques elle s'est rendue, la semaine dernière.

— Merci.

Je lui tends le manteau drapé sur mon bras. N'ayant jamais eu besoin d'un manteau avant ce voyage, je viens tout juste de l'acheter. Carlos m'a traînée dans presque toutes les friperies de la ville, jusqu'à ce qu'on en trouve un qui soit à la fois dans mon budget et ait l'air presque neuf. « Promets-moi que tu m'enverras des textos tous les jours ! » a-t-il insisté.

L'hôtesse de l'air s'affaire à l'avant de l'avion, et Tate m'observe pendant que je découvre les lieux.

Des roses violettes sont disposées dans un vase en verre, que je suppose collé, au bout de la table. Je touche l'un des doux pétales, puis lui souris. Il n'en rate pas une.

— Alors ? demande-t-il, en soulevant un sourcil expectatif.

C'est la première fois que je prends l'avion et le jet ne ressemble en rien aux avions que j'ai vus dans les films.

Je me laisse tomber dans le sofa de cuir et je note dans un coin de ma tête de ne rien boire ni manger — me connaissant, je vais tout renverser.

— C'est impressionnant !

Tate s'assoit près de moi, un pied sur le genou opposé, complètement détendu.

— C'est carrément extravagant. Tu peux le dire.

— C'est toujours comme ça que tu te déplaces ?

— Pas toujours. Mais c'est plus simple. Moins de complications.

— Moins de fans et de paparazzis, tu veux dire ?

Il a l'air contrit.

— Ouais, ça aussi.

— Tu as hâte de voir ta famille ?

Il se penche en avant, repose le pied par terre, et appuie les coudes sur ses genoux.

— Il est temps que je rentre. Ça fait longtemps.

Il ne répond pas exactement à ma question. Il a la manie d'éviter les sujets qui le mettent mal à l'aise.

— Combien de temps ?

Il hausse les épaules.

— Quelques années.

— Sérieusement ? Tu n'as pas vu tes parents depuis *plusieurs années* ?

— Ils n'approuvent pas vraiment mon mode de vie. Et avec tout ce qui s'est passé… Ils ne comprennent pas.

— Ils doivent pourtant être fiers de toi, de tout ce que tu as accompli.

Il hoche la tête.

— Oui. Mais quand les choses ont dégénéré, l'année dernière… Je ne sais pas… Ça a été plus simple de rester éloigné que d'admettre qu'ils avaient raison.

— Alors pourquoi maintenant ? Pourquoi tu rentres chez toi après tout ce temps ?

Il lève la tête pour me regarder.

— C'est grâce à toi.

— Moi ?

Je ne comprends pas.

— Je veux qu'ils te rencontrent. Et je veux que tu les rencontres. Tu comptes pour moi, et ta présence rendra les choses plus faciles.

Je pose la main sur son avant-bras et le menton contre son épaule.

— Je suis contente que tu m'emmènes chez toi, Tate.

Il ferme les yeux.

L'hôtesse nous apporte un plateau de fruits, de l'eau pétillante avec des rondelles de citron et des viennoiseries. Tate m'indique que je peux demander ce dont j'ai envie, que l'avion est bien approvisionné. Si je veux des pancakes, de la crème brûlée ou des noisettes grillées, l'hôtesse les préparera, comme par magie.

Mais je veux simplement me blottir contre lui, poser la tête contre sa poitrine et observer le monde qui défile sous nos pieds : des maisons miniatures, des patchworks de fermes et des montagnes enneigées.

Je ne peux pas m'empêcher de prendre des photos, même si je n'ai que mon téléphone sous la main. Je les retoucherai plus tard au lycée, les travaillerai jusqu'à ce qu'elles ressemblent davantage au paysage qui prend vie sous mes yeux.

Finalement, je repose mon portable et ferme les yeux.

Tate passe son bras autour de moi.

— Dors, si tu en as envie, murmure-t-il contre ma tempe.

Il se met à fredonner, son souffle tiède effleure ma peau. C'est une mélodie que je ne reconnais pas — pas une de ses chansons —, mais, même étouffée, sa voix est fluide et belle. J'écoute un moment avant de relever la tête et de demander :

— De quelle chanson s'agit-il ?

— Rien de spécial. Juste un air qui me trotte dans la tête.

— Pour une nouvelle chanson ?

— Je ne sais pas encore, répond-il doucement. Peut-être.

Je ferme les yeux pour mieux sentir la vibration de ses lèvres qui murmurent contre mon oreille.

Je m'endors en écoutant Tate Collins qui fredonne une mélodie pour moi, une mélodie rien qu'à moi.

Si notre jardin ressemblait à un paysage hivernal de carte postale, Telluride, Colorado, est le lieu de tournage idéal pour un film de Noël. Plusieurs centimètres de neige fraîchement tombée se sont déjà accumulés sur le tarmac. Le ciel est nuageux, et il continue de neiger. Un SUV noir nous attend, et nous nous précipitons vers lui, l'air froid, mordant, pénétrant nos manteaux.

— Tu trembles.

Tate me prend la main.

— Et tes doigts sont glacés.

— Ça fait partie de l'expérience hivernale !

Nous traversons la ville et je suis émerveillée. Le soleil vient de se coucher ; les vitrines de magasins sont parées de guirlandes lumineuses argentées et blanches, de flocons de neige en papier et d'elfes portant des chapeaux pointus verts. On se croirait dans un conte de fées.

— Je me sens bien ici. On dirait un endroit où il fait bon revenir.

Il presse les lèvres sur ma paume pendant plusieurs secondes.

— Tant mieux, dit-il.

On s'arrête dans une rue qui serpente autour d'une colline basse. Les pelouses et les toits des maisons sont recouverts de neige. Avec leurs guirlandes électriques qui scintillent, on dirait des maisons de pain d'épice. Certaines ont même des bonshommes de neige gonflables dans leur jardin, des pères Noël en plastique accompagnés de rennes sur leur toit. On en voit aussi à L.A., mais ici, ça a l'air naturel.

La voiture s'arrête devant un chalet haut de deux étages, avec une boîte aux lettres ornée de lumières rouges clignotantes. Comparée à notre maison, c'est un palais, mais c'est encore loin de la forteresse de Tate à L.A.

— Je n'arrive pas à croire que tu vivais ici !

— Moi non plus, répond-il.

Il inspire un grand coup avant de reprendre ma main.

— Prête ?

— Plus que toi, j'ai l'impression.

Il a l'air tendu et mal à l'aise, comme s'il anticipait une confrontation. Sa poigne se resserre sur ma main comme nous gravissons les marches givrées jusqu'à la porte d'entrée, son pouce battant contre mon index.

Quand nous sonnons, une charmante femme d'âge mûr, qui

a les mêmes yeux que Tate, nous ouvre et nous serre immédiatement dans ses bras. J'ai du mal à comprendre ce qui rend Tate aussi nerveux.

Nous entrons dans l'entrée, où flotte une senteur de cannelle, de citrouille et de feu de cheminée. La mère de Tate, Helen, s'agrippe à lui, pendant que son père, Bill, me serre la main. Bill a les cheveux poivre et sel, le même menton ciselé et la même mâchoire que son fils. Il porte un pull rouge festif avec un motif de sapin de Noël qui lui allait probablement encore dix ans plus tôt, mais dont les coutures menacent aujourd'hui d'éclater. Helen l'a sûrement forcé à le porter — un effort pour être dans l'esprit de Noël.

Puis un éclair marron me percute, et me renverse presque. Le chien est énorme, sa fourrure duveteuse auburn, avec du blanc autour des yeux et du museau.

— Rocco ! s'exclame Tate, enfonçant les mains dans le pelage du chien.

Ils tombent au sol et commencent à batailler gentiment, Rocco léchant le visage de Tate encore et encore.

Je ne peux m'empêcher de sourire, à le voir ainsi, dans la maison où il a grandi, avec un chien qu'il adore. J'ai l'impression de découvrir une tout autre facette de lui. Même s'il était nerveux de rentrer, ça ne lui a pas pris longtemps pour se détendre. Et je me sens privilégiée de vivre ça avec lui, de voir qui il était, avant la célébrité.

— Suivez-moi, Charlotte, dit Helen.

Nous nous éloignons pour entrer dans un salon chaleureux. Elle me fait signe de m'asseoir sur le gigantesque sofa rouge écossais et s'installe à côté de moi.

— La manière dont Tate t'a décrite ne te rend pas justice.

Ses pommettes sont hautes et son visage encadré de cheveux bruns courts qui glissent sur ses épaules. Elle est jolie, avec des traits délicats et de petites mains.

— Il a parlé de moi ?

Je ne devrais pas être surprise. Il a forcément dû les prévenir qu'il venait accompagné. Mais chaque rappel que je suis dans les pensées de Tate apporte son frisson de joie.

— Bien sûr. Quand il m'a dit qu'il rentrait et qu'il emmenait sa petite amie, j'ai voulu connaître chaque détail.

Petite amie. J'éprouve un choc à ce mot. Nous n'avons pas encore nommé notre relation, profitant simplement, l'un comme l'autre, du moment présent.

Je jette un coup d'œil vers Tate. Il est toujours à genoux, en train de jouer avec son vieil ami.

— On a adopté Rocco quand Tate avait neuf ans, m'apprend sa mère. Ce chien l'a pratiquement élevé.

— Et Tate est resté des années sans revenir le voir, ajoute son père, la voix teintée de reproche.

Un silence pesant s'abat aussitôt sur la pièce.

Tate, la mâchoire crispée, jette à son père un regard furtif, puis ses yeux se posent sur moi.

Helen se dépêche de reprendre la parole :

— Je suis tellement contente de vous avoir ici tous les deux ! J'ai préparé la chambre d'amis. J'espère que tu t'y sentiras bien, Charlotte.

— Je me contente de peu, dis-je pour la rassurer.

Je lui souris, puis souris à Tate, qui se relève, sa main grattant toujours les oreilles du chien.

— Exactement le genre de fille qu'on apprécie, dit Bill.

J'ai l'impression qu'il sous-entend autre chose. Je me rappelle ce que Tate m'a dit dans l'avion : que ses parents n'approuvaient pas son mode de vie. L'argent, la grande maison, les jets privés — ils ne comprennent pas. Ce sont des gens simples, qui apprécient les choses simples. Nous nous entendrons à merveille.

Après une pause que Tate ne fait aucun effort pour combler, Helen se lève du sofa.

— Bien, je vais montrer sa chambre à Charlotte.

Elle sourit d'un air gêné.

— Tate, chéri, ta chambre est exactement comme tu l'as laissée. Tu peux y mettre tes affaires.

— Ta mère la conserve comme si c'était un musée, reprend Bill. Comme si elle attendait que tu réemménages.

Je ne saurais dire si c'est une blague — personne ne rit.

Tate et son père portent nos valises, pendant que sa mère me conduit le long d'un couloir, au rez-de-chaussée, jusqu'à la chambre où je vais séjourner. Pas avec Tate. Évidemment, pas avec Tate. Je ne sais pas à quoi je pensais.

— Vous venez, Charlotte ? m'appelle Helen.

Je secoue la tête, sortant de mes pensées.

— J'arrive !

Le lendemain, nous nous rendons sur un parking immense converti en stand de vente de sapins, comme l'indique un panneau de bois accroché à l'une des barrières. Apparemment, choisir un sapin magnifique la veille de Noël fait partie des traditions de la famille Collins. J'en soupire d'envie.

Chez nous, grand-mère sort un sapin en plastique en piteux état qu'elle a depuis les années 1990. On le place dans un coin du salon, près de la télévision, et on y suspend une seule guirlande lumineuse et la douzaine d'ornements qu'elle conserve aussi depuis longtemps. Nous n'avons jamais eu de véritable sapin.

— On fait deux équipes ? propose Bill, tandis qu'on attend pour acheter du chocolat chaud.

La fille, derrière le stand, est vêtue comme un elfe — tenue complète, y compris les oreilles pointues.

— Ça marche, répond Tate, sans croiser son regard.

— Chaque couple rapporte un arbre ; le plus joli revient avec nous à la maison.

— Deal, acquiesce Tate.

Il me lance un coup d'œil qui montre clairement qu'il a l'intention de gagner.

Moi, j'ai l'esprit bloqué sur le mot « couple ». Est-ce vraiment ce que nous sommes, Tate et moi ?

Avant que nous nous séparions, je jette un dernier regard à Helen. Ses yeux sont pétillants et humides à cause du froid. Elle a l'air heureuse d'avoir enfin son fils avec elle, même s'il y a encore de la tension entre Tate et son père. Sa famille est au complet. C'est un début.

Le stand est gigantesque, beaucoup plus vaste que les stands de vente de sapins qu'on a à L.A. Je remarque un petit stand appelé « Au royaume du père Noël », où les enfants font la queue pour s'asseoir avec un père Noël d'allure joviale ; dans d'autres, on peut acheter des bonnets de fête, des petits trains, des jouets ; il y a même une aire clôturée où l'on peut caresser un renne. On fait bien plus que choisir un sapin, ici : c'est un marché entièrement consacré à Noël, des guirlandes aux cannes à sucre.

J'entraîne Tate vers le renne. La créature majestueuse se tient derrière la clôture, mâchouillant bruyamment du foin. Je m'appuie contre la barrière et tends doucement la main pour sentir sa fourrure laineuse. Il me souffle de l'air chaud sur les doigts et me lèche de sa longue langue.

— Hé ! proteste Tate. Cette fille est déjà prise !

Je souris et retire ma main. Le renne baisse la tête et retourne à son foin.

— Il est adorable, dis-je.

Je me blottis contre Tate et appuie le front contre sa poitrine. Respirer son parfum, les battements de son cœur sous son manteau… je me sens immédiatement envahie d'une chaleur que le froid ne peut dissiper. Il est si différent, ici ! Il n'est pas inquiet que des paparazzis le suivent où qu'il aille — d'ailleurs, jusqu'à présent, aucun fan ne l'a reconnu. Peut-être parce que personne ne s'attend à ce que Tate Collins se promène dans un marché féerique de Noël à Telluride, dans le Colorado. Mais on dirait qu'il y a autre chose. Comme s'il avait réussi à laisser derrière lui les fardeaux qui lui pèsent tant à L.A.

— On commence notre quête du sapin parfait ?

J'acquiesce et m'écarte de lui. Mais il garde ma main dans la sienne.

— Cette compétition est perdue d'avance, murmure-t-il.

Il ne me regarde pas. Ses traits sont déformés par la peine.

— Mon père pense qu'il sait toujours ce qu'il y a de mieux.

— Dans ce cas, contentons-nous de nous amuser, je suggère.

— Ça me va.

Je l'entraîne derrière l'enclos du renne.

Nous sommes cachés par le bois et Tate me surprend en me plaquant contre la paroi. Son corps contre le mien, ses mains autour de mes poignets, son souffle chaud dans mon cou me rendent audacieuse. Je lui souris et le défie silencieusement de m'embrasser.

Son regard tombe sur mes lèvres, puis sa bouche se pose sur la mienne. Je réponds à son baiser avec fougue, puis murmure :

— Encore.

Il dépose alors une traînée de baisers le long de ma gorge, de mon cou. Je sens son souffle chaud, tandis qu'il mordille ma peau. Il lève la tête pour me regarder, et je lis dans ses yeux son désir ardent.

Nous nous embrassons encore. Nos langues se rencontrent, il agrippe ma hanche. J'attrape et défais la fermeture Éclair de son sweat. Il gémit contre mes lèvres et un frisson me parcourt.

Je prends alors conscience, en cet instant merveilleux, terrifiant, que je ne pourrais rien lui refuser.

Rien.

Il gémit à nouveau, puis s'éloigne légèrement.

— Tu me rends fou, souffle-t-il, l'air torturé.

Son expression presque sévère contraste avec ses lèvres enflées et humides de nos baisers.

— C'est toi qui me rends folle !

Je n'arrive pas à croire ce que je ressens pour lui — c'est comme si un fil invisible m'attirait à lui. Je me suis toujours représentée mentalement en train de gravir une colline escarpée, haletant sous le poids du lycée, du travail et de mes propres attentes. Avec Tate, je me sens légère. Libre.

Il ne dit rien de plus, se contente de remuer la tête, puis on s'enfonce dans les rangées d'arbres, une infinité de choix. On en tire plusieurs dans l'allée pour mieux les examiner.

— Pourquoi as-tu quitté le Colorado ? je demande, brisant le silence, comme certain d'avoir aperçu le sapin parfait dans le fond, Tate se faufile de nouveau parmi les arbres.

— J'ai toujours su que je m'en irais. Je veux être musicien depuis que je suis petit.

— Mais tu es parti sans tes parents ?

— En quelque sorte. J'ai gagné un concours de chant à Denver quand j'avais quinze ans. Ils m'ont envoyé à L.A. par avion pour que je puisse chanter devant un producteur. Il m'a fait signer directement après.

— Et ?

— Et… tout a changé. Je suis parti en tournée. J'ai enregistré deux albums qui sont devenus platine en un an. C'est arrivé si vite que je n'ai pas vraiment eu le temps de comprendre ce qui se passait.

— Tes parents n'ont pas déménagé à L.A. avec toi ?

— Au début, si. Enfin, ils faisaient pas mal d'allers-retours entre L.A. et Telluride. Mais les choses ont pris de l'ampleur et, quand je suis devenu célèbre, ils ont essayé de me dire comment vivre ma vie. Ils avaient peut-être raison, mais, à l'époque, je n'ai pas voulu les écouter.

— Je suis navrée.

Il réapparaît, ramenant avec lui la forte et fraîche senteur des aiguilles de pin.

— J'ai fait des choses que j'aimerais pouvoir effacer. Mais je ne suis plus cette personne, Charlotte. Je veux que tu le saches.

Je ne suis pas sûre de comprendre ce qu'il veut dire — j'ai l'impression de ne pas tout connaître encore, mais son visage s'est fermé. Je décide de ne pas insister, pas maintenant.

Je m'approche pour lui donner un baiser léger.

— Charlotte, murmure-t-il contre mes lèvres, avant de m'embrasser à nouveau.

Ses lèvres sont tièdes et nos respirations laissent échapper de petites volutes de vapeur dans l'air froid.

Je ne veux pas qu'il me lâche. Je veux sentir sa bouche contre la mienne jusqu'à ce que l'hiver se mue en printemps. Je veux rester ici, cachée au milieu des sapins de Noël, jusqu'à ce que la nuit tombe, et que tout le monde soit parti. Mais Tate interrompt notre baiser. Et, soudain, je sens les flocons, qui tombent du ciel gris nuageux. Il neige. De doux cristaux atterrissent dans mes cheveux et sur les épaules de Tate.

À ce moment précis, dans ses bras, j'ai tout ce dont je pouvais rêver.

Nous finissons par tomber d'accord sur un sapin menu, légèrement de guingois. Pas du tout ce que j'avais en tête. Il est incliné un peu d'un côté, et penche bizarrement vers le sommet, mais, d'une certaine manière, il est parfait. Tate le porte sur une épaule jusqu'à l'entrée, où la musique festive continue de sortir des enceintes.

À ma grande surprise, Helen et Bill ont sélectionné un sapin dont les proportions ne sont pas parfaites non plus. Bill examine le nôtre, passe les mains sur les branches, l'air absorbé, puis se tourne vers Tate et déclare :

— Il semblerait qu'on sache tous les deux reconnaître une bonne chose quand on la voit.

Puis il sourit, un sourire franc et sincère, et donne à Tate une tape sur l'épaule. Helen rit et porte une main à ses lèvres, au bord des larmes de voir la tension entre eux se dissiper enfin.

Il faut un moment à Tate pour enregistrer le compliment, réaliser que son père fait un effort, mais, quand il comprend, son visage s'illumine. Nos regards se croisent, et sa fossette se creuse.

Nous décidons d'acheter les deux arbres. Mais alors que Tate fouille sa poche à la recherche de son portefeuille, son père l'interrompt d'un geste.

— Tu es peut-être M. Plein aux As, mais je reste ton père.

Helen prend une photo de nous debout près des sapins ; Tate a passé un bras autour de ma taille, de l'autre, il tient notre sapin penché.

La neige tombe autour de nous au ralenti, et les guirlandes de Noël qui scintillent me donnent l'impression d'être dans un rêve.

Je voudrais ne jamais me réveiller.

Chapitre 13

Nous dînons près du feu, un repas composé de pommes de terre grelots, de haricots verts et d'une soupe de chou-fleur si divine que je ferme les yeux à chaque bouchée pour mieux la savourer. Jusqu'à ce que Tate me surprenne en flagrant délit, ce qui fait rire tout le monde.

Nous passons ensuite au salon, et je prends quelques minutes pour envoyer un texto à Carlos, y joignant la photo de Tate et moi près de notre sapin, la neige formant un halo autour de nous. Après quelques minutes d'hésitation, je décide de l'adresser à grand-mère aussi. Peut-être que je vais remuer le couteau dans la plaie, compte tenu de la façon dont nous nous sommes quittées hier, mais j'espère qu'elle verra comme nous sommes heureux et arrêtera de s'inquiéter.

Helen et Bill boivent du vin et me racontent quelques anecdotes sur l'enfance de Tate. Il regarde droit devant lui, le visage impassible, mais je m'amuse trop pour leur demander d'arrêter. J'ai l'impression, en cet instant, de vivre la vie de famille parfaite dont j'ai toujours rêvé. Nous n'avons jamais vraiment fêté Noël, avec ma grand-mère et ma sœur ; Mia préférait passer la journée avec ses amis ou son amoureux. Quand ma mère était en vie, nous passions généralement le réveillon de Noël à dormir sur le canapé de son petit ami du moment. Cette pensée me refroidit et, tandis que la conversation s'éteint progressivement, je fixe le feu en me demandant si je ne suis pas en train de commettre les mêmes erreurs qu'elle.

Non, c'est différent. Tate n'est pas comme les autres garçons.

— Allez, Bill, dit finalement Helen, posant son verre de vin à moitié vide sur la table basse et se levant. Tate et Charlotte ont peut-être l'habitude d'attendre le père Noël, mais pas nous. Allons nous coucher.

Bill avale le reste de son vin, donne à Tate une bourrade sur l'épaule, avant de se lever et de suivre son épouse dans la cuisine, où ils font un peu de rangement, avant d'éteindre les lumières.

Une fois qu'ils sont montés à l'étage, Tate me conduit à ma chambre. Il enroule une de mes mèches de cheveux autour de son doigt, avant de laisser retomber sa main.

— J'ai adoré cette journée, Tate.

Il sourit.

— J'espère que, demain, tu obtiendras tout ce que tu souhaites pour Noël.

— Je pense que c'est déjà le cas.

Je vois la lutte dans ses yeux. Je veux le toucher, qu'il m'accompagne dans ma chambre. Et, à son regard, je vois qu'il serait peut-être incapable de dire non.

Mais il s'éclaircit la voix, en prenant un air déterminé.

— Bonne nuit, Charlotte.

— Bonne nuit, je réponds dans un murmure.

Il me quitte sur le pas de la porte et s'éloigne dans le couloir. Je le suis du regard jusqu'à ce qu'il entre dans sa chambre et referme doucement la porte.

***

Je devrais me mettre au lit.

La maison est silencieuse, mais mon cerveau est en ébullition.

Je n'arrête pas de penser à Tate. La journée a été d'une telle perfection : nos baisers enflammés contre l'enclos, son baiser doux entre les rangées de sapins, ses caresses qui expriment ce qu'il semble incapable de me dire avec des mots.

Je fais les cent pas dans la pièce, pose la main contre la vitre, y laissant la trace de doigts. La neige continue de tomber ; elle forme en se posant des demi-lunes sur le rebord extérieur de la fenêtre.

La partie rationnelle, raisonnable de mon cerveau me conseille de me contenter d'être là avec Tate, dans sa maison. « Allons-y doucement. » C'est ce qu'il a souhaité. Mais pourquoi n'est-ce pas suffisant ? Pourquoi ses caresses ne suffisent-elles jamais ? Mon cœur cogne dans ma poitrine, défiant mon cerveau.

J'ai envie de lui. Peu importe que ce soit irréfléchi, que ça aille à l'encontre de tout ce qu'il a dit, tout ce contre quoi ma grand-mère et ma sœur m'ont mise en garde. J'ai besoin d'être avec lui, là, maintenant.

J'ouvre ma valise et fouille à l'intérieur. Je trouve ce que je cherche : une robe blanche courte en dentelle. Tate me l'a offerte le jour de notre virée shopping chez Barneys, et je ne l'ai encore jamais portée. Je ne pensais certainement pas que j'en aurais l'occasion ici, dans le Colorado, mais je l'ai prise quand même. J'ai emporté pratiquement tout mon placard, par crainte de manquer de quelque chose.

Je me déshabille, laisse mes vêtements choir au sol et me glisse avec précaution dans la robe délicate. Le tissu de pure soie, léger et aérien, épouse à la perfection les courbes de mon corps.

J'enfile le négligé noir que j'ai également glissé dans mes

bagages — un autre cadeau de Tate —, et noue la ceinture de soie autour de ma taille.

Je vais vraiment le faire !

Je quitte la chambre et traverse le couloir sur la pointe des pieds, mon cœur fou incapable de se calmer.

Dans l'obscurité, quelque chose bouge soudain devant moi.

Je m'immobilise, tenant le négligé fermé contre ma poitrine, craignant que ce ne soit Bill ou Helen, debout pour se servir un verre d'eau ou une collation de minuit.

Mais le mouvement se rapproche sans bruit et je reconnais Rocco. Arrivé à mon niveau, il lève la tête et me renifle la jambe. Je caresse la douce fourrure de sa tête, lui gratte une oreille ; il agite la queue, frappant une fois contre le mur avec enthousiasme. Puis, rassuré que je ne sois pas un intrus, il fait demi-tour et retourne d'un pas tranquille se recoucher près de la cheminée du salon.

Il fait froid, ce soir, et j'ai la chair de poule.

Je m'arrête devant la porte de Tate, le cœur battant à tout rompre. Je l'entends qui joue de la guitare. Je frappe, une fois, deux fois, discrètement. Il ne s'arrête pas de jouer, ne vient pas à la porte. Alors j'ouvre, les lèvres tremblantes.

Une lampe est allumée près d'une chaise, dans un coin. Sur les murs, je discerne quelques posters : Led Zeppelin, Jimi Hendrix, Michael Jackson. Plusieurs skate-boards sont alignés sous le bow-window et, sur la commode, contre le mur opposé, trônent des piles de vinyles à côté d'un vieux tourne-disque. Tout est soigneusement rangé — préservé par sa mère après toutes ces années.

Tate est assis sur le bord de son lit, une guitare contre la poitrine, des écouteurs imposants sur les oreilles, un carnet ouvert devant lui. Il chantonne en regardant la neige qui voltige contre la vitre et gratte sa guitare si facilement que les notes semblent jaillir de ses doigts. Je reconnais la mélodie : c'est celle qu'il m'a fredonnée dans l'avion.

Puis il s'arrête, la paume pressée contre les cordes dans un dernier riff.

Il se tourne et m'aperçoit dans l'embrasure de la porte. Il pose aussitôt ses écouteurs sur le matelas.

— Charlotte ? Est-ce que ça va ?

Je m'avance dans sa chambre.

— Tu écrivais de la musique. Ça ne t'est pas arrivé depuis longtemps.

Il regarde la guitare, puis la fenêtre, et reporte son attention sur moi. La lueur de la lampe envoie des ombres paresseuses sur les murs de sa chambre.

— Je me suis senti inspiré, tout à coup.

Son regard se pose sur moi. Une fois encore, je lis dans ses yeux le désir et le contrôle qu'il s'impose et qui menace à chaque instant de lui échapper. Il se lève.

— Est-ce que je t'ai réveillée ? s'inquiète-t-il. J'ai fait trop de bruit ?

— Non.

Je secoue la tête. Des décharges électriques courent sous ma peau.

— J'avais envie de te voir.

Ses yeux me détaillent, mais ma vision s'est légèrement brouillée.

Prenant mon courage à deux mains, je lance :

— J'ai assez attendu.

Et je me rapproche d'un pas. Il est si près de moi que je pourrais le toucher, mais je n'en fais rien. Au lieu de ça, je détache la ceinture de mon négligé pour révéler la robe blanche en dessous. Je ne tremble plus.

Il ne m'arrêtera pas, cette fois. Il a envie de moi, lui aussi — je le sais, je le vois dans ses yeux qui cherchent, à travers le fin tissu de ma robe, les formes de mon corps. Il respire profondément, comme s'il essayait de se contrôler.

D'un geste de la main, je fais glisser l'une des épaules du négligé, qui tombe au sol. La bouche de Tate s'ouvre comme s'il allait parler, mais rien n'en sort.

Ma vision s'aiguise, tout devient soudain net et distinct. Mon cœur a retrouvé un rythme normal, et je plaque les mains contre sa poitrine, palpe le tissu de son T-shirt, la forme dure de ses muscles en dessous. Je sens son parfum ; c'est celui de l'océan, bien qu'on soit à un millier de kilomètres.

— Charlotte…

Mes doigts trouvent la bretelle de la robe, s'y attardent, avant de la tirer vers le bas. Je suis nue sous la fine dentelle. Je sens l'excitation jusque dans mon ventre. La bretelle glisse le long de mon bras.

Tate passe l'index sous l'autre bretelle. À ce contact, ma peau s'embrase. Il dévore mes lèvres du regard. Je me hausse sur la pointe des pieds, priant silencieusement qu'il m'embrasse.

Il déglutit bruyamment, comme si son esprit luttait contre le reste de son corps.

— Je te l'ai dit, Charlotte, murmure-t-il, les yeux rivés sur la bretelle qu'il tient entre ses doigts. Je t'ai dit comment ça devait se passer.

Ses doigts laissent la bretelle là où elle est, puis remontent l'autre sur mon épaule.

Je lève les yeux vers lui, mais son regard est insondable, et le désir que je jurerais avoir vu quelques instants plus tôt s'est évaporé, comme si je l'avais seulement imaginé.

J'ai envie de hurler, de battre en retraite et de me cacher.

— C'est trop tôt, dit-il. Je suis désolé…

Je l'interromps :

— Arrête !

L'humiliation, fulgurante, incandescente, menace de m'engloutir tout entière.

— Laisse tomber.

Ses yeux ténébreux s'assombrissent encore.

J'ai mal au crâne, je sens poindre une migraine. Je me baisse et ramasse le négligé. Je sens son regard sur moi tandis que je m'éloigne, le laissant seul au milieu de la pièce. Je ne me retourne pas. Mes yeux me brûlent déjà.

Une fois dans ma chambre, je m'enfonce entre les draps, toujours vêtue de la robe. Le poids de la bague de ma mère, véritable ancre à mon doigt, m'aide à ne pas perdre pied.

Pendant une heure, je tourne et me retourne dans mon lit. Alors que je commence à sombrer, on frappe doucement à la porte. Je me précipite, de manière assez pathétique, je trouve, certaine que c'est Tate. Certaine qu'il est venu s'excuser, me raconter ce qui lui est arrivé, la raison pour laquelle il n'a de cesse de me repousser.

C'est bien lui. Mais il n'est pas là pour une réconciliation. Un seul regard — la bouche pincée, les yeux qui se dérobent — et je devine ce qu'il est venu me dire.

— Tu me renvoies chez moi.

Parce que j'ai franchi une limite, la barrière invisible qu'il a érigée entre nous, pour mon bien, selon lui. À présent, face à son regard distant, fuyant, je réalise qu'il n'a jamais été question de ma protection, mais de la sienne. S'il me tenait éloignée et m'empêchait de trop me rapprocher, c'était pour se préserver *lui.*

Comme il ne nie pas qu'il me renvoie chez moi, je demande :

— Alors, c'est ça ? C'est fini entre nous ?

Ses épaules se raidissent.

— Charlotte...

— J'ai compris. C'est mieux, en fait, dis-je d'une voix dont la stabilité et le calme me surprennent. Je décolle à quelle heure ?

Il ne répond pas tout de suite. Il pourrait s'excuser. Protester que je me trompe, qu'il ne veut absolument pas que je m'en aille. Mais il ne se passe rien de tout ça. Il me laisse m'enfoncer dans le silence étouffant. En cet instant, je pourrais bien le haïr.

Il ferme brièvement les yeux ; il a presque l'air de souffrir. Puis il fixe quelque chose juste au-dessus de mon épaule.

— Une voiture sera là à 7 heures.

J'ai envie de lui crier après, de lui marteler le torse de mes poings, et lui dire combien il m'a fait mal, combien il continue de me faire mal. Je ravale chacune de mes paroles amères, me retourne et ferme la porte sur lui. Sur notre histoire.

Chapitre 14

Un orage menace de s'abattre sur la ville, le ciel n'est plus qu'un rideau sombre et opaque à l'horizon. Nous sommes presque arrivés à l'aéroport quand la neige commence à tourbillonner autour de la voiture qui m'emmène loin de Telluride. Aujourd'hui, c'est Noël, et je rentre à L.A. seule. La voiture fait une légère embardée, glissant vers une congère avant que le chauffeur ne rectifie notre trajectoire, mais je n'ai pas peur. Je me sens étrangement engourdie. Comme si je dérivais encore dans un rêve — mais une sorte de rêve différent.

J'embarque dans le même jet qu'à l'aller, et la même hôtesse de l'air m'accueille à bord. L'orchidée vert et bleu est à sa place dans ses cheveux, mais, aujourd'hui, elle semble penaude et déconfite.

— Café ? me propose-t-elle, quand je m'assieds dans l'un des fauteuils inclinables.

Je fais exprès de ne pas m'installer au même endroit qu'à l'aller. Je ne veux pas me rappeler l'espoir et l'excitation que je ressentais alors.

— Merci, dis-je, reconnaissante.

Une fois dans les airs, j'observe par le hublot le monde infini du blanc. Il n'y a pas de ciel bleu, pas de terre en dessous. Que du blanc.

— Il semblait heureux, déclare l'hôtesse à la moitié du vol, tandis qu'elle me sert un verre d'eau fraîche.

— Pardon ?

Nous traversons une zone de turbulences. Elle pose la main sur le plafond de l'avion avec nonchalance, alors que la cabine n'est que secousses. J'aurais dû être terrifiée, mais je me sens vide à l'intérieur.

Lorsque le calme est revenu, elle précise :

— Tate. Ça faisait longtemps que je ne l'avais pas vu si heureux.

J'expire bruyamment et fais tourner la bague de ma mère autour de mon doigt.

Comme elle n'a manifestement pas l'intention de s'éloigner, je demande :

— Vous volez souvent avec lui ?

— Je suis sur la plupart de ses vols privés. Il aime avoir la même équipe, répond-elle en souriant. Ses pilotes habituels étaient de retour à L.A., aujourd'hui, voilà pourquoi vous avez deux nouveaux pilotes, de Denver.

Elle fait un signe de tête vers le cockpit, dont la porte est fermée.

— Je suis restée à Telluride. Je me suis dit que j'allais attendre, profiter d'avoir de la neige à Noël jusqu'à ce que vous soyez tous les deux prêts à rentrer. Je n'avais pas vraiment de projets, de toute façon. Mon petit ami et moi avons rompu il y a deux mois.

— Navrée.

Combien d'autres personnes ont modifié leurs projets, leur vie, pour Tate Collins ? Tout tourne autour de lui, dans son monde. Il décide de ce qu'il veut, qui il veut, quand il veut. Il a si peur de perdre le contrôle qu'il a fini par me perdre.

Elle hausse les épaules.

— Tate est compliqué. Il a beaucoup changé, depuis un an. On les emmenait à Las Vegas un week-end sur deux, lui et une douzaine d'amis, des mannequins, des stars de la pop. Il partait à Mexico ou Miami sur un coup de tête. Mais, l'année dernière, il a à peine quitté L.A. Et soudain, l'autre jour, il a pris l'avion avec vous, juste vous. J'ai pensé que vous étiez peut-être la bonne.

— La bonne ?

Elle sourit avec douceur.

— Il lui faut bien une dose de normalité dans la vie.

Je devrais sourire poliment et me remettre à regarder par le hublot. Laisser la torpeur m'envelopper tel un cocon. Mais, à la place, je lui donne toute mon attention.

— Est-ce que vous savez ce qui lui est arrivé ? Ce qui l'a poussé à quitter l'univers de la musique ?

Elle hausse une épaule, comme si elle était déjà passée à autre chose.

— Je ne suis pas sûre. Il y a eu des rumeurs, bien sûr… Il aurait mis une fille enceinte et essayait de garder ça secret, il prenait de la drogue… Les gens parlent. Mais aucune de ces rumeurs ne lui ressemble. Quelque chose d'autre lui a fait abandonner la musique, quelque chose de plus sérieux que tous ces ragots.

Nous traversons d'autres turbulences et l'avion commence à faire des soubresauts. Elle s'agrippe à l'arrière d'un siège pour éviter de tomber.

— Vous feriez mieux de vous attacher.

Les turbulences ne me dérangent pas. Je regarde de manière absente par le hublot, comme nous entamons notre descente. L.A. se dévoile, argentée et bleue. L'océan s'étire pour rencontrer le ciel et, soudain, le soulagement m'envahit — je suis rentrée.

Le soleil est haut dans le ciel quand nous atterrissons dans le même aéroport privé. La berline de Tate attend sur le tarmac, Hank près de la portière arrière. Le voir me noue la gorge, et les larmes menacent de couler de nouveau. Encore un qui a dû abandonner ses projets pour Tate.

— Votre carrosse est avancé, ma chère, dit-il d'un ton faussement joyeux.

Je me glisse sur le siège arrière, et patiente pendant qu'il place ma valise dans le coffre.

Quand il grimpe sur le siège conducteur, je sens qu'il m'observe dans le rétroviseur. Je m'enfonce sur mon siège, priant pour qu'il ne prononce pas le nom de Tate, ou essaie de me dire quel gentil garçon il est, au fond.

Comme s'il lisait dans mes pensées, il soupire doucement.

— Je te ramène, Charlotte.

Tandis qu'on s'éloigne du tarmac, je baisse la vitre pour sentir l'air doux de Californie sur mon visage. Nous nous arrêtons à la grille, attendant de pouvoir passer.

Mais, quand elle s'ouvre, une clameur s'élève, et des flashs crépitent. Des hommes armés d'appareils photo se sont regroupés juste à l'extérieur et encerclent la voiture, criant près de la vitre, se déversant presque à l'intérieur.

Je n'ai pas le temps de cacher mon visage ; c'est trop tard, ils ont ma photo.

— Charlotte ! crient-ils.

Comment savent-ils qui je suis ? Et comment ont-ils su que je serais là, descendant d'un avion le jour de Noël, alors que mes projets n'ont pas changé avant le milieu de la nuit ?

Tandis que Hank jure à tout-va, je repense à l'équipage, ces nouveaux pilotes que l'hôtesse a mentionnés. Est-ce que ce sont eux qui ont alerté les médias, leur ont donné mon nom, leur ont dit que j'étais la petite amie mystère de Tate ?

De toute façon, ça n'a plus d'importance. Le mal est fait. Pourtant, je ne peux pas m'empêcher de paniquer, mes doigts tâtonnant à la recherche du bouton de fermeture des vitres, pendant que Hank essaie de faire avancer la voiture à travers la petite foule qui s'est amassée. Il martèle le klaxon, profère des menaces, mais ça n'a aucun effet.

— Charlotte, *Charlotte* ! Qu'est-ce que ça fait de sortir avec le chanteur le plus sexy au monde ? Avez-vous rencontré ses parents ? Êtes-vous fiancés ?

Ils savent qui je suis, mais ils ignorent apparemment ce qui s'est passé. Ils ne savent pas que je suis rentrée plus tôt que prévu parce que Tate a mis un terme à notre histoire. D'une certaine manière, ça rend les choses pires encore.

Hank fait vrombir le moteur pour tenter de faire fuir les paparazzis.

— Tiens bon, ma belle ! Il est temps de semer les vautours.

La fenêtre remonte enfin, me séparant du monde extérieur. Dans un crissement de pneus, Hank parvient enfin dans la rue, et s'éloigne à toute allure.

Grand-mère ne me rend pas les choses faciles.

— À quoi est-ce que tu t'attendais ? demande-t-elle.

Je suis assise à la table de la cuisine, anéantie, les épaules voûtées. Ma valise est toujours près de la porte.

— C'était une erreur, lui dis-je. Je n'aurais pas dû y aller.

Je repense à l'attroupement à l'aéroport, aux flashs des photographes. Quand je suis rentrée, Mia a passé la tête dans la cuisine, pour m'annoncer, d'une voix inhabituellement douce, que les photos étaient déjà en ligne, avant de retourner dans sa chambre. Elle a compris que grand-mère voulait me parler seule à seule. Dans de tels moments, je suis contente de ne pas avoir Twitter, Instagram ou Snapchat. Je serais alors forcée de voir encore et encore le même GIF de moi-même essayant de remonter la vitre arrière.

Grand-mère replie une pile de torchons et arrange la rangée de bocaux à épices sur le plan de travail. Elle est contrariée. Et quand elle est dans cet état, elle fait les cent pas, ne tient pas en place, fait tout pour garder les mains occupées.

— Je suis désolée. Tu avais raison, grand-mère. Tu avais totalement raison à son sujet.

Elle pivote pour me regarder et je suis surprise de voir des larmes dans ses yeux.

— Je suis tellement désolée, je répète dans un souffle.

Elle inspire un grand coup et m'enlace.

— Ça va aller, me dit-elle. Il valait mieux le découvrir aujourd'hui, avant que les choses n'aillent plus loin.

Mais là, dans ses bras, je ne peux pas m'empêcher de sentir que c'est déjà allé trop loin. *Je* suis allée trop loin. J'ai ressenti trop de choses.

Et maintenant, je me sens complètement vide à l'intérieur.

Chapitre 15

C'est un soulagement de reprendre les cours, d'avoir quelque chose à faire de mes journées. J'ai passé la dernière semaine des vacances de Noël à la maison, évitant tout ce qui aurait pu me rappeler Tate. J'ai fait quelques heures supplémentaires au Bloom Room, mais ça n'a pas suffi à me changer les idées.

Carlos passe un bras autour de mes épaules, me forçant à marcher en rythme avec lui, tandis que nous nous dirigeons vers notre cours d'anglais.

— Je n'aimais pas sa musique, de toute façon, dit-il, la tête haute, comme nous nous frayons un chemin parmi nos camarades.

Ils me dévisagent tous. Tout le monde est au courant. Tout le monde sait que moi, Charlotte Reed, je suis sortie avec Tate Collins. Et maintenant ils me regardent en tentant de comprendre ce qui leur a échappé, ces quatre dernières années — cette partie de moi dont ils ne soupçonnaient pas l'existence. Mais je suis toujours la même Charlotte, du moins, vue de l'extérieur. Juste un peu plus blonde.

— Bien essayé, dis-je à Carlos. Tu es fan de sa musique.

Il grogne et repousse ses cheveux de ses yeux.

— Plus maintenant. J'ai effacé toutes ses chansons de mes playlists, même l'album live de sa tournée *Love is a Verb*.

Il marque une pause, comme s'il s'attendait à ce que je sois impressionnée, puis reprend :

— J'ai effacé toute trace de lui de ma vie.

— Comme j'aimerais qu'un simple « effacer » le sorte de la mienne !

— Il devrait y avoir une appli pour ça.

— Ouais. Je paierais *au moins* 99 centimes pour celle-là, dis-je en souriant faiblement.

Il me fait un clin d'œil, et me donne un petit coup de coude.

— Tu vois ? Tu n'as pas perdu ton sens de l'humour. Ça va aller.

Je n'en suis pas si sûre.

Mais les jours et les semaines s'égrènent néanmoins, même quand les souvenirs de Tate resurgissent : la sensation de ses mains sur moi, quand nous avons dansé sur l'herbe et qu'il a fredonné à mon oreille ; la façon dont ses lèvres épousaient les miennes, comme si nous étions faits l'un pour l'autre. J'essaie de me comporter comme si rien de tout ça n'était arrivé. Je me consacre à mes études, au travail. J'ai remis tous les vêtements qu'il m'a achetés dans leurs sacs — je prévois de les donner à Mia, ou d'en faire don à une friperie. Mais je n'y arrive pas, alors je les cache au fin fond de mon placard — hors de ma vue. Au grand plaisir de Mia, je garde Leo le soir après le travail, évitant à tout prix de me retrouver seule.

J'accepte d'accompagner Carlos à des fêtes quand il me promet que ça m'aidera à tourner la page. Je bois de la bière (enfin, je bois *une* bière, chaque fois, mais c'est dégueulasse alors je ne vais pas plus loin). J'essaie d'être sociable. Je vais à des feux de joie, sur la plage, je discute avec des camarades que je ne connaissais qu'en passant.

Parfois, quand quelque chose de super drôle arrive, comme

Andy Strauss qui perd son maillot pendant un bain de minuit en plongeant dans les vagues déchaînées, j'éclate de rire, moi aussi, et dans la lueur chaude du feu j'oublie, l'espace d'un instant, tout ce qui s'est passé avant.

Mais ensuite, alors que je fixe les flammes, je ne peux pas m'empêcher de penser à lui.

Lui.

Lui.

Un soir, je me rends à la fête d'anniversaire d'Alison Yarrow. Ses parents quittent la ville exprès pour qu'elle puisse inviter tous ses amis, et donner la plus grosse fête de l'année du lycée. Encore plus grosse que la soirée de promo, disent certains.

Je n'ai jamais été invitée avant. Je n'ai jamais particulièrement eu envie d'y aller, non plus.

Mais, cette année, Alison m'a arrêtée dans les couloirs avant le cours d'algèbre pour m'inviter personnellement.

— J'espère vraiment que tu viendras, a-t-elle dit.

On aurait cru qu'elle comptait sur moi comme si ma présence à sa fête allait renforcer son statut de fille la plus populaire du lycée. Tout le monde croit encore que je suis avec Tate, même si j'ai démenti. Peut-être que le seul fait qu'on ait été ensemble à un moment donné a suffi à me catapulter au rang des filles les plus populaires.

Je passe chercher Carlos et nous partons donc chez Alison, qui habite au pied des collines d'Hollywood. On ne peut pas dire qu'elle soit riche, mais elle a une piscine et son jardin est luxuriant, entretenu par un jardinier qui vient une fois par semaine.

Alison m'aperçoit dès qu'on passe la baie vitrée donnant sur le patio arrière. Elle court vers moi et m'enlace, comme si nous étions les meilleures amies depuis le jardin d'enfants, puis elle pousse un cri strident :

— Tu es venue !

Elle ajoute d'un air nonchalant :

— Bière, cocktails, snacks… C'est par là-bas. Sers-toi un coup à boire, et viens traîner avec moi dans la cabane.

Je jette un coup d'œil par-dessus son épaule à la cabane en question, située au bord de la piscine. Son petit toit drapé d'un voile blanc semi-transparent virevolte dans la brise. Lacy Hamilton et Jenna Sanchez sont déjà allongées sur le matelas blanc, affichant un air supérieur.

Quelques heures plus tard, Carlos et moi sommes assis côte à côte sur un transat, observant la fête comme des anthropologues. Au bout d'un moment, il se lève pour prendre une autre bière, et j'entends quelqu'un crier derrière moi :

— Charlotte Reed !

C'est Toby McAlister. Il a l'air très soûl ; ses joues sont rougies par l'alcool et ses cheveux ébouriffés comme s'il venait de passer une heure à embrasser l'une des élèves de seconde qui flirtaient avec lui plus tôt dans la soirée. Je songe brièvement au sycomore du lycée, vestige de sa courte romance avec Alison. Leur propre version des photos de paparazzis, je suppose. Je me demande si c'est parfois douloureux pour l'un d'eux, de passer devant ces initiales, d'être ainsi confronté au passé. Peut-être pas, vu que Toby est là ce soir et qu'il a l'air de s'amuser.

— Ces fêtes ne sont pas trop ringardes pour toi ? demande-t-il. Charlotte Reed, la célébrité de Pacific Heights ! Je suis au courant, pour Tate Collins et toi.

J'ai du mal à ne pas lever les yeux au ciel. Si j'avais reçu un dollar chaque fois qu'une personne a mentionné Tate, ces dernières semaines, je n'aurais pas à me soucier d'obtenir une bourse l'année prochaine !

— C'est terminé.

Peut-être qu'à force de le répéter, j'aurai enfin moins mal.

— Cool.

Il hausse les épaules.

— On dirait que t'as besoin d'une bière.

Il me tend un gobelet rouge, débordant d'un liquide marron mousseux. Il en a visiblement déjà bu plusieurs.

— Pas d'alcool pour moi. C'est moi qui conduis.

— Oh ! Comme tu es responsable !

Il sourit, révélant des dents parfaites. Il faut bien reconnaître qu'il est charmant. Le problème, c'est qu'il le sait.

Je lui offre un sourire crispé.

— La piscine, dit-il, pointant l'index vers l'eau calme. Tu nages ?

— Tu me demandes si je sais nager ?

— Je te demande de nager avec moi.

Il hoquette, puis boit une gorgée du gobelet qu'il a essayé de me refiler quelques instants plus tôt.

— Allez Charloooootte ! insiste-t-il en haussant les sourcils d'un air suggestif qu'il pense probablement sexy.

— Non merci.

Je me lève du transat.

— Je pense que je vais partir, en fait.

— Non, reste !

Il tend la main et m'agrippe le bras droit. Ses doigts s'enfoncent dans ma peau, pas intentionnellement, mais parce qu'il se sert de moi pour garder l'équilibre. Mais, ce faisant, il me pousse en arrière, plus près du bord de la piscine.

— Toby !

J'essaie de le repousser de mon autre main, mais nous dégringolons déjà en arrière, la vitesse nous entraînant. Juste avant que nous tombions à l'eau, Carlos apparaît à mes côtés et m'aide à me redresser. Toby, lui, chute sur l'herbe.

— Espèce d'abruti ! lance Carlos à Toby.

— Elle ne voulait pas nager avec moi, glousse Toby, allongé sur le dos, les bras en éventail, clignant des yeux vers le ciel.

Il n'a pas l'air pressé de se relever.

— Je dois rentrer, dis-je à Carlos.

Il acquiesce d'un signe de tête.

— Quelqu'un d'autre peut te ramener ? j'ajoute.

— Je prendrai un taxi. Tu me connais, dit-il, battant des cils. Je voyage uniquement dans ma limousine privée.

Il le dit avec son faux accent britannique et je me fends d'un sourire pour qu'il sache que je ne suis pas fâchée qu'il reste.

— Envoie-moi un texto pour me dire que tu es bien rentrée, d'accord ?

— OK.

La rue sur laquelle vit Alison est étroite, raide et bordée de voitures d'un côté. Il n'y a pas de lampadaires, seulement la lueur occasionnelle d'un porche resté allumé qui émane d'une des maisons en retrait derrière les arbres.

Un chien aboie quand je passe à côté d'un grillage et j'accélère le pas.

Puis un craquement — comme des bruits de pas sur le

gravier — dérange le calme inquiétant. Un frisson me parcourt et la panique me gagne.

— Carlos ? j'appelle.

Quelque chose bouge, deux voitures derrière moi : une ombre qui disparaît dans la haie bordant le trottoir. C'est la silhouette d'une personne. Quelqu'un est là… Quelqu'un me suit.

Pendant une fraction de seconde, je m'autorise à croire que c'est Tate. Que je lui manque, qu'il est venu me reconquérir. Mais il n'y a aucune Tesla en vue, et je chasse aussitôt cette pensée, avant que l'espoir ne remplace la panique. Il faut que je dégage d'ici, tout de suite.

J'arrive à hauteur de ma voiture et tâtonne dans mon sac à la recherche de mes clés. Je claque la portière et regarde dans le rétroviseur, le cœur battant à tout rompre. Aucun signe de l'ombre.

Soudain, on cogne contre ma portière. Je pousse un cri et bondis sur mon siège.

Mais c'est seulement Toby McAlister, chancelant et soutenu par Alex Garza et Len Edwards. Sa paume glisse contre la vitre de ma voiture, tandis qu'ils essaient de l'aider à avancer.

Vivement que je parte d'ici !

Au lieu de retourner à la maison, je roule vers l'ouest. Il m'est impossible de rentrer dans notre minuscule bicoque et d'aller me coucher, alors que mes pensées tourbillonnent. Puis, trop agitée pour dormir, je prends le Pacific Coast Highway vers le nord.

Il est tard et l'autoroute est une succession de virages déserts, l'océan un abysse noir et béant sur ma gauche. J'atteins rapidement Malibu et m'arrête à la plage de Playa Point. Le parking est vide. Il y a du vent, la nuit est froide et sans lune, le ciel nuageux.

Je reste sur le sable pendant presque une heure, à regarder le ressac en me rappelant la nuit où j'ai confié à Tate que j'aimerais parfois plonger dans l'océan et le laisser m'emporter vers des terres lointaines. Vers une vie différente.

Je me déshabille, telle une ombre dans la nuit.

L'air est mordant sur ma peau, mais j'avance dans les profondeurs, laissant l'eau froide recouvrir mes cuisses puis ma taille, ma poitrine. Puis je plonge et l'océan m'engloutit.

Un frisson glacé me parcourt, mais je mets la tête sous l'eau. Une série de vagues s'écrasent sur mon crâne. Des bulles sortent de mes narines et de ma bouche. Quand je ressors enfin la tête, j'inspire à pleins poumons. Je me renverse sur le dos et regarde le ciel monotone et plat.

Mes lèvres ont le goût du sel — et je pense encore à Tate.

Je replonge la tête sous l'eau, essayant de le sortir de mes pensées, de l'effacer de ma peau, de chaque endroit où il m'a touchée, marquée de son contact. J'ai besoin du froid, j'en ai besoin pour oublier. Pour l'effacer complètement de ma mémoire.

Le courant me tire, m'emportant plus loin, à l'endroit où le bleu pâle devient noir. Je me laisse dériver.

La nuit m'enveloppe. Les secondes deviennent des minutes, et je perds la notion du temps. Je dérive jusqu'à ne plus rien ressentir.

Quand le froid commence à engourdir mes jambes et que mon corps entier est agité de frissons, je retourne vers la plage, tout emplie de cette vérité inéluctable : *il m'a quittée.*

Chapitre 16

Nous sommes le 11 février et la Saint-Valentin est déjà dans tous les esprits. Le comité des délégués de classe a passé la semaine dernière à découper des cœurs en papier et à suspendre des banderoles dans chaque encadrement de porte et chaque couloir, en préparation de l'une des fêtes les plus attendues — celle où tout le monde avoue son béguin secret, où les couples s'embrassent dans les couloirs juste un peu plus longtemps, avant qu'un professeur ne les sépare de force.

À la mi-journée, les casiers arborent déjà des cœurs en papier rouges et roses contenant des messages. C'est une tradition d'en laisser sur le casier de la personne pour qui on craque en secret. Ceux qui obtiennent le plus de cœurs d'ici la Saint-Valentin sont les plus désirés… par conséquent les plus populaires. La journée avance, et il n'y a toujours aucune note sur notre casier commun. Je suis soulagée, mais Carlos en est dépité.

— On aura tout oublié d'ici la prochaine Saint-Valentin, lui dis-je.

Je tente de lui remonter le moral, mais je pense qu'au fond, c'est moi que j'essaie de convaincre.

L'après-midi, je reste assise pendant cinq minutes dans ma voiture, la tête appuyée sur le volant, avant d'envoyer un texto à Holly pour lui demander si je peux prendre ma soirée. Je suis censée faire des heures supplémentaires, car c'est une de nos semaines les plus chargées, et je déteste lui faire faux bond, mais elle répond tout de suite en me disant de rentrer, qu'on se verra plus tard dans la semaine.

Elle se montre vraiment compréhensive avec moi depuis ma rupture. Sûrement l'un des avantages de son cœur éperdument romantique.

Je rentre à la maison et fais la sieste, espérant que dormir m'aidera à me sentir mieux.

Quand mon réveil sonne à 18 heures, je me force à me lever. J'ai mes heures de stage à l'UCLA, ce soir, et, si je sèche, je pourrais perdre ma place.

— Tu veux que je t'emmène ? me propose Mia quand j'entre dans la cuisine.

J'attrape une tranche de pizza froide que grand-mère a préparée hier.

— Pas la peine, je lui réponds.

Seuls quelques cours ont lieu à cette heure-là et, lorsque j'arrive, le campus est calme. Je trouve une place à côté du bâtiment de science où le laboratoire du professeur Webb se situe.

Le laboratoire est allumé, mais il n'y a personne à l'intérieur. Ce soir, il n'y aura que moi et une étudiante de l'UCLA en licence — Rebecca, je crois —, mais elle n'est pas encore arrivée.

Je dépose mon sac sur une des chaises pivotantes, et attrape l'une des blouses blanches suspendues derrière la porte. Aujourd'hui, on est censées simplement surveiller un groupe de spores fongiques testées dans un environnement extrêmement humide, pour voir si elles réagissent en relâchant moins d'un millier de spores. Il y a peu de chances que quelque chose se produise, et nous passerons sûrement la soirée à observer et à attendre.

Je m'assieds sur un tabouret et sors mon téléphone. Je m'apprête à appeler Carlos, pour tuer le temps avant que Rebecca arrive, quand j'entends la porte s'ouvrir. Je mets mon portable en veille et le glisse dans ma poche.

— Salut, Rebecca ! dis-je, pivotant vers elle.

Mais ce n'est pas Rebecca.

C'est Tate. On dirait qu'il n'a pas dormi — ses yeux sont cernés et rouges. Il n'en est pas moins tout aussi séduisant que dans mes souvenirs, l'air sûr de lui, même si je lis de la peine dans son regard. Du tourment.

Mon cœur fait un bond, et je dois me retenir de courir vers lui.

— Avant que tu dises quoi que ce soit, laisse-moi parler, s'il te plaît…, lance-t-il.

Je me lève du tabouret et croise les bras, une façon de me rappeler que je ne veux plus rien avoir affaire avec lui.

— Inutile, Tate. Ça ne peut pas fonctionner. Toi et moi… on est trop différents.

Il se rapproche et le sentir tout près me déstabilise.

— Non, je ne crois pas. J'ai tout gâché, je sais. Et j'en suis navré. Je n'aurais jamais dû te laisser quitter le Colorado dans ces conditions. Je n'aurais jamais dû te repousser.

Je serre les dents, mais me force à arrêter quand je m'en rends compte.

— Mais tu m'as laissée partir. Pire, tu m'as mise à la porte de la maison de tes parents, le matin de Noël ! Est-ce que tu as la moindre idée de ce que j'ai pu ressentir ? Combien ça m'a blessée ? Es-tu même capable de comprendre ? Ou ton cœur est-il si vide, si insensible à cause de ce que tu as vécu que tu ne te rends même pas compte quand tu détruis les gens autour de toi ?

— Charlotte…

Il me cherche du regard et je tourne la tête, refusant de le laisser me troubler davantage.

— Je n'arrête pas de penser à toi. J'ai l'impression de devenir dingue sans toi.

Je serre les poings. Mes ongles s'enfoncent dans mes paumes, et nos regards se croisent.

Puis la porte du laboratoire s'ouvre derrière lui et Rebecca entre.

— Salut ! lance-t-elle.

Elle s'arrête brusquement avant de percuter Tate.

— Désolée, je suis en retard, ajoute-t-elle, mais seulement machinalement, car son regard est fixé sur Tate.

Je vois dans ses yeux le moment où elle le reconnaît. Et le choc l'immobilise.

— On peut parler dehors ? demande Tate, qui ne m'a pas quittée des yeux. Juste une minute.

— Je ne peux pas. J'ai du travail.

— Non, ça va, intervient Rebecca.

Elle contourne Tate comme si elle avait peur de le toucher, puis pose son sac à dos par terre, avant d'attraper une blouse.

— On va passer notre soirée à surveiller des échantillons de spores, de toute façon. Vas-y, je peux me débrouiller seule.

Elle évite soigneusement de croiser le regard de Tate. Comme tout le monde, elle est au courant pour ma brève romance avec le célèbre musicien, mais elle a toujours été suffisamment polie pour ne pas y faire allusion. Sauf que là, elle doit sentir la tension dans l'air entre nous.

J'enlève alors ma blouse et la drape à l'arrière d'une chaise. Je suis pressée d'en finir.

— J'en ai pour une minute, Rebecca.

— Prends ton temps, dit-elle derrière moi.

Je suis Tate dans le couloir, puis à l'extérieur du bâtiment, dans la pénombre du parking. Dès que nous sommes dehors, il m'attrape la main et me plaque contre le mur de parpaing.

— Je ne peux pas vivre sans toi, murmure-t-il.

Je prends mon courage à deux mains et lève les yeux vers lui.

— On ne peut pas être ensemble, Tate. Pas tant que tu n'auras pas été honnête avec moi.

Ma voix est dure et sans pitié.

Je m'oblige à repenser aux semaines que j'ai passées sans lui, en solitaire, à la douleur, si violente.

— Dis-moi qui tu es, que je puisse te faire confiance. Dis-moi ce qui t'est arrivé qui t'a rendu si insensible.

Je m'écarte du mur pour ne plus être prisonnière de ses bras. Le parking est sombre, excepté à l'endroit où les lampadaires projettent des lunes de lumière.

— J'ai commis des erreurs par le passé, j'ai blessé des gens. Je ne peux rien y changer. Mais je ne veux pas faire les mêmes erreurs avec toi. Je sais que tu es fâchée, je le comprends.

Il me suit du regard, mais n'envahit pas mon espace.

— Je pensais qu'en planifiant chaque détail, en contrôlant chacun de nos mouvements, ça pouvait marcher.

Je me sens à la fois pleine de colère et de honte.

— Je ne peux pas croire que j'aie accepté cet arrangement ! Ce n'était même pas une vraie relation, mais un jeu pour toi. J'étais une marionnette que tu voulais contrôler. Et quand j'ai franchi la limite, que je suis allée te voir, cette nuit-là, dans ta chambre, tu as paniqué. Tu ne pouvais pas me donner ce dont j'avais envie : toi.

— J'ai merdé, je sais.

Il se rapproche de moi — en un mouvement très lent — et je ne m'écarte pas quand il tend la main et passe les doigts dans mes cheveux.

— J'ai besoin de toi, Charlotte. J'ai l'impression d'être moi-même, quand je suis avec toi. J'ai même recommencé à écrire de la musique. J'ai presque assez de chansons pour un nouvel album. J'avais oublié pourquoi j'adorais ça. Mais être avec toi… ça m'a transformé. J'ai besoin de toi dans ma vie. Pour me rappeler que *Casablanca* ne devrait pas se terminer comme ça. Pour manger du sorbet citron vert et savoir que tu es la seule personne qui aime ça autant que moi. Pour t'écouter parler de ton avenir, pour voir le monde à travers tes yeux. Je peux encore changer, laisse-moi juste une chance de te le prouver.

Ma peau frémit sous ses doigts et je ferme les yeux quelques secondes avant de les rouvrir.

— Ce n'est pas ça une relation, Tate. Tu ne peux pas continuer à me repousser chaque fois que je me rapproche.

— Je sais.

— Pourquoi est-ce que tu viens maintenant, après des semaines sans nouvelles ?

— Parce que je ne pouvais pas rester éloigné de toi. Je suis une loque depuis Noël. Je n'en peux plus. Il fallait que je te voie. Je devais essayer de te reconquérir.

Il s'interrompt, juste un instant, et scrute mon visage.

— S'il te plaît, Charlotte…

— Tu dois me faire confiance, lui dis-je, comme si j'envisageais véritablement de nous donner une autre chance. Tu dois me dire ce que tu penses au lieu de disparaître.

— Promis.

Il laisse retomber sa main.

— Putain, Charlotte, je suis tellement désolé !

J'inspire un grand coup et expire.

— Si on reprend notre histoire, tu dois arrêter de tout vouloir contrôler et ne plus essayer de me protéger. Tu dois me laisser décider de ce que je veux. Me faire confiance.

— Je te fais confiance, dit-il, ses yeux pénétrants me rappelant comment, d'un simple regard, il a le pouvoir de me mettre à nu. Tu es tout pour moi. J'ai besoin de toi.

J'ai besoin de lui, moi aussi. Mon cœur s'accélère.

Finalement, je me penche en avant, frôlant ses lèvres des miennes. Instantanément, il m'attire vers lui, et m'embrasse. Il m'embrasse comme s'il ne voulait pas me perdre, comme s'il ne voulait plus que je m'éloigne.

— Je veux juste le véritable Tate. Je me fiche du reste, tu comprends ?

Je m'écarte de lui quelques secondes pour prononcer ces paroles.

À peine une heure plus tôt, je pensais que je ne le reverrais jamais, mais maintenant, avec ses lèvres si proches des miennes, une autre pensée me vient, une pensée que je ne peux pas ignorer. Une pensée qui me trotte dans la tête depuis bien avant notre voyage dans le Colorado.

— Je veux être avec toi. Et je veux…

La confession que je m'apprête à faire reste momentanément coincée dans ma gorge.

— Je te veux tout entier, je lâche enfin.

Il recule et prend mon visage dans ses mains. Dans son regard, je vois qu'il comprend ce que je veux dire ; je suis lasse d'attendre.

— Je te veux aussi, répond-il, de sa voix enivrante et profonde.

Ses caresses se font fiévreuses, urgentes sur mon cou. Je sens l'excitation naître au creux de mon ventre. Puis l'appréhension vient s'y mêler. Je ne pourrai pas annoncer à grand-mère qu'on se remet ensemble. Pas après ce qui s'est passé.

— Tate… Peut-on… peut-on garder ça pour nous, pour l'instant ? Je sais que ce n'est pas facile, avec les paparazzis et tout, mais…

— Comme tu veux.

Je l'enlace, respirant son parfum frais. Je laisse mes lèvres s'attarder sur son cou. J'ai tellement envie de continuer à l'embrasser, de le laisser me pousser contre le mur pour qu'il me caresse ! Ce serait si facile de perdre la notion du temps, d'oublier que je dois retourner au laboratoire. Je trouve pourtant le courage de le repousser doucement.

— Je dois y aller, Tate.

Je commence à passer la porte, mais il me tire en arrière, et m'embrasse encore une fois, un baiser lent et intense, avant de me libérer.

— Je ne te perdrai pas une seconde fois, Charlotte.

— Tu n'as pas intérêt ! dis-je, avant de me glisser à l'intérieur de la salle.

Chapitre 17

Le dimanche après-midi, Carlos et moi sommes assis sur les gradins de la salle de sport, en train de regarder la répétition générale du *Songe d'une nuit d'été*. La première de la pièce a lieu dans deux semaines et Carlos écrit un article pour le *Banner*. Je suis chargée de prendre les photos.

En temps normal, j'aurais été excitée de me servir du matériel photo du lycée, si vieux soit-il, mais c'est dimanche — et la Saint-Valentin — et je préférerais être n'importe où ailleurs. En fait, non, je voudrais être à un endroit précis : avec Tate. Je ne l'ai pas vu depuis sa visite-surprise au laboratoire, voici trois jours, mais j'ai l'intuition que j'aurai de ses nouvelles aujourd'hui.

— Le décor n'est pas terrible, dit Carlos à voix basse.

— Je crois qu'il n'est pas encore terminé. Et tu ne peux pas mettre ça dans ton article.

— Le collant de Puck commence à craquer au niveau de l'entrejambe.

— Tu ne peux pas écrire ça non plus. Et pourquoi est-ce que tu regardes son entrejambe ?

Je lève un sourcil taquin dans sa direction.

— La vraie question, c'est plutôt, pourquoi est-ce que *toi*, tu ne mates pas ? Avoue quand même que Jake Cline déchire dans le rôle de Puck.

— Et moi qui croyais que tu étais toujours fou amoureux d'Alan Gregory !

— Ouais. Je me disais juste que Jake pourrait t'aider à oublier Tate, poursuit Carlos, en me faisant un clin d'œil.

Je détourne le regard, saisie de culpabilité. Il ignore que Tate et moi sommes de nouveau ensemble. Et je ne compte pas le lui dire. Pas encore, en tout cas. Il a vu dans quel état de déprime j'étais, après ma brève visite dans le Colorado, et nous avons passé des semaines à maudire Tate tous les deux. Je ne sais pas comment lui expliquer que j'ai accepté qu'il revienne.

— Je ne suis pas intéressée par une solution de rechange.

— Non mais, franchement, t'as vu ces cuisses ? Allez, quoi !

— Carlos !

Je pivote sur le banc et lui assène un coup sur la jambe.

— Quoi ?

Il hausse les épaules, feignant l'innocence.

— J'essaie simplement de t'aider à trouver une distraction.

Nos regards se croisent et nous gloussons, nos mains sur la bouche pour éviter d'interrompre le second acte de la pièce.

Je prends quelques photos de nos sièges, puis me rapproche de la scène, pour avoir une meilleure vue du décor à moitié construit. Les lecteurs devront s'en contenter.

— Ton téléphone a vibré, dit Carlos, quand je retourne m'asseoir.

Il prend des notes sur un carnet et ne lève pas la tête quand je sors mon portable et lit le texto de Tate :

Chez moi dans quinze minutes ?

Je suis au lycée.

Un autre texto apparaît immédiatement :

Vingt minutes alors ?

Je souris très furtivement pour ne pas me trahir.

OK.

Il m'envoie le code de son portail et je verrouille mon téléphone, le tenant serré dans ma paume.

— Il faut que j'y aille, Carlos.

Il lève les yeux de son carnet.

— Où ça ?

— Euh, au labo. Mon professeur a besoin que je remplace quelqu'un.

— Un dimanche après-midi ?

— Je sais, ça craint. Mais faut vraiment que j'y aille.

— La répétition n'est pas terminée, proteste-t-il.

— J'ai toutes les photos dont j'ai besoin. Je te promets qu'elles rendront justice à ton article.

Je passe mon sac à l'épaule et y range l'appareil photo.

— Je t'appelle plus tard.

Je fais un geste de la main, commençant déjà à reculer.

— Lâcheuse, va !

Son air est taquin, mais je sens qu'il n'est très pas content. Surtout en ce jour de Saint-Valentin, que nous sommes censés passer ensemble, célibataires et misérables.

Je trottine jusqu'à ma voiture, lance mon sac sur le siège passager et démarre. Mon cœur palpite déjà d'anticipation.

Arrivée chez Tate, j'entre le code de sécurité et souris intérieurement, tandis que le grand portail métallique s'ouvre. Je lui ai demandé de me laisser entrer dans sa vie ; je suppose que me confier son code de sécurité est un bon début.

Je me gare et marche jusqu'aux imposantes portes d'entrée. Je m'apprête à frapper, quand je vois qu'un battant est entrouvert. Je le pousse.

— Tate ?

Personne ne répond.

La maison est sombre, à l'exception des lumières feutrées sur les murs.

— Tate ?

Toujours rien.

J'avance, descends les marches qui mènent au vaste salon. J'appuie les doigts contre la vitre, savourant la vue que j'ai sur la piscine, la pelouse et la ville qui scintille en contrebas.

Je n'entends pas Tate qui s'approche derrière moi, mais, soudain, ses mains se posent sur ma taille et descendent sur mes hanches.

— Salut, dis-je, commençant à pivoter pour lui faire face.

Mais il me maintient fermement en place et embrasse le côté de ma nuque, ses lèvres glissant doucement sur ma peau. J'ai l'impression d'être parcourue de décharges électriques tandis que je garde les doigts plaqués sur la surface froide du verre.

Puis une de ses mains me libère et il me tourne vers lui. Il tient une petite boîte bleue ornée d'un ruban blanc.

— Joyeuse Saint-Valentin, Charlotte.

Je la prends et la soupèse. C'est la première fois que quelqu'un m'offre un cadeau pour la fête de l'amour.

— Je n'ai rien pour toi, dis-je.

Je regrette de ne pas y avoir pensé. Bien que je n'aie aucune idée de ce qu'on offre à quelqu'un qui a déjà probablement tout ce dont il a besoin.

— Mais si, répond-il tendrement. Tu es là, c'est tout ce qui compte.

Je commence à défaire le ruban. Je soulève le couvercle de la boîte et lève brusquement les yeux vers lui.

— C'est…

— Ne dis pas que c'est trop, me coupe-t-il.

Mes doigts caressent le bracelet en argent incrusté de diamants. Il brille de mille feux. Je le sors de son écrin, les mains légèrement tremblantes, subjuguée par sa beauté et sa délicatesse. Puis je remarque le pendentif attaché au fermoir — il a la forme d'un triangle.

— Il te plaît ? lance Tate doucement. Je voulais t'offrir un triangle plus permanent que celui que tu te dessines sur le poignet.

— Il est extraordinaire, Tate ! Je n'en reviens pas que tu aies fait ça.

Je n'ai jamais rien possédé d'aussi beau de toute ma vie et, même si je ne lui pose pas la question, je ne peux m'empêcher de me demander combien ce bijou a coûté. Sûrement une fortune.

Il l'attache autour de mon poignet gauche, au-dessus du triangle que j'ai tracé au stylo-bille bleu. Les diamants scintillent même dans la faible lumière du salon. Je n'en mérite pas tant.

— S'il ne te plaît pas, je peux leur demander de dessiner autre chose.

Il continue d'avoir l'air incertain, comme s'il s'était inquiété de ma réponse pendant des jours, craignant que je déteste le bracelet. Ce qui signifie qu'il l'a probablement fait confectionner avant qu'on se remette ensemble. Il ne mentait pas quand il a dit qu'il avait pensé à moi pendant notre séparation.

Je m'empresse de le rassurer :

— Non, il est absolument parfait. Merci, Tate, je l'adore !

Je le touche de mon autre main, abasourdie qu'il ait fait dessiner quelque chose pour moi. Qu'il se soit rappelé le triangle sur mon poignet et ce qu'il signifie pour moi.

Ses yeux cherchent les miens, et une vague de chaleur me parcourt tout entière. Je tends la main vers lui, caresse les lignes de sa mâchoire. Je veux qu'il sache tout ce que son cadeau représente pour moi.

— Je suis sérieuse, dis-je. C'est plus que je ne mérite.

— Ne dis pas ça. Tu mérites tellement plus, au contraire !

Je souris et me lève sur la pointe des pieds pour presser mes lèvres contre les siennes. Son baiser est doux au départ, délicat, puis avide.

— Tu pensais vraiment ce que tu as dit, l'autre soir ? demande-t-il, son souffle chatouillant mon oreille.

Mon cœur cogne contre ma poitrine, pas de peur ou d'hésitation, mais d'excitation. Je lui ai dit que je le voulais tout entier. Maintenant plus que jamais, après tout ce qu'on a traversé, je sais que je suis prête. Je veux partager avec lui quelque chose qui nous unira et nous rapprochera.

— Oui.

— Tu en es sûre ?

Le désir chante dans mes veines.

— J'en suis sûre.

J'aperçois des ombres sur la vitre — notre reflet. Tate qui acquiesce d'un lent mouvement de la tête.

— Je vais quand même y aller doucement avec toi.

J'essaie de répondre, mais ses lèvres trouvent ma gorge ; il m'embrasse tendrement et remonte jusqu'à ma mâchoire. Je gémis de plaisir. J'ai toujours eu envie de sentir ses mains sur moi, mais cette fois c'est différent. Cette fois, j'ai l'impression que nos corps battent à l'unisson.

Ses doigts glissent sur ma hanche, lents mais déterminés, puis sous l'ourlet de mon T-shirt. Je pensais bien qu'on se verrait, aujourd'hui, et j'ai fait exprès de mettre le soutien-gorge *push-up* bleu ciel acheté chez Barneys. Celui qui me donne l'impression d'être une autre — désirable, sûre d'elle et sexy. Ma peau frémit.

Je ferme les yeux comme il remonte le T-shirt sur mon estomac jusqu'à mon cou et je lève les bras pour qu'il le fasse passer par-dessus ma tête avant de le laisser choir au sol. Ma respiration se fait plus profonde. Nos regards se croisent dans la vitre ; ses yeux posent une question silencieuse. Je hoche alors la tête. Ses doigts trouvent le bouton de mon short, le détachent avec aisance. Puis il descend la braguette, et mon short tombe autour de mes chevilles. Je m'écarte d'un pas et Tate l'éloigne d'un coup de pied.

Je devrais me sentir exposée, vulnérable, en sous-vêtements, mais je me sens embrasée, enflammée par son souffle qui effleure mon épaule. Tous mes sens sont en alerte.

— Charlotte, me murmure-t-il à l'oreille et un frisson me parcourt la nuque.

Ses mains reviennent sur mon buste, suivent le dessin de mes côtes.

Je peux à peine respirer, à peine penser. Les martèlements de mon cœur envahissent mes oreilles et je tremble. Va-t-il s'arrêter là ? me repousser ? J'ai la gorge sèche et je ferme les yeux, effrayée de ce qu'il pourrait dire.

— Allons dans ma chambre, propose-t-il finalement.

Le soulagement m'engloutit presque entièrement.

Sa chambre est immense, la lumière tamisée par les stores baissés. Son lit est fait avec soin, recouvert d'un couvre-lit gris anthracite.

Il fait glisser doucement ses doigts sur mes pommettes pour que je reporte mon attention sur lui, puis m'attire vers lui et m'embrasse. Je fonds dans ses bras, m'abandonne à ses caresses. Je voudrais qu'elles ne s'arrêtent jamais.

Il s'écarte le temps d'ôter son T-shirt, et j'ai du mal à ne pas rester bouche bée devant son torse puissant et musclé. Ses mains trouvent à nouveau ma taille, et je lève la tête pour observer les contours anguleux de son visage si séduisant. Il se rapproche de moi, dégage mes cheveux de mon visage, et ses yeux ténébreux brillent.

— Tu es si jolie, Charlotte.

Il me fait asseoir délicatement sur le bord du lit. Nerveuse, je me mordille la lèvre inférieure. Je touche ses abdos fermes. Il passe son pouce sur mes lèvres avant de se baisser pour m'embrasser. Je ferme les yeux, savourant ses lèvres douces, qui goûtent la texture des miennes, leur saveur.

— Tu m'as manqué.

Ses mots résonnent dans tout mon corps.

Son autre main glisse sur ma jambe nue, sur ma cuisse, et s'arrête au bord de ma culotte. Puis ses mains remontent à ma taille, ses pouces appuyés sur mes hanches. Je l'embrasse plus intensément, plus avidement, souhaitant qu'il ne me lâche plus.

Je bascule en arrière et m'allonge sur le dos, fondant, me

liquéfiant, et son corps suit. Il se place au-dessus de moi et m'embrasse la gorge. Chaque seconde, j'ai l'impression d'être sur le point de défaillir ; mon corps tremble sous ses caresses, mes pensées s'éparpillent.

J'inspire un grand coup.

— Ça va ?

— Oui, je murmure.

Sa main monte plus haut, et je sens le désir monter avec elle, s'intensifier au plus profond de moi.

— Tu as la peau si douce !

Il dépose un autre baiser sur ma gorge et je penche la tête légèrement, l'offrant tout entière pour qu'il m'embrasse à nouveau.

— Est-ce qu'un garçon t'a déjà touchée comme ça ?

Sa voix est basse et calme, plus grave que jamais, et je sens mes jambes flageoler.

— Non, dis-je, d'une voix à peine audible.

Tate ne ralentit pas le rythme de ses caresses ; ses mains semblent connaître chaque courbe de ma chair, m'enveloppant dans une vague de chaleur.

De ma paume, j'explore la fermeté de son torse. Mes doigts descendent jusqu'à ses abdos contractés, et je trouve le bord de son jean, bas sur ses hanches. Je dessine du doigt le bouton de métal, puis commence à le défaire, mais Tate m'arrête d'une caresse sur la main. Un sourire espiègle se dessine sur ses lèvres entrouvertes.

— Pas encore.

Je lève la tête pour protester, mais sa bouche se presse contre la mienne, étouffant mes mots, tandis que sa main glisse le long de mon corps.

— Je peux… ?

Sa voix vibre contre ma chair et mon corps frémit. Tandis que je murmure un timide *oui,* mon corps se fait plus audacieux et se cambre vers lui. Le sang bat à mes oreilles, mes doigts de pied se recroquevillent, mes paumes s'enfoncent dans le matelas, agrippant les draps, et je crie d'extase.

Je retombe sur le lit, doucement, relâche le matelas, et les doigts de Tate remontent sur ma cuisse. Son autre main reste posée un moment sur ma peau frémissante, me maintenant immobile pour que ses lèvres, douces et soyeuses, m'embrassent une dernière fois.

Il sourit et roule sur le dos en m'entraînant. Je pose la tête sur son épaule.

— Ça va ? murmure-t-il.

— Hmm, je réponds, incapable d'en dire plus pour l'instant.

— Bien. Je vais m'y prendre différemment, cette fois. Je veux être sûr que tu sois prête.

Je lève la tête pour le regarder.

— Je suis prête, je t'assure.

Je me pelotonne contre lui, et il caresse mon visage. Les lèvres contre mon oreille, il fredonne une mélodie.

— C'est une nouvelle chanson ?

— Une mélodie sur laquelle je travaille.

— Ça me plaît, dis-je dans un soupir.

Je me sens grisée et légère comme l'air.

— Je voulais te dire… Je vais enregistrer un nouvel album.

Son souffle me chatouille les cheveux.

— J'ai déjà écrit la plupart des chansons, grâce à toi. Tu m'as inspiré.

Je me demande bien comment moi, Charlotte Reed, rat de

bibliothèque et intello, j'ai pu l'inspirer. C'est tellement absurde que j'en ris presque.

— Mon manager m'a souvent dit que j'avais besoin d'une muse pour écrire des chansons au message fort. J'ignorais ce que ça voulait dire, jusqu'à ce que je te rencontre, poursuit-il, tout en caressant ma lèvre inférieure de son pouce. Quand je suis avec toi, les paroles me viennent naturellement à l'esprit, les chansons jaillissent. Je n'ai jamais vécu ça avant. J'ai hâte que tu les entendes.

— C'est formidable, Tate.

Mais mon cœur commence à battre de manière erratique, le sentiment de légèreté s'évaporant rapidement.

J'essaie de ne pas penser aux articles sur lui, à sa vie avant notre rencontre, quand il était Tate Collins, l'idole. Les filles, la drogue, tous les extrêmes auxquels il a fait allusion.

— Mais qu'est-ce que ça signifiera, pour nous ?

Il se glisse au-dessus de moi pour que nous soyons face à face et me regarde dans les yeux.

— Beaucoup de temps passé en studio, admet-il. Cet album doit être parfait. C'est un nouveau son, une nouvelle direction pour moi, et j'ai besoin que mes fans trouvent leurs repères et se l'approprient.

Ses yeux sont rivés aux miens, son regard est intense et pénétrant.

— Mais je te promets de prendre du temps pour te voir aussi souvent que possible. Tu es tout pour moi. J'espère que tu le sais.

Je hoche la tête, essayant d'ignorer le sentiment de crainte qui me gagne malgré moi.

Il m'embrasse.

— Ça va marcher entre nous, insiste-t-il. Mais je dois partir pour New York tôt mardi.

Je souris tant bien que mal, mais mon cœur se brise à l'idée qu'il reparte à l'autre bout du pays, alors qu'on vient à peine de se retrouver.

— Il n'y a pas de studio, à L.A. ?

— J'ai rendez-vous avec un producteur. Je pense qu'il sera parfait pour mon album. Il comprend ce que j'essaie de faire… quelque chose de brut et d'authentique. De moins artificiel. Il est généralement surbooké, mais mon manager a réussi à m'obtenir un rendez-vous, alors je ne peux pas laisser passer cette opportunité de travailler avec lui.

— Tu seras parti combien de temps ?

— Je ne sais pas. Si tout se met en place, il se peut qu'on commence à enregistrer tout de suite.

— Ici ?

— Peut-être. Ou alors à New York. Je ne sais pas encore.

Il fait glisser un doigt sur ma tempe, son regard est attentif et sûr de lui. Je ne peux pas détourner les yeux.

— Mais je t'appellerai. Je t'enverrai des textos. Et je te promets de revenir bientôt.

Il m'embrasse et je lui souris.

— Je suis triste que tu partes, mais vraiment ravie pour toi.

— C'est temporaire. Je ne supporte pas l'idée d'être loin de toi trop longtemps, murmure-t-il contre mes lèvres. Tout a enfin du sens. Toi. Moi. Ma carrière. Tu es exactement celle dont j'ai besoin, Charlotte.

Je passe les bras autour de son cou et lui rends son baiser. L'émotion déferle en moi : bonheur, excitation, nostalgie aussi.

Juste au moment où nous nous sommes retrouvés, où je l'ai enfin, *presque* tout entier, j'ai l'impression qu'il m'échappe déjà. Encore. Mais je chasse ma crainte et souris contre ses lèvres, profitant du moment présent.

Chapitre 18

Je suis devenue une de ces filles : je consulte mon portable toutes les cinq minutes, y jette des coups d'œil discrètement sous mon bureau en classe, le garde à la main entre les cours, au cas où Tate m'adresserait un message. Je déteste ça, mais c'est plus fort que moi. Quand Mia me prend en flagrant délit, je mens et prétends que j'attends une réponse de Stanford. Les lettres d'admission seront envoyées d'un jour à l'autre, pourtant, je ne pense à rien d'autre qu'à Tate.

Il est à New York depuis huit jours et j'ai l'impression que ça fait un mois. Alors, quand un mail arrive durant le dernier cours de la journée, j'attrape mon téléphone si précipitamment que je le fais tomber par terre.

Le bruit attire l'attention, et je suis obligée de le fourrer dans mon sac et d'attendre la fin du cours pour le consulter.

Quand la cloche retentit et que j'ouvre enfin le mail, il me faut un moment pour comprendre de quoi il retourne. C'est un billet d'avion électronique à destination de New York… pour *ce* week-end.

Je m'arrête brusquement au milieu du couloir, sans plus entendre le brouhaha autour de moi.

Il m'a acheté un billet d'avion pour New York ! Il veut que j'aille le voir.

***

Je n'ai pas le choix. Je dois tout avouer. Je ne peux pas m'envoler à l'autre bout du pays sans le dire à quelqu'un. Et j'ai besoin d'aide.

Après avoir envoyé un texto mystérieux à Carlos, nous nous rejoignons au Lone Bean. Je me sens coupable, alors je lui offre un café glacé, lui fais des compliments sur un T-shirt qu'il a depuis des lustres et c'est là qu'il m'intime de cracher le morceau.

— Il se passe quelque chose, Charlotte. Je te connais.

Après avoir tourné autour du pot, je lui dis tout : la façon dont Tate s'est excusé au laboratoire, sa promesse que les choses seraient différentes cette fois, le fait qu'on sorte ensemble en secret. Et, pour finir, je lui parle du billet d'avion pour New York.

Il est comme paralysé, le gobelet de café immobilisé à mi-hauteur de sa bouche.

— Pendant tout ce temps, tu le revoyais ? lâche-t-il enfin.

— J'aurais dû te le dire. Je suis vraiment désolée. Mais les choses sont devenues compliquées, la première fois, quand tout le monde a découvert notre relation.

— Je suis ton meilleur ami.

Je presse les mains contre mes yeux.

— Je sais. Je suis vraiment, vraiment désolée. Mais je te dis la vérité maintenant. Et j'ai besoin de ton aide.

Il baisse les yeux vers moi, fait rouler sa langue à l'intérieur de sa joue. Je lui ai menti deux fois au sujet de Tate — quand je lui ai caché que je sortais avec Tate Collins, puis qu'on se fréquentait à nouveau — et je peux lire la déception dans ses yeux.

Et maintenant, je veux qu'il mente pour moi.

— J'ai dit à ma grand-mère qu'on allait tous les deux à une conférence Model United Nations à New York.

— On ne fait même pas partie du club Model United Nations[1] !

— Elle pense qu'il leur manquait deux personnes pour le voyage et qu'on s'est inscrits.

— Ça sonne tellement faux !

— Peut-être, mais elle ne le sait pas.

— Je ne veux pas mentir à ta grand-mère pour toi, Charlotte.

J'ose à peine croiser son regard.

— Elle ne va pas t'appeler pour vérifier, mais, si c'est le cas, dis juste que tu es avec moi et qu'on est vraiment excités de représenter la Norvège ou l'Islande, ou n'importe quel pays, à la conférence.

— C'est ça, les pays que tu veux représenter ?

— Choisis celui que tu veux, dis-je en riant.

Il fait la moue.

— Je préférerais être la Suisse et rester en dehors de tout ça.

— S'il te plaît ! Aide-moi, juste cette fois-ci. Je te le revaudrai.

Il prend une gorgée de son café glacé.

— Tu ne devrais pas y aller. Tu n'as jamais été New York avant et…

Je l'interromps :

— Je sais que tu n'apprécies pas Tate. Mais c'est uniquement parce que tu ne le connais pas. Il s'est comporté comme un abruti dans le Colorado, c'est vrai, mais depuis il a été formidable. Il essaie vraiment de changer. Il m'envoie des textos tous les jours, me dit combien je lui manque, et le fait qu'il me veuille à New York auprès de lui… Ça veut dire beaucoup ! C'est uniquement

1. Clubs lycéens et étudiants qui simulent les débats de l'ONU. (N.d.T.)

pour le week-end, tu n'auras probablement même pas besoin de faire quoi que ce soit. Mais, juste au cas où ma grand-mère appellerait, j'ai besoin que tu me serves d'alibi.

Il pose les mains sur mes épaules et baisse la tête pour me regarder.

— OK, je te couvrirai. Seulement, tu dois me promettre que tu m'enverras des textos, histoire que je sache que tu vas bien et qu'il ne t'a pas emmenée à Monaco pour faire de toi sa femme.

— Promis.

Je me penche au-dessus de la table pour l'enlacer.

— C'est toi le meilleur !

— Et promets-moi aussi que tu reviendras avec ta virginité intacte, ajoute-t-il de manière inattendue.

Le choc est tel que je manque m'étrangler avec mon café. Je me couvre la bouche de ma main et m'éclaircis la gorge.

— Depuis quand tu t'intéresses à ma virginité ?

— Depuis que tu as l'air de prendre beaucoup de risques pour ce mec. Sois vigilante, Charlotte. Je ne veux pas que… tu te perdes.

Je souris et secoue la tête. Il a raison, mais je ne me perdrai pas. J'ai l'impression que Tate m'a trouvée et je n'ai jamais été moins perdue. Je sais exactement où est ma place.

— Je ne peux pas te faire cette promesse. Mais je t'aime, dis-je en buvant une gorgée de café. Je t'enverrai un message en arrivant.

On dirait qu'il s'apprête à me mettre en garde encore une fois, puis change d'avis.

— Je t'aime aussi.

***

Le ciel est dégagé au-dessus de L.A., et toute la ville semble miroiter.

Je n'arrive pas à y croire. Je suis vraiment en route pour New York ! Je ne sais même plus qui est cette fille qui sèche les cours, appelle sa patronne sous un faux prétexte pour ne pas aller travailler et traverse le pays pour passer le week-end avec un garçon qui lui donne le sentiment d'être audacieuse, rebelle et capable de presque tout. La Charlotte d'autrefois n'aurait jamais été si téméraire.

À présent, assise sur un siège de première classe, regardant par le hublot le soleil qui point à l'horizon, je n'ai plus peur. Pour la première fois de ma vie, j'ai vraiment l'impression que tout est possible.

Chapitre 19

New York apparaît sous mes yeux, telle une étendue de lumières scintillantes sous le ciel couvert. Je sens l'excitation me gagner tandis que l'avion atterrit.

Hank m'attend au retrait des bagages, tout sourires, et porte ma valise jusqu'à une Escalade noire. La ville est animée. Nous parcourons Manhattan, ses gratte-ciel immenses au-dessus de nos têtes, ses badauds déambulant sur les trottoirs. Une bruine légère tombe sur le pare-brise. Je suis vraiment là. Je n'arrive pas à y croire.

Nous faisons halte devant un hôtel impressionnant et un homme en uniforme m'ouvre la portière, un parapluie à la main. Un groom récupère ma valise du coffre du SUV et la fait rouler jusqu'à la marquise, à l'abri de la pluie.

Hank me rejoint sur le trottoir et me tend une carte magnétique en plastique.

— Votre clé, ma chère.

Puis il se tourne vers l'homme qui tient le parapluie au-dessus de ma tête.

— Elle est dans le penthouse.

Les rues scintillent sous la pluie et sous la ligne de phares des voitures.

— Tate sera de retour à 21 heures. Vous avez une réservation pour le dîner à 21 h 30, m'explique Hank.

— Super.

— Je suis heureux que tu sois là, Charlotte. Tu lui as manqué. Et tu m'as manqué, à moi aussi.

— Merci, je réponds, touchée.

Tandis que Hank retourne à la voiture, l'homme au parapluie me fait signe de le suivre, et nous passons les portes coulissantes.

Je m'arrête, embrassant du regard le plafond voûté doré et les chandeliers de cristal. Des clients sirotent des cocktails au bar et sur les sofas. C'est la pièce la plus élégante que j'aie jamais vue.

— Mademoiselle ? dit l'homme, tenant les portes de l'ascenseur ouvertes pour moi.

Je pénètre dans la cabine vitrée. Il passe son badge sur le bouton de commande, avant d'appuyer sur le bouton « PH ». L'ascenseur commence sa montée et je me tiens à la barre d'appui en cuivre, levant la tête comme si je pouvais voir défiler les étages pendant notre ascension.

Quand l'ascenseur s'arrête enfin, il désigne la seule porte de l'étage, de l'autre côté d'un petit couloir.

— Votre chambre, dit-il.

Je passe la carte que Hank m'a donnée sur le lecteur carré et la lumière passe au vert, déverrouillant la porte.

J'entre dans une suite encore plus impressionnante que le hall d'entrée. Des chandeliers sont élégamment suspendus au-dessus du salon et de la salle à manger. Des canapés blancs font face à une cheminée qui crépite déjà. Des rideaux légers et aériens encadrent de larges baies vitrées qui vont du sol au plafond et s'ouvrent sur une terrasse immense.

— Désirez-vous autre chose ? demande l'homme, posant ma valise à l'entrée de la pièce.

Je secoue la tête et il se retire dans le couloir en fermant les portes derrière lui.

Je me tiens là un instant à regarder autour de moi, puis je me catapulte sur le lit king-size, m'enfonçant dans les oreillers bleu ciel, les bras en croix.

Je pousse un cri de joie, puis me couvre la bouche en gloussant.

Je voudrais rester ici pour toujours.

J'aperçois soudain quelque chose sur ma gauche, suspendu à un crochet, sur une porte. C'est une robe : une robe longue noire et sexy. Je me lève et manque trébucher, tant je suis euphorique. Je traverse la pièce pour lire la note attachée au cintre :

Pour toi.

Je porte la note à mes lèvres, un sourire jusqu'aux oreilles.

Je suis Alice et je suis au Pays des merveilles !

La fille dans le miroir en pied de la salle de bains est une étrangère. Une étrangère qui me plaît beaucoup ! Le tissu de la robe, si soyeux contre ma peau, épouse les courbes de mon corps à la perfection. Je fais courir les doigts sur mes hanches, savourant la soie noire délicate.

Je me sens belle.

Il est 21 h 15 quand je sors sur la terrasse qui surplombe New York. Des voitures klaxonnent en contrebas et je sens la ville vibrer, comme si elle avait un pouls, un battement qui ne s'arrêtait jamais.

Quand je suis frigorifiée par le froid mordant, je retourne

à l'intérieur, fais quelques pas dans la suite pour finalement m'affaler sur le lit.

Où est Tate ? D'après Hank, il devrait être là.

Vers 22 heures, je sens mes paupières devenir lourdes, mais je ne me rappelle pas m'être endormie, jusqu'à ce que je sente la chaleur de quelqu'un près de moi.

Un souffle chaud contre mon cou.

J'émerge de mon demi-rêve. Une main se pose sur ma hanche, descend jusqu'à ma cuisse. J'ouvre les yeux.

— Je suis désolé d'être en retard, murmure Tate. Ça a duré plus longtemps que prévu au studio.

Ses lèvres frôlent ma nuque.

— Tu as faim ?

Je hoche la tête et me tourne vers lui.

— On a raté notre réservation, ajoute-t-il.

J'ai envie de l'embrasser, de le toucher, de me blottir dans ses bras. Alors, c'est ce que je fais. Je pose mes lèvres sur les siennes et il me rend mon baiser. Mon cœur s'emballe rapidement. Il me caresse les cheveux et repousse gentiment une mèche pour me regarder dans les yeux.

— Mangeons d'abord, dit-il.

Le « d'abord » sous-entend qu'il y aura un après, et mon rythme cardiaque s'accélère à l'idée de ses mains sur moi.

— Il y a une pizzeria ouverte toute la nuit à un pâté de maisons.

— C'est parfait, dis-je.

Il me prend les mains pour m'aider à me relever, tout en me détaillant du regard.

— Tu es à tomber dans cette robe !

Je me mets sur la pointe des pieds pour l'embrasser.

— C'est toi qui l'as achetée. C'est ta faute !

Dans l'ascenseur, Tate passe le bras autour de ma taille. Je m'apprête à lui demander s'il séjourne toujours dans cet hôtel quand il vient à New York, mais son étreinte se resserre et il me presse contre un coin de la cabine. Il m'embrasse de nouveau, sa langue est douce et taquine, et je fonds dans ses bras. Quand son baiser migre vers ma gorge, je suggère :

— On devrait peut-être zapper le dîner.

Il secoue la tête.

— Il faut que tu manges quelque chose.

Puis les portes de l'ascenseur s'ouvrent sur le hall d'entrée.

Dehors, la ville est aussi vibrante et animée que durant la journée. La foule se presse sur les trottoirs et j'aime la sensation de l'anonymat, d'être perdue et libre dans une ville où personne ne semble reconnaître Tate. Où nous sommes simplement deux personnes qui se promènent sous la pluie.

Je suis beaucoup trop habillée pour la modeste pizzeria, mais personne ne sourcille. Nous passons commande, puis nous installons à une petite table recouverte d'une nappe à carreaux rouges et blancs près de la vitrine.

Tate pose la main sur ma jambe sous la table.

— Tu as mis le bracelet, commente-t-il, en désignant du menton mon poignet, où son cadeau de la Saint-Valentin scintille.

— Je l'adore. Je n'ai pas souvent l'occasion de le porter. Si ma grand-mère le voyait…

Je ne termine pas ma phrase. Je ne veux pas penser à elle pour l'instant, ni aux mensonges que je lui ai dits pour pouvoir être là.

— Je suis content que tu l'aies mis ce soir. Il est fantastique sur toi. *Tu* as l'air fantastique.

Je réprime un sourire, puis prends une bouchée de pizza aux tomates séchées. Nous passons le reste du dîner à nous raconter notre semaine entre deux bouchées savoureuses de la meilleure pizza que j'aie jamais mangée.

Je lui parle de l'homme qui a appelé le Bloom Room pour commander deux bouquets — un pour sa femme, l'autre pour sa maîtresse, avec des cartes portant la même inscription : *Je t'aime à jamais.*

Tate me parle du progrès de l'album — je ne comprends pas les termes techniques, mais devine à son expression que tout se passe bien. Il a l'air heureux.

Notre repas terminé, l'urgence du désir revient entre nous, et menace de nous embraser. La rue grouille et Tate me tient près de lui, tandis que nous nous faufilons entre les taxis. Aucun paparazzi en embuscade, aucun fan qui hurle son nom. Nous pourrions être n'importe qui. Et j'ai vraiment l'impression d'être quelqu'un d'autre. Je nous sens à notre place, ici, à New York… ensemble.

Dans l'ascenseur de l'hôtel, Tate ne me touche pas. Mais il me regarde avec insistance, comme s'il luttait pour se retenir. Mon ventre se contracte et une vague de chaleur naît dans mes entrailles.

Quand les portes de l'ascenseur s'ouvrent sur le penthouse, Tate m'entoure de ses bras et me conduit dans le salon. Nous restons là un moment, immobiles, ses lèvres flottant sur les miennes.

— Je suis incapable d'avoir les idées claires, quand je suis avec toi, dit-il.

Et mon cœur est prêt à exploser.

La baie vitrée est toujours entrouverte sur la terrasse, et une légère brise rafraîchit ma peau soudain brûlante.

J'entends le sifflement familier de mon téléphone. Je glisse hors des bras de Tate. C'est peut-être ma grand-mère qui prend des nouvelles.

Non, c'est Carlos. J'ai complètement oublié de le prévenir que j'avais bien atterri.

T'es vivante ?

Oui. Ville incroyable. Pas envie de rentrer.

Tu as intérêt à rentrer ! Et rappelle-toi ce que j'ai dit au sujet de ta virginité. Sois sage. Envoie-moi un texto dans la matinée. Xo

Bonne nuit. Xo

Je ne peux pas lui promettre que je serai sage, ni que la Charlotte qui rentrera à L.A. ne sera pas une Charlotte différente.

Je m'apprête à reposer mon téléphone sur la table quand je vois que j'ai reçu un mail, en provenance de l'université de Stanford. Mon cœur s'en arrête presque de battre. Les doigts tremblotants, j'ouvre le message. Mes yeux le scannent rapidement.

Bureau des admissions de licence. J'ai le plaisir de vous annoncer que vous avez été admise à l'université de Stanford. Félicitations !

L'espace d'un instant, je suis comme paralysée. Je relis plusieurs fois avant de comprendre.

— Tout va bien ? me demande Tate de l'entrée de la chambre.

— Je… je vais à Stanford.

Je n'arrive pas à y croire.

Il traverse la pièce, le visage illuminé d'un immense sourire.

— Charlotte ! C'est formidable !

— Je n'étais pas sûre d'être acceptée.

Je baisse à nouveau les yeux vers l'écran, pour être sûre d'avoir bien lu.

— Mon conseiller d'orientation n'en était pas sûr non plus. Enfin, je veux dire, personne n'est jamais certain du résultat. C'est une université très compétitive. Tu le sais déjà. Pardon, je m'égare…

Je suis abasourdie, folle de joie, l'esprit envahi d'un million de pensées qui tourbillonnent.

Tate sourit toujours.

— Je savais que tu serais admise. Je suis tellement heureux pour toi ! Il faut qu'on fête ça, c'est une grande nouvelle. Je vais appeler la réception pour faire monter du champagne — je connais le concierge, ça ne posera pas de problème. Ou alors on pourrait sortir ? C'est toi qui décides, c'est ta soirée.

Je repose mon téléphone sur la table et reporte mon attention sur lui. Je me rapproche d'un pas, savourant de le voir, là, devant moi. Je n'aurais aimé être avec personne d'autre au moment d'apprendre la nouvelle. C'est avec lui que je veux partager mon bonheur.

Je caresse son torse de ma main et ses yeux s'enflamment sous mon regard. Il pose les doigts sur mon menton.

— Je veux rester ici, dis-je.

Sa bouche trouve la mienne. Il m'enlace et me soulève facilement. Je frissonne et passe les bras autour de son cou, tandis qu'il me conduit dans sa chambre.

Il me dépose délicatement sur le bord du lit. Je le dévore du regard. Parcours de ma paume son abdomen, ses abdos durs sous son T-shirt. Il inspire profondément. Je veux le voir nu, je veux toucher sa peau. J'insinue les doigts sous l'ourlet de son

T-shirt. Il marque une pause, me regarde, puis ôte son vêtement, et ses biceps se contractent de manière impressionnante.

— Tu m'as tellement manqué, murmure-t-il.

Mon cœur est un papillon, rapide et léger, dans ma poitrine. J'ai tout ce dont j'ai rêvé, et même plus que j'aie jamais *osé* rêver. Je n'ai plus peur de rien. Je sais ce que je veux.

Lui.

La nuit s'étend autour de nous et nous enveloppe. Nous nous déshabillons et nous glissons entre les draps blancs en soie. Ses lèvres dessinent sur ma peau une carte imaginaire, un chemin que lui seul a parcouru. On s'embrasse, on s'enlace, on y va doucement. Et, bien que nous n'allions pas au bout, c'est comme si nous avions apposé notre marque l'un sur l'autre. À chaque tendre baiser, à chaque moment suspendu dans le regard de l'autre, ce que nous découvrons va bien au-delà du désir.

Je prends conscience que je ferais n'importe quoi pour lui, que j'irais n'importe où, que je risquerais tout, simplement pour être avec lui.

Il est presque minuit quand nos mains se calment, que nos lèvres partagent un dernier baiser, au bord de l'endormissement. Je pose la tête sur son épaule, ses doigts dans mes cheveux. Je suis épuisée, repue, subjuguée. Qui aurait cru que moi, Charlotte, je vivrais une telle histoire d'amour ? J'avais toujours imaginé le pire, devant la facilité avec laquelle ma mère avait le cœur brisé, la façon dont elle se voilait la face ; devant ma sœur abandonnée avec Leo, ses rêves oubliés, sa vie en perte de vitesse.

Mais ce n'est pas comme ça avec Tate. Tous mes rêves se sont réalisés. Je suis dans ses bras, au centre de Manhattan, une lettre d'admission de Stanford dans ma boîte mail. Cette soirée ne pourrait être plus parfaite.

— Je t'aime, je murmure, les mots sortant tout seuls, comme mus par leur volonté propre.

Les yeux de Tate dévient furtivement vers moi. J'y aperçois un flash d'émotion, un soupçon de peur. Puis ils s'assombrissent. Il roule sur le dos et regarde l'océan des lumières de la ville par la baie vitrée.

Je pose les mains sur mon ventre, me sentant soudain vide.

Pourquoi est-ce que j'ai dit ça ?

Parce que c'est la vérité — parce qu'à cet instant, c'est le sentiment qui m'habite. Je suis follement, désespérément amoureuse de lui. Rien d'autre ni personne ne pourrait me faire ressentir ce que je ressens quand je suis avec lui.

J'entrouvre les lèvres, mais je ne sais pas comment le lui expliquer.

Il se tourne à nouveau vers moi et m'attire contre lui. Je pose la tête sur sa poitrine et écoute le rythme régulier de son cœur. Il embrasse ma tempe, mais ne dit rien.

Le silence est lourd et impénétrable. Il ne va pas me déclarer son amour. Il n'éprouve pas les mêmes sentiments. Il ne m'aime pas. Peut-être n'en est-il pas capable. Peut-être ne sait-il tout simplement pas comment. Je me torture avec chaque possibilité, chaque raison pour laquelle il serait incapable de me répondre. Mais l'épuisement finit par me submerger et je glisse dans un sommeil si profond que je ne bouge plus, jusqu'à ce que le son d'une sirène de police me réveille si brusquement que je me redresse d'un coup.

Tate n'est plus dans le lit.

*
* *

Je me lève et presse mes lèvres, me rappelant son goût contre ma bouche.

La robe noire forme un petit tas sur le sol. Je l'enfile, à défaut d'une meilleure option, et traverse le salon pieds nus.

La baie vitrée est grande ouverte et Tate est sur la terrasse, appuyé contre la rambarde, vêtu de son seul jean malgré la température. L'air est glacial et je m'arrête sur le seuil, les bras autour de ma taille.

— Qu'est-ce qui ne va pas ? je demande.

Il ne se retourne pas. M'a-t-il entendue ? Je sors sur la terrasse, et le froid mord aussitôt la peau exposée de mes bras et de mes jambes. Je m'approche, mais il ne réagit toujours pas, les yeux rivés sur la ville endormie.

— Tu dois avoir froid.

Je veux le toucher, mais il demeure de marbre. On dirait qu'il ne m'a pas encore vue. Je m'apprête à lui suggérer de rentrer quand il se met enfin à parler.

— Je pensais à la dernière fois qu'une fille m'a dit qu'elle m'aimait.

Je me penche vers lui, appuyant la hanche contre la rambarde. Je frissonne, et pas seulement à cause de la brise.

— Elle s'appelait Ella.

Je me frictionne les bras. J'aimerais qu'il se tourne vers moi, mais son regard est perdu au loin, à la recherche d'une chose que lui seul peut voir.

— Tu lui as répondu que tu l'aimais aussi ?

Je ne peux pas m'empêcher de le lui demander, il faut que je sache.

Il pousse un long soupir.

— Non. Ça n'était pas comme ça entre nous.

— Comment c'était, alors ?

Je veux savoir qui est cette fille qu'il n'a jamais mentionnée jusqu'à maintenant et pourquoi il semble malheureux de prononcer son nom. L'air est lourd, tendu, et je sens que le moment que j'attendais est enfin arrivé, qu'il est sur le point de me faire une révélation d'importance.

Les mains serrées devant lui, il se penche au-dessus de la rambarde, d'une hauteur de vingt étages.

— J'ai fait beaucoup d'erreurs, Charlotte. J'étais quelqu'un d'autre, à l'époque, une marque, une rock star mécanique, qui chantait quand on lui disait de chanter, qui dansait quand on lui disait de danser. Mais après que mes parents sont retournés dans le Colorado, les choses ont dégénéré. Pour échapper à la pression, j'ai commencé à beaucoup faire la fête — beaucoup trop. Certaines nuits, en tournée, après un concert, je ne dormais même pas.

Il déglutit avec effort, fixant toujours la rue, loin, en bas.

— Les fans étaient partout. Capables de tout pour s'introduire en coulisses — juste pour être près de moi, pour me toucher. C'était dingue ! Tu ne peux pas imaginer ce qu'on ressent, quand on atteint ce niveau de célébrité. Tu te prends pour un dieu. Tu crois que tu peux tout te permettre.

Les muscles de ses épaules et de ses bras, nus dans l'air glacial, sont comme une forteresse que je ne peux pas toucher. Et alors que je tremble, lui ne semble pas affecté par le froid.

— C'est à ce moment-là que je l'ai rencontrée… Ella St. John.

Il prend une inspiration, qu'il relâche lentement.

— Elle avait dix-sept ans quand on s'est vus la première fois.

Elle est venue à presque tous les concerts que j'ai donnés, cette année-là. Les videurs avaient l'habitude de sa présence, alors ils la laissaient entrer. On a fait la fête ensemble dans plusieurs villes et puis, un soir…

Son expression s'assombrit, comme s'il pesait ses mots.

— Un soir, elle est montée dans mon car de tournée.

Il s'arrête, les yeux toujours fixés au loin.

— Et tu as couché avec elle ?

Il ne hoche pas la tête — c'est inutile.

— La nuit qu'on a passée ensemble… la seule nuit, dit-il, elle m'a dit qu'elle était amoureuse de moi. J'étais tellement défoncé que j'ai cru qu'elle plaisantait. On ne se connaissait même pas.

C'est le secret qu'il m'a caché. Le fardeau qu'il porte.

— La nuit suivante, l'étape de tournée, c'était Chicago. Elle y était, elle s'est glissée en coulisses après le concert. Elle a essayé de me voir. Je me souviens de l'expression sur son visage quand j'ai quitté la scène ; elle me souriait, se frayant un passage à travers la foule. Elle pensait… elle pensait qu'il y avait quelque chose entre nous. Que je voudrais la voir, qu'on… je ne sais pas… qu'on serait ensemble. Mais, pour moi, c'était juste l'histoire d'une nuit.

Il devient silencieux.

— Tu l'as revue, après ça ?

— Dans deux autres villes. Elle est venue en coulisses, elle a essayé de me parler, mais je l'ai ignorée. Je n'avais pas l'intention de lui faire de la peine, mais elle se comportait comme si on sortait ensemble. Elle a même dit à quelques-uns de mes gardes du corps qu'elle était ma petite amie. Eux, ils savaient qu'il ne fallait plus la laisser m'approcher. Elle était devenue obsédée.

Je croise les bras sur ma poitrine pour essayer de me réchauffer.

Obsédée. N'est-ce pas ce que je suis, moi aussi ? Je pense constamment à lui quand nous ne sommes pas ensemble. Pourtant, je veux croire que c'est différent. Il le faut.

Tate lève les yeux, à la recherche d'un souvenir peut-être, qu'il essaierait de se rappeler dans l'obscurité.

— Je n'ai pas anticipé ce qui s'est passé. Si j'avais su…

Sa voix s'éteint, engloutie par le silence.

— Que s'est-il passé ?

Il secoue la tête.

— Une nuit, après le concert de Seattle, mon manager m'a dit que la police l'avait trouvée. Elle avait sauté d'un pont…

Il ne termine pas, mais je comprends.

— Elle avait laissé un mot. Elle avait écrit qu'elle pensait qu'on était amoureux, qu'on était faits l'un pour l'autre.

— Elle s'est suicidée ?

L'idée que cette fille ait pu sacrifier sa vie à cause d'un garçon, à cause de l'amour, me fait frissonner.

— J'ai écourté la tournée, après ça. Et j'ai tout arrêté. Absolument tout : les concerts, les fêtes, les soirées… Je n'y arrivais plus. J'ai réalisé que la célébrité était une responsabilité, que mes actes pouvaient avoir de graves conséquences. Si, en une seule nuit, je pouvais détruire la vie d'une fille, je ne voulais pas prendre le risque de blesser quelqu'un d'autre.

Il s'éloigne de la rambarde, de moi, ses muscles rigides et contractés, la pluie glissant sur ses épaules.

— C'est pour ça que tu t'es éloigné ? Cette première nuit, chez toi, quand je t'ai dit que tu étais le premier à m'embrasser ?

Je me rapproche de lui et lui touche le bras. Ses épaules se raidissent, mais il ne s'écarte pas.

— Et ensuite dans le Colorado ? C'est de là que vient ton besoin de tout contrôler ?

— Je ne pensais pas te mériter. Tu étais… tu es… parfaite. Je ne voulais pas te détruire, toi aussi. Te faire perdre tout ce pour quoi tu as tant travaillé.

Je secoue la tête, bien qu'il ne puisse pas me voir.

— Je suis plus forte que ça, Tate.

— Avant de te rencontrer, reprend-il à voix basse, je croyais que j'avais foutu ma vie en l'air, qu'il n'y avait pas de retour possible. Mais avec toi… avec toi, je me dis que j'ai peut-être encore une chance.

— Une chance de quoi ?

Lentement, il pivote pour me faire face, et plonge son regard dans le mien.

— D'avoir quelqu'un dans ma vie que je ne détruirai pas.

— Ce qui est arrivé à Ella n'est pas ta faute, dis-je, les lèvres tremblantes à cause du froid. Tu ne pouvais pas savoir qu'elle allait se suicider. Tu dois te pardonner, autrement, tu passeras le reste de ta vie dans la crainte qu'un tel drame se reproduise.

Je me presse contre lui, les paumes sur son dos nu. J'entends son cœur qui bat contre mon oreille. Sa peau est étonnamment chaude, malgré la pluie froide qui s'abat sur nous.

— Tu dois tourner la page, Tate.

Il inspire longuement.

— Tu dois te convaincre que tu ne blesseras personne.

Il me soulève le menton, me regarde, et je peux lire le tourment dans ses yeux. Il m'embrasse, lentement, avec douceur, et ce baiser contient tout ce qu'il est incapable de dire.

— Merci, murmure-t-il contre mes lèvres.

Je ne réponds rien. Le bruit de la pluie qui tombe et de la ville meuble le silence.

Puis je finis par lui proposer de rentrer.

Il hoche la tête et me prend la main.

Il referme la baie vitrée et nous retournons dans la chambre, laissant une traînée d'eau derrière nous.

Ma robe est trempée. Je défais la fermeture Éclair et la laisse tomber au sol. Tate m'observe de l'autre côté du lit. Nous nous glissons entre les draps, et il me prend dans ses bras. Je suis frigorifiée, mais il me réchauffe de ses caresses. Je pense que ses doigts vont explorer d'autres endroits, réveiller la chaleur en moi jusqu'au point de non-retour — pour nous emmener jusqu'au bout —, mais il murmure :

— Il est temps de dormir.

Je regarde une dernière fois la pluie qui s'abat sur les baies vitrées, avant de fermer les yeux. Je voudrais que ce moment dure toujours.

Chapitre 20

Le soleil matinal dessine des formes allongées sur le drap blanc. Je me réveille, cligne des yeux et regarde mon bras tendu. Le triangle sur mon poignet s'est estompé. Je ne l'ai pas autant dessiné, ces derniers temps. J'ai eu d'autres choses en tête.

Tate est à côté de moi, allongé sur l'édredon, tandis que je suis enroulée entre les draps. Je le crois endormi, mais, en me tournant vers lui, je constate qu'il a les yeux ouverts, et qu'il regarde par la baie vitrée.

— Salut, dis-je, d'une voix douce.

— Salut.

Il m'attire contre lui, et je pose la main sur son ventre.

— Tu es superbe quand tu dors.

La tension de la nuit dernière s'est évaporée, mais il a toujours la mine sombre.

— Est-ce que tu as réussi à dormir ?

— Un peu.

J'inspire son odeur, tandis que ses doigts tracent des lignes le long de mon bras.

— Tu dois travailler, aujourd'hui ?

— Non. Je suis tout à toi.

Je souris et embrasse son torse nu.

— Qu'est-ce que tu voudrais faire ? demande-t-il, passant les doigts dans mes cheveux. Te balader en ville ?

— Pourquoi pas… Mais on est bien ici aussi, non ?

Une lueur malicieuse apparaît dans son regard, et je me rapproche, pour l'embrasser sur la bouche. Ses doigts se promènent sur ma cage thoracique et notre baiser se fait plus ardent, sa bouche plus insistante. Il glisse sur moi et le poids de son corps sur le mien fait s'accélérer ma respiration. Il m'embrasse la gorge, le lobe de l'oreille, puis revient à mes lèvres pour un baiser intense. Aussitôt, le désir nous embrase.

Mon corps se cambre contre le sien. Je noue les genoux autour de ses reins et mes doigts de pied se recroquevillent de plaisir contre ses jambes. Je sens son cœur qui cogne contre ma poitrine et je sais qu'il me désire lui aussi, que son corps est las d'attendre.

Je ferme les yeux, effleure doucement sa nuque de mes ongles. Il gémit contre ma gorge, descend en traçant des cercles avec sa langue sur ma peau. Tout mon corps en frémit d'anticipation.

Ça y est, me dis-je. C'est le moment. Plus de secrets entre nous. Plus de raison d'attendre.

Tate remonte, positionne ses hanches au niveau des miennes. Un désir ardent, d'une puissance que je n'ai encore jamais ressentie, naît dans mon bas-ventre.

— Charlotte, murmure-t-il, les lèvres sous mon menton. C'est vraiment ce que tu veux ?

J'acquiesce dans un souffle. Je n'ai aucune hésitation.

Il caresse mon visage, m'embrasse sur la bouche, et j'incline la tête en arrière, mes hanches se soulevant pour appuyer contre les siennes.

Puis quelque chose brise le silence. Une sonnerie. Mon téléphone portable.

Je n'y prête pas attention, embrasse Tate de nouveau, et la sonnerie finit par s'arrêter. Ses doigts sont au bord de ma culotte. Il n'y a presque rien qui nous sépare, et mon cœur s'emballe. J'ai envie de le sentir tout entier contre moi. Mais… la sonnerie recommence.

Je tends l'oreille.

C'est probablement Carlos qui vérifie que tout va bien. La sonnerie s'arrête, puis reprend presque immédiatement. Tate bouge et baisse la tête vers moi.

— Il faut que je réponde, dis-je en me dégageant.

Je prends un peignoir du placard, l'enfile et me dirige à pas feutrés dans le salon. Mon portable vibre sur la desserte où je l'ai laissé hier soir.

Quand je vois qui m'appelle, mon estomac se noue. Je m'éclaircis la voix pour paraître aussi calme et naturelle que possible, et je décroche.

— Salut grand-mère.

Je jette un coup d'œil à Tate. Il s'est allongé sur le dos et me regarde.

— Je sais que tu n'es pas à cette conférence.

Sa voix est furieuse comme jamais.

— Tu es avec lui.

Je reste silencieuse. La peur me vrille les entrailles.

— Charlotte, je ne peux pas…

Sa voix est étranglée par les mots.

— … me mentir ? Je ne peux pas le croire, Charlotte… après tout…

— Grand-mère, je…

Les mots me manquent. Comment lui expliquer ? Je voudrais lui dire que ce n'est pas ce qu'elle imagine, je refuse de lui servir un nouveau mensonge.

Alors, je marmonne :

— Je rentre à la maison.

Ma voix est si basse que je ne sais pas si elle m'a entendue.

Elle raccroche avant que je puisse ajouter autre chose.

Comment est-elle au courant ?

Je consulte mes textos. Carlos m'a envoyé une photo, voici deux heures. On nous y voit, Tate et moi, quittant la pizzeria hier soir, avec ce commentaire :

TATE COLLINS AVEC SA PETITE AMIE CHARLOTTE REED À NEW YORK. VENDREDI SOIR.

Carlos m'a envoyé un autre SMS quelques minutes après le premier.

La photo est partout. Ta grand-mère m'a appelé, elle l'a vue sur le portable de Mia. Ça craint !

Une fois encore, le monde entier sait que nous sommes ensemble. On ne peut plus le nier, désormais.

Tate m'accompagne à l'aéroport et me tient la main sur le siège arrière, pendant que Hank manœuvre le SUV noir à travers les rues bondées de Manhattan.

Je suis à New York depuis moins de vingt-quatre heures et je rentre déjà à L.A.

— On n'aurait jamais dû quitter la chambre, hier soir, regrette Tate. Je suis désolé. J'ai eu de la chance jusqu'ici, j'ai pu rester incognito depuis mon arrivée, mais j'aurais dû faire plus pour te protéger.

— Ce n'est pas ta faute. Et je te l'ai déjà dit : je n'ai pas besoin de ta protection. Je n'aurais pas dû mentir à ma grand-mère. Je n'aurais pas dû être obligée de lui mentir.

Je regarde la ville qui défile par la fenêtre, la grisaille qui s'abat, les nuages qui descendent sur les gratte-ciel.

— J'ai dix-huit ans. Il faut qu'elle me laisse vivre ma vie.

Devant l'aéroport, Tate passe les doigts dans mes cheveux et m'embrasse. On sait tous les deux qu'il ne peut pas sortir de la voiture — il ne peut risquer d'être vu et photographié. Si ma grand-mère nous voyait en train de nous embrasser sur un tabloïd, ça ne ferait qu'envenimer les choses.

— Quand est-ce que je te reverrai ? je demande.

— Je devrais être de retour à L.A. dans deux semaines.

Son expression est indéchiffrable depuis qu'on a quitté l'hôtel. Mais je perçois de la tension sur ses traits, et j'essaie de me rassurer en me disant que c'est seulement parce qu'on a été forcés de s'arrêter si près du but.

Il se fend d'un faible sourire, m'embrasse une dernière fois et je descends de voiture.

Ce week-end a été presque parfait, m'a offert presque tout ce que j'en attendais. Et, maintenant, je vais devoir en affronter les conséquences.

J'atterris à L.A. dans un état second. J'aurais dû y être préparée, mais les paparazzis qui m'attendent me prennent au dépourvu. Dès que je descends l'escalator pour me diriger vers la salle de retrait des bagages, ils sont là, à rôder comme des vautours. Traquent-ils nos déplacements depuis la nuit dernière ?

— Charlotte ! Charlotte ! Où est Tate ? Comment vous êtes-vous rencontrés ? Charlotte !

Je les ignore et avance, un bras devant le visage, à la recherche d'une échappatoire.

— Êtes-vous toujours ensemble ? C'est vrai qu'il enregistre un nouvel album ? Pourquoi êtes-vous rentrée plus tôt ?

Des flashs jaillissent, explosent de toutes parts. Ma vue se trouble. J'essaie de repérer une sortie, la tête baissée, scannant, malgré tout, les alentours. À quelques mètres devant moi, un panonceau indique les toilettes pour femmes ; j'y cours, puis me précipite à l'intérieur.

J'appuie les mains contre le lavabo. J'inspire et j'expire. Tate m'a avertie que la célébrité pouvait être difficile à gérer, les paparazzis étouffants, mais je me découvre terriblement vulnérable seule face à eux. Je tremble comme une feuille.

Quand je lève les yeux, j'aperçois un visage qui me paraît familier. J'éprouve une sensation de déjà vu — je connais ces yeux clairs et ces taches de rousseur. Les circonstances aussi me disent quelque chose. Où ? Quand ? Puis le déclic se fait… C'est la fille gothique du Lone Bean. Celle qui m'a dit de rester éloignée de Tate. Elle m'était sortie de la tête. Qu'est-ce qu'elle fait là ? Pourquoi est-ce que je la croise encore ici, dans les toilettes ?

Elle me regarde droit dans les yeux.

— Tu ne m'as pas écoutée, déclare-t-elle.

Ses racines sont apparentes. Comme je m'y attendais, sous le noir corbeau, un soupçon de roux est visible.

— Je suis désolée, je ne sais même pas…

Mais elle m'interrompt :

— Je t'ai demandé de te tenir à distance de Tate !

Elle recule.

— Tu es prévenue.

Puis elle fait volte-face et sort des toilettes en bousculant une femme à l'entrée.

Je me regarde dans le miroir. Ma queue-de-cheval est en bataille. J'ai les yeux fatigués. Je parais plus mature, d'une certaine façon, comme si je savais désormais des choses que j'ignorais avant ce week-end. J'ignore quoi penser, au sujet des paparazzis qui attendent derrière la porte, ou de la fille à la teinture noire et de son étrange mise en garde.

Je tente de reprendre mes esprits. Une fois sortie d'ici, je devrai encore affronter grand-mère, et c'est une perspective bien plus terrifiante.

J'essaie d'éviter la confrontation en rentrant en douce dans la maison pour me faufiler jusqu'à ma chambre, mais à peine ai-je posé ma valise qu'elle apparaît à la porte. J'ai dû zigzaguer à travers la foule et prendre le bus pour éviter les paparazzis ; je suis épuisée et je veux simplement me glisser dans mon lit et me reposer. Mais je n'aurai pas cette chance.

— Je ne sais plus qui tu es, dit-elle à mi-voix, son visage encore jeune rougi par la colère.

Je devrais m'excuser, admettre que j'ai commis une erreur et promettre de ne plus jamais recommencer, mais je n'en crois pas mes oreilles.

— Je suis toujours la même, grand-mère. Rien n'a changé.

— Pardon ? fait-elle, en avançant d'un pas dans ma chambre. Rien n'a changé ? Charlotte, tu me mens depuis des mois. La fille que je connaissais voulait aller à Stanford et faire quelque chose de sa vie. Si je t'avais annoncé, il y a six mois, que tu sortirais en douce et suivrais un garçon à l'autre bout du pays, tu m'aurais ri au nez.

— J'ai toujours l'intention de faire quelque chose de ma vie, je rétorque, aveuglée par la colère. Ce n'est pas parce que je suis allée à New York que j'abandonne quoi que ce soit. C'est *ma* vie. Et je l'aime.

C'en est trop pour elle. Ses yeux s'écarquillent, son visage se fige un instant, puis elle secoue la tête, cherchant ses mots.

— Ne sois pas stupide, Charlotte ! Un garçon comme ça ne s'intéresse qu'à une seule chose. Je pensais que tu le savais. Je te croyais plus intelligente que ça. Que se passera-t-il, quand il se sera lassé de toi, et se mettra en quête d'une autre jeune fille naïve ? Ton cœur brisé fera la une de tous les tabloïds du pays ; chaque enseignant d'université, chaque employeur potentiel le saura. Peux-tu vraiment te tenir là devant moi et affirmer que c'est ce que tu veux ?

— Il n'est pas comme ça ! Et il n'est même pas question de moi. Mais de toi. Tu es terrifiée à l'idée que je finisse comme Mia ou maman, parce que, la vérité, c'est qu'elles ont toutes les deux fini comme *toi*. Tu as gâché ta vie en tombant enceinte trop jeune. Je ne vais pas gâcher la mienne… je ne suis pas comme toi. Et Tate n'est pas comme grand-père ou mon père ou celui de Leo.

— Ne me parle pas comme ça ! aboie-t-elle. Et ne me mens plus jamais, pas tant que tu vivras sous mon toit !

Elle se retourne et je ravale tous les mots qui ne demandent qu'à sortir. Je déteste ses règles, son obsession hypocrite de la perfection.

J'attends qu'elle ait fermé la porte de sa chambre, puis je hurle :

— J'ai été admise à Stanford, si ça intéresse quelqu'un !

Leo se met à pleurer, mais Mia le calme rapidement. Elle se tenait sûrement aux aguets pendant la dispute. Puis la maison retombe dans le silence.

Je m'affale sur mon lit et remonte les couvertures sur ma tête. Quand j'étais petite, je pensais que je disparaîtrais, si je fermais les yeux assez fort. Je m'imaginais dans un endroit nouveau, un endroit que j'avais découvert dans un livre.

Mais, alors que le monde s'ouvre enfin à moi, je me sens plus piégée que jamais.

Chapitre 21

Cinq jours plus tard, les choses ont à peine changé à la maison. Je ne me suis pas réconciliée avec grand-mère, mais je n'ai pas vu Tate non plus — ce n'est pas comme si je le pouvais, puisqu'il est à New York. Donc, match nul.

Le jeudi soir, je me rends à l'UCLA. Rebecca est déjà là, en train d'étiqueter des échantillons.

— Salut, dit-elle.

Je lui souris.

— Merci d'avoir commencé sans moi, Rebecca. C'est vraiment gentil de ta part. Je sais que j'ai souvent été en retard, ces derniers temps.

— Pas de souci. Je n'avais pas réalisé que tu étais…

Elle marque une pause, cherchant le mot juste.

— … célèbre.

— Ah ! À peine. C'est Tate qui est célèbre. Je me suis juste retrouvée sous le feu des projecteurs par association.

Elle hoche la tête, et je lui suis reconnaissante de ne pas poser d'autres questions. Elle sait depuis plus longtemps que les autres que je suis retournée avec Tate Collins. Elle était là, le jour où il est passé au laboratoire. Étrangement, c'est la seule personne à qui je n'ai pas menti. Pourtant, nous nous connaissons à peine, en dehors des banalités que nous échangeons durant les heures de laboratoire. Elle n'est pas du genre bavard et, à cet instant précis, j'en suis contente.

Au lycée, le lundi, Carlos a voulu tout savoir au sujet de New York, de Tate, de ce qui s'était passé à mon retour, de ma dispute avec ma grand-mère. Même si son inquiétude sincère m'a touchée, je n'ai pas voulu en parler. Depuis que je suis rentrée de New York, j'ai l'impression d'étouffer.

J'enfile ma blouse, lis les notes des deux étudiants de permanence avant nous, puis m'installe sur un tabouret pour aider Rebecca à étiqueter les échantillons. Dans une heure, il faudra qu'on transfère deux douzaines d'échantillons dans l'unité réfrigérée. Autant dire une éternité !

Pendant qu'on s'affaire, je songe à Tate. Au soir où nous nous sommes rencontrés. J'avais si peur de m'autoriser à ressentir quoi que ce soit pour lui ; j'étais si réticente à l'idée d'un rendez-vous. Toute ma vie, j'ai eu peur. Je me suis empêchée de vivre. Si j'étais née dans une famille plus conventionnelle, est-ce que je serais là, maintenant, à l'UCLA, en train de rédiger de stupides étiquettes pour des boîtes de Petri stupides, un projet stupide mené dans le seul but d'enrichir une candidature universitaire ?

Je baisse les yeux sur la boîte que je tiens à la main ; mes doigts tremblent légèrement. Je n'ai jamais pris le temps de me demander si c'était vraiment ce que je voulais. J'ai travaillé si dur pour être admise à Stanford — toutes les activités extrascolaires, les notes excellentes, les rédactions parfaites. Maintenant, je suis admise. Je pensais que je serais folle de joie, que l'euphorie de ma lettre d'admission durerait. J'ai obtenu ce que j'ai toujours voulu.

Mais si je désirais autre chose ?

Je jette un coup d'œil à Rebecca, qui trie méthodiquement les récipients en verre. Nous sommes tellement différentes ! Elle adore les expériences, les études sans fin, l'ordre et la précision. Peut-être que ce n'est pas mon cas, au fond… Peut-être que ce n'est pas moi. Le stage, le choix de carrière, peut-être que ce n'est pas ce que je veux. Pour la première fois, je doute. Et si, jusque-là, j'avais tout simplement ignoré qui j'étais et ce que je souhaitais vraiment ? Peut-être que je le découvre seulement maintenant.

Tremblant comme une feuille, je repose la boîte de Petri, recule d'un pas et enlève ma blouse. En silence, et de manière robotique, je ramasse mon sac posé sur une chaise.

Rebecca lève les yeux de son travail pour me regarder.

— Charlotte ?

— Il faut que j'y aille.

— Où ça ? On doit faire l'échange dans moins de quarante minutes.

— Je ne peux pas, je marmonne.

— Pourquoi ?

Je secoue la tête. J'ignore si je vais rire ou pleurer. Je me sens à la fois enivrée et étrangement lucide.

— Je suis désolée, Rebecca. Je te fais faux bond encore une fois. Mais c'est trop pour moi.

— Trop quoi ?

— Le labo, ce stage…

Ayant soudain besoin d'une bouffée d'air, je fonce vers la sortie et surgis sur le parking du bâtiment de science. Puis je lève la tête vers le ciel et me mets à rire.

***

À l'aéroport Van Nuys, la chaleur monte en vagues sur le tarmac, en cette fin d'après-midi.

L'avion de Tate effectue un cercle, commence sa descente et atterrit. Ça fait deux semaines que je ne l'ai pas vu, deux semaines depuis que j'ai quitté New York. Et je ne me suis pas sentie moi-même depuis.

Le jet s'arrête et la porte s'ouvre. Une vague d'excitation me submerge. Tate apparaît dans l'encadrement de la porte, une main en visière, portant une chemise verte en flanelle et un jean brut. Je cours vers lui, alors qu'il est encore dans l'escalier, et lui saute dans les bras, enfouissant mon visage dans son cou.

J'ai envisagé de tout lui raconter à son retour — le stage que j'ai laissé tomber, les paparazzis qui se pointent parfois à la sortie du lycée, la fille gothique, mais maintenant je me dis que rien de tout cela n'a d'importance.

La seule chose qui importe, c'est *nous*.

— Tu sens tellement bon ! me susurre-t-il à l'oreille.

— Tu m'as manqué.

Il me pose sur le tarmac, les mains sur mes hanches. Hank passe devant nous, me fait un clin d'œil, et dépose les bagages dans l'Escalade.

J'entraîne Tate vers la voiture, mais il m'arrête.

— Charlotte… J'ai quelque chose à te dire.

Le changement d'intonation m'alerte.

— Quoi ?

Il jette un coup d'œil vers le tarmac, où un autre avion s'arrête sur la piste.

— Je vais repartir en tournée pour promouvoir l'album. Rien d'extravagant, quelques concerts dans des lieux éphémères, mais on travaille déjà sur une tournée en Europe, pour plus tard.

— Quoi ? Quand ?

— Mon manager a fait jouer ses contacts. Je donne un concert-surprise ce soir, pour l'ouverture de December Valentine, au Staples Center.

— Ce soir ?

Je détourne le regard, essayant de masquer ma déception. Je sais qu'il a travaillé dur pour ça, et il mérite de retourner sur scène. Mais je ne pensais pas que les choses arriveraient si vite. Une petite partie de moi, égoïste, le veut rien que pour moi, un moment encore.

— Je sais que c'est rapide. Mais ils veulent créer du buzz autour de la sortie du nouvel album, dans quelques mois. Après, on aura quelques jours pour nous.

— C'est-à-dire ?

— Sacramento la semaine prochaine, Seattle quelques jours plus tard.

Tate m'appuie contre l'aile de la voiture et repousse mes cheveux de mes yeux. Son geste tendre n'apaise en rien le sentiment de frustration qui enfle dans ma poitrine.

— C'est grâce à toi, Charlotte. Je n'aurais pas pu reprendre le cours de ma vie sans toi, ni affronter d'autres salles de spectacle bondées, si tu ne m'avais pas dit qu'il était temps que je me pardonne.

Je sais que c'est ce qu'il veut ; je le vois dans ses yeux. Quelle ironie : parce que je l'ai inspiré, il se lance de nouveau dans les tournées, alors que tout ce que je veux, c'est qu'il reste près de moi.

— La tournée européenne durera combien de temps ?

— Un an… probablement.

Il s'interrompt et relâche mes cheveux.

— Ce ne sera pas facile. Toi, à Stanford, et moi sur la route, mais on fera en sorte que ça marche.

Je me tourne vers la vitre. C'est plus fort que moi, je repense à ce qu'il m'a dit à propos de sa dernière tournée — les fêtes, l'alcool, les filles. « Tu ne peux même pas imaginer ce qu'on ressent, quand on atteint ce niveau de célébrité... Tu crois que tu peux tout te permettre. »

— Je ne sais pas, Tate.

Je suis toujours face à la fenêtre.

— Un an, c'est long.

Surtout quand sa vie sera si intense — tant de tentations, tant d'occasions de retrouver ses anciennes habitudes.

Est-ce que je pourrai lui faire confiance ? Est-ce que notre couple survivra à une relation longue distance d'un an ? Ça me semble presque impossible, avec tant de forces qui travaillent contre nous.

— Ce sera dur, admet-il.

Il glisse un doigt sous mon menton pour m'obliger à tourner le visage vers lui. Sa bouche est tiède, douce et rassurante, alors qu'il essaie d'effacer mes doutes par un baiser. Je passe la main sur son crâne, le caresse pour me rappeler ses contours, son goût contre mes lèvres. Il vient à peine de rentrer et nos jours sont déjà comptés.

— On continuera de se voir, Charlotte. Ce sera juste moins souvent. Tu auras les vacances et les week-ends, et j'aurai le jet.

Mais mon esprit vagabonde déjà ; j'imagine l'année prochaine : moi, seule à Stanford, croulant sous les devoirs, en manque de sommeil, pendant qu'il voyagera de par le monde, les filles se faufilant en coulisses, suppliantes, prêtes à tout pour être avec lui.

— Et si on pouvait être ensemble tout le temps ? je demande.

Il recule pour m'observer.

— Charlotte… De quoi est-ce que tu parles ?

L'idée me trotte dans la tête depuis que j'ai quitté mon stage au labo. Le professeur Webb a essayé de m'appeler, me laissant des messages, mais je ne l'ai pas rappelé, ne sachant pas comment lui expliquer que je m'étais trompée de vie, que le stage, le labo, ce n'était plus ce que je voulais.

— Et si je n'allais pas à Stanford ?

— Mais tu *vas* à Stanford.

— Si je t'accompagnais en tournée à la place ?

Ma voix se fait plus aiguë. Ça ne me plaît pas, mais je m'en fiche.

— Tu ne peux pas laisser tomber la fac pour moi !

— Je ne laisse rien tomber. Je reporte d'un an. C'est courant, comme pratique.

Il détourne le regard.

— Non, Charlotte. Tu as travaillé trop dur pour être admise à Stanford.

— C'est ma décision, dis-je, plus sèchement que je l'aurais voulu.

On en est encore là ? Pourquoi est-ce que tout le monde, autour de moi, croit savoir ce qui est le mieux pour moi ?

— Je prends enfin mes propres décisions. Je pensais que tu comprendrais.

— Je comprends, mais…

Son regard se pose sur un point, de l'autre côté du tarmac, et je sens ma frustration atteindre son point de rupture.

— Tate, je t'aime. Je sais que c'est dur à entendre pour toi, mais je veux que tu saches ce que je ressens. C'est la bonne décision pour moi. Pour nous.

Je veux qu'il me regarde, qu'il voie à quel point je suis sérieuse.

— Je ne veux pas attendre simplement que tu me fasses de la place dans ton planning. Ça a déjà été suffisamment difficile, ces dernières semaines. J'ai eu un mal fou à me concentrer, au lycée. J'aurai toujours ma place à Stanford, dans un an.

— T ! appelle Hank, de l'autre côté de la voiture. C'est l'heure.

Tate hoche la tête et ses yeux croisent enfin les miens, si tourmentés que j'ai l'impression d'être de retour sur la terrasse du penthouse, par cette nuit pluvieuse. Il ouvre la bouche et, l'espace d'un instant, j'espère qu'il va dire ce que j'ai envie d'entendre. Mais je déchante.

— Il faut que j'y aille, Charlotte. J'ai des prises de son dans quelques heures et je dois me préparer.

Mon estomac se noue.

Il soupire, ferme les yeux brièvement. Ce que je pensais avoir vu a disparu quand il les rouvre.

— Ce sera fun, ce soir. Promis. Je mettrai ton nom sur la liste, pour que tu viennes en coulisses. À 20 heures, présente-toi aux portes de l'entrée sud, ils te laisseront passer.

— Et après ?

— On ira chez moi. On discutera de la suite. On trouvera une solution.

Ces mots, je suis contente de les entendre, mais son regard est si vide que j'en frissonne malgré moi.

Il m'embrasse sur les lèvres, un baiser rapide, tout d'abord, puis un autre, plus long, et se baisse pour entrer à l'arrière du SUV. Hank et lui me ramènent au parking de l'aéroport, où ma voiture attend.

Je descends et regarde l'Escalade s'éloigner en essayant de me réjouir du concert. Mon petit ami rock star m'emmène en coulisses pour son grand retour sur scène. Franchement, que demander de plus ? *Rien*, me dis-je. Ensuite, j'essaie de m'en convaincre, et d'ignorer la sensation que tout va de travers entre nous.

Chapitre 22

La porte de la chambre se referme derrière moi. J'emprunte le couloir sur la pointe des pieds jusqu'au salon. Mia est sur le canapé en train d'envoyer des textos. Leo est assis près d'elle ; il joue avec un éléphant en peluche qui fait du bruit chaque fois qu'il le secoue.

— Il paraît que Tate est de retour en ville, dit Mia, me prenant en flagrant délit, alors que je traverse furtivement la cuisine.

Les médias doivent savoir qu'il est rentré et elle a probablement déjà lu des articles à ce sujet sur ses sites de potins de stars préférés.

La poignée de la porte d'entrée est fraîche sous ma paume et je la serre — symbole de ma liberté.

— Oui, il est rentré.

Mais je ne lui dis pas que j'étais là, quand il a atterri à L.A.

— Tu vas le voir, c'est ça ? demande-t-elle, comme si elle pouvait deviner mes intentions d'un simple coup d'œil.

Mon jean slim noir, mon chemisier blanc et mes chaussures à talons n'aident sûrement pas non plus.

Je lui lance un regard suppliant.

— S'il te plaît, ne dis rien à grand-mère, Mia.

Elle pince les lèvres en signe de désapprobation. Elle pense la même chose que Carlos à propos de Tate : il m'a blessée trop de fois, c'est une erreur de continuer à sortir avec lui. Mais c'est ma sœur, elle voit combien je l'aime — elle sait ce que c'est. Alors elle hoche la tête.

— D'accord, dit-elle à voix basse. Mais tu ferais mieux de te dépêcher avant que…

Elle ne finit pas sa phrase, car grand-mère apparaît dans l'embrasure de la porte. Elle a dû nous entendre discuter de sa chambre.

— Où vas-tu ? me demande-t-elle.

Mes yeux glissent rapidement de Mia vers elle. Je sens un pincement au cœur en voyant à quel point son regard est dur.

— Je sors.

Et je me dépêche d'ouvrir la porte en grand et de m'échapper dans la nuit.

Je l'entends qui m'appelle, mais je cours jusqu'à ma voiture. Je sais qu'elle ne me suivra pas, je me presse néanmoins d'enfoncer la clé dans le contact. Je démarre en trombe, l'adrénaline battant toujours dans mes veines.

Mon téléphone sonne dans mon sac posé sur le siège passager, et je le sors pour consulter l'écran. C'est elle. J'appuie sur IGNORER.

Elle va probablement me punir jusqu'à la fin de l'année scolaire, mais ça n'a pas d'importance. Mon diplôme en poche, je compte partir, de toute façon. Je ravale le chagrin qui me monte à la gorge en pensant à la mauvaise tournure qu'a prise notre relation. J'allume la radio, espérant que le son noiera mon sentiment de culpabilité.

La circulation est dense ; une suite de feux rouges et de voitures qui avancent pare-chocs contre pare-chocs me ralentissent. Je quitte la 101, espérant me faufiler par les petites rues, mais ne vais guère plus vite. J'aurais dû partir plus tôt, anticiper. J'ai l'impression d'avoir eu un train de retard toute la journée.

Quand j'arrive enfin, un gardien de parking me dirige vers une place pas trop loin de l'entrée principale. Mais le spectacle a déjà commencé ; j'entends le buzz de musique amplifié qui s'élève de la salle de concert, sens l'air qui vibre. Je cours, me maudissant d'être autant en retard.

Je ne me présente pas à l'entrée principale, où les lumières du logo du Staples Center enveloppent les alentours de rouge et de bleu. Au lieu de ça, je longe le mur extérieur en courant jusqu'à la porte sud. Je suis nerveuse. J'ai l'impression que l'avenir de notre relation dépend de la prestation de Tate sur scène, que, si je rate le spectacle, quelque chose de terrible se produira.

Les doubles portes sont baignées d'une lueur blafarde contre le mur gris de béton. Le mot SORTIE se détache en blanc et rouge. C'est beaucoup plus confidentiel que l'entrée principale.

Je frappe deux fois.

Rien.

Je frappe encore. Toujours rien. Une voiture tourne en rond sur le parking, probablement à la recherche d'une place.

Je m'appuie sur le battant et presse l'oreille contre le métal froid. Je n'entends rien, de l'autre côté. Peut-être que ce n'est pas le bon endroit.

Puis la porte tremble et s'ouvre brusquement. Je recule d'un pas, pour ne pas me la prendre en pleine figure. Un homme à l'allure officielle, qui porte un bouc, se tient dans l'embrasure.

— Ouais ? demande-t-il distraitement, regardant au-dessus de ma tête, comme s'il attendait quelqu'un d'autre.

Il porte autour du cou plusieurs laissez-passer de couleurs différentes, autorisations qui le consacrent gardien des coulisses.

— Je suis sur la liste, je réponds.

J'ai la sensation d'être dans l'un de ces films où la groupie essaie de se faufiler dans le staff pour coucher avec la rock star. Sauf que je ne suis pas une groupie, je suis sa petite amie.

— Quelle liste ? demande-t-il, grattant les favoris qui menacent de recouvrir tout son visage.

— Tate m'a dit de me présenter ici, dis-je, avec plus d'assurance que je n'en ai en réalité. Je suis Charlotte Reed. Mon nom devrait être sur une liste.

Son regard est assombri par le faible éclairage au-dessus des portes. Dans le couloir sombre et vide derrière lui, je peux entendre la réverbération du concert qui résonne.

Il sort un feuillet blanc plié de sa poche de poitrine. Il l'ouvre et je vois quelques noms imprimés de l'autre côté. Une demi-douzaine.

— Reed, tu dis ?

— Charlotte Reed.

Il me jette un coup d'œil.

— Je te reconnais. Tu es sa nouvelle nana.

J'acquiesce, des papillons dans l'estomac, mélange d'excitation et de nervosité.

Il replie le papier et le remet dans sa poche.

— Désolé. Tu n'es pas sur la liste.

Il commence à reculer dans le couloir, mais je l'arrête.

— Non !

J'agrippe le bord de la porte pour l'empêcher de se refermer.

— Attendez, je sais que j'y suis.

— Désolée, chérie, tu n'y es pas.

— Pouvez-vous revérifier ?

— Pas besoin.

— Mais vous me reconnaissez ! Vous savez qui je suis ! C'est sûrement une erreur. Je suis censée être à l'intérieur en ce moment même. Tate m'attend.

— Pour autant que je sache, il t'a larguée plus tôt dans la soirée et tu essaies d'entrer pour saccager sa loge.

Il saisit lui aussi le bord de la porte.

— Si tu n'es pas sur la liste, tu n'entres pas.

Il tire et j'ôte la main juste avant que le battant métallique ne se referme dans un claquement.

— Attendez !

Je crie, je martèle, donne des coups de pied du bout de mon escarpin, mais il ne revient pas.

Maudissant mon choix de chaussures, je retourne au pas de course à l'entrée principale, où les portes vitrées projettent une lumière blanche aveuglante et fluorescente.

À l'intérieur, plusieurs personnes en uniforme noir discutent entre elles. Je m'approche de l'une des femmes qui se tiennent devant une affiche de Tate.

Elle tend la main sans me regarder.

— Billet ?

— Je n'en ai pas. Je suis censée être sur une liste.

— Vous avez acheté vos billets à l'avance ? demande-t-elle, toujours sans me regarder directement.

Je réponds plus fermement :

— Non. Je suis sur une liste.

Elle finit par lever la tête et plisse les yeux.

— Désolée, il n'y a pas de liste, ici.

— S'il vous plaît. Y a-t-il quelqu'un à qui je puisse parler ?

— Pas à cette entrée.

— Il doit bien y avoir une liste pour les admissions en coulisses, ou quelque chose dans le genre. Vous pouvez appeler quelqu'un ?

Elle pousse un soupir exagéré, et demande, agacée :

— Nom ?

Je m'empresse de répondre :

— Charlotte Reed.

— Attendez ici.

Elle rejoint, avec une lenteur insoutenable, un homme qui se tient près des escalators. Il approche son portable de son oreille. Je n'entends pas ce qu'il dit, mais il vérifie clairement mon nom. Voilà le moment que j'attendais ; ils vont enfin me laisser passer.

Après quelques secondes qui me semble durer une heure, il raccroche et la femme revient vers moi. J'ai l'impression que je vais exploser, si elle ne marche pas plus vite. D'ici, je peux entendre Tate qui chante sur scène. Sa voix est facilement reconnaissable, cette voix qui a murmuré des mots à mon oreille, qui résonne maintenant à travers le Staples Center… Et je ne peux pas l'atteindre !

— Vous n'êtes sur aucune liste, nulle part… dans aucun endroit du bâtiment, dit-elle d'un air presque théâtral, comme pour mieux faire passer le message.

Impossible.

Je ressors par les portes principales et retourne à l'entrée sud.

J'y suis presque, quand j'aperçois un groupe de filles — cinq ou six — qui se tiennent devant. L'homme aux favoris réapparaît, le couloir derrière lui projetant une lumière fluorescente sur leurs visages. Je m'attends à ce qu'il les refoule.

Mais il les laisse passer.

Elles entrent, tout en longues jambes, cheveux souples, brillants, et talons deux fois plus hauts que les miens. La porte commence à se refermer ; je pique alors un sprint et l'attrape avant qu'elle claque.

Je m'apprête à me glisser à l'intérieur, quand une main agrippe mon poignet et me fait reculer.

— Je crois pas, non, dit le cerbère.

— Mais ces filles ! Vous les avez laissées entrer !

— Écoute, chérie, c'est mon boulot de m'assurer que les folles restent dehors.

— Je ne suis pas…

Je déglutis, tentant de me ressaisir.

— Je n'essaie pas d'entrer en douce. Tate m'a demandé de venir à cette porte ; il a dit que je serais sur une liste. Alors, je ne sais pas quelle liste de merde vous regardez, mais c'est impossible que ces nanas soient dessus et moi pas.

Ma gorge se serre sur les derniers mots.

— Regardez encore !

Mon ton impérieux le surprend, et il fait un pas en arrière. Un petit sourire se peint sur ses lèvres, et je me dis qu'il va de nouveau consulter sa foutue feuille de papier ou, mieux encore, me laisser passer.

— Mais c'est qu'on insiste, dis donc ?

— Est-ce que vous pourriez au moins aller chercher Hank, son garde du corps ? Je suis sûre qu'il est là. Il me connaît.

Pourquoi n'ai-je pas son numéro dans mon téléphone ? Je demanderai à Tate de me le donner, pour qu'un tel incident ne se reproduise pas.

Le sourire de l'homme disparaît.

— Écoute, ma jolie. Ne frappe plus à cette porte ou j'appelle la police.

Et il referme derrière lui avec une telle conviction que j'en sursaute.

Merde.

Je me tourne et m'appuie contre la porte, penchant la tête sous le halo de lumière et me passant les doigts dans les cheveux.

Une vague de cris émerge soudain de l'intérieur de la salle de concert, puis se calme, alors qu'une guitare acoustique commence à jouer. Je ne peux pas rester là, à écouter de l'extérieur. C'est de la torture. Alors je me redresse et retourne vers le parking, devant un gardien et les quelques derniers détenteurs de billets qui courent vers l'entrée principale.

Je ne peux pas croire que ça arrive !

Le ciel est voilé de nuages ; il va pleuvoir. Je sors mon téléphone et lui envoie un texto :

Pas pu entrer. Pas sur la liste.

Mais je sais qu'il ne répondra pas. Il est sur scène, en plein concert… et je rate tout.

Des chansons que je ne connais pas et des mélodies somptueuses filtrent dans la nuit. Des projecteurs blancs lumineux sortent en ligne droite du toit, tourbillonnent et tournoient comme des lucioles sur les nuages, tel un flambeau qui signale au monde extérieur que quelque chose d'important se déroule dans le stade ce soir : Tate Collins est de retour.

J'écoute trois chansons d'affilée. Je bouillonne de rage. Je suis coincée là, dehors, et je suis complètement impuissante !

Chapitre 23

J'arrive chez Tate et entre le code de la grille, sauvegardé dans mon téléphone, depuis le jour où il me l'a envoyé par texto.

Il pleut des cordes et mes essuie-glaces repoussent furieusement l'eau qui éclabousse le pare-brise. Il est encore tôt pour les pluies de printemps, mais cette averse est la bienvenue, une brève accalmie de la chaleur sèche californienne.

Je me gare et éteins le moteur.

Aucune lumière dans la maison.

Je traverse en courant l'allée centrale, les mains au-dessus de la tête pour me protéger de la pluie, et j'essaie d'ouvrir la porte : fermée. Je sonne, même si je sais que Hank est au concert avec Tate, et qu'il n'y a pas de majordome, de femme de ménage ou de personnel pour répondre. Je jette un coup d'œil à ma voiture. Il ne sera peut-être pas rentré avant une heure ou plus. Puis je me rappelle la baie vitrée.

Je pousse le portail du côté gauche de la maison et gagne à toute vitesse le chemin de pierre éclairé de minuscules lampes solaires. J'émerge à côté de la piscine d'un bleu nacré, sa surface vibrant avec chaque goutte de pluie. Je ne me suis jamais trouvée ici sans Tate, et l'obscurité me paraît soudain inquiétante. Je me dépêche de chasser cette pensée.

Je cours jusqu'aux baies, qui s'ouvrent. À l'intérieur, je m'adosse à la vitre, faisant tomber de l'eau sur le sol. Je savoure le fait d'être au sec. Je tâtonne sur le mur à ma droite, à la recherche d'un interrupteur, quand mon pied entre en collision avec la table basse. Je titube et recule.

Merde.

Je masse mon gros orteil droit, vulnérable dans mes escarpins noirs. Je n'ai toujours pas l'habitude de porter des talons. Je m'agenouille, pose la main sur le bord de la table basse pour garder l'équilibre, et cherche jusqu'à ce que je trouve une large télécommande. Dès que je la touche, tous les boutons s'allument. J'appuie sur celui marqué FEU et la cheminée se met en route. J'ai assez de lumière pour distinguer les meubles.

Je consulte mon portable. Pas d'appel manqué ni de texto de Tate.

Il doit être encore sur scène, ou en train de donner des interviews, de signer des autographes ou d'essayer de sortir du stade sans être assailli par la foule.

Je me dirige vers l'escalier ; mes talons claquent sur la pierre.

Au bout du couloir, au premier étage, derrière deux portes doubles, se trouve la chambre principale. Je n'y suis entrée qu'une seule fois. Le souvenir de cette nuit-là me fait monter le rouge aux joues, et je caresse du doigt le bracelet qu'il m'a offert juste avant de me conduire dans cette pièce.

La faible lumière du plafonnier est suffisante pour me donner une vue d'ensemble de toute la pièce. Je passe une main sur l'édredon, le tissu est doux et soyeux sous mes doigts. Des portes coulissantes s'ouvrent sur un patio. Je pose une main sur la vitre et regarde tomber la pluie. J'attends.

Une heure s'écoule. Je m'assieds au bord du lit, puis m'affale de nouveau sur l'édredon, écoutant la pluie battre contre le toit.

J'envisage d'écrire un texto à Carlos, mais je ne lui ai pas encore parlé de ma décision de repousser Stanford. Je n'ose même pas imaginer sa réaction.

À la place, allongée, le portable au-dessus de mon visage, j'envoie un autre texto à Tate :

Où es-tu ?

Toutes les cinq minutes, je m'assieds et consulte mon téléphone, certaine d'avoir manqué un appel ou un SMS. Mais il n'y a rien.

Pourquoi n'a-t-il pas encore appelé ?

Une idée me vient alors. J'ouvre une page Web sur mon téléphone et tape « Tate Collins ». Des messages postés sur les réseaux sociaux apparaissent immédiatement : des filles qui tweetent leur présence au concert, des photos granuleuses de Tate sur scène, via Instagram. Je fais défiler les images. Il y a des photos de lui en train de quitter le Staples Center, grimpant à l'intérieur d'un SUV noir, les filles, visiblement indifférentes à la pluie, amassées autour de la voiture.

Puis la nature des photos change. Tate est toujours en jean et T-shirt noir, mais le cadre est différent. Il est en boîte de nuit, assis sur une banquette, les lumières braquées sur son visage. Entouré… d'une demi-douzaine de filles.

Avec frénésie, j'ouvre plusieurs autres images, toutes datées de ce soir : Tate descendant des shots d'alcool, sa montre de platine brillant dans la lumière comme il penche la tête pour les avaler, les uns après les autres ; Tate, une rousse pressée contre lui, qui lui murmure à son oreille ; Tate qui fait la fête ; Tate qui n'est pas là… Tate qui n'est pas avec moi.

Qu'est-ce qu'il fabrique ?

J'agrippe plus fort mon téléphone et mes mains commencent à trembler ; une douleur me vrille l'arrière du crâne.

Il est en boîte de nuit, en ce moment même, en train de faire la fête avec d'autres filles. Puis la vérité s'impose à moi : il ne voulait pas de moi au concert. Il n'y avait pas d'erreur. Je n'ai pas pu entrer parce qu'il n'avait pas inscrit mon nom sur la liste. Il ne voulait pas de moi là-bas. Il ne veut pas de moi à ses côtés maintenant non plus. C'est pour ça qu'il n'est pas rentré après le concert.

Il faut que je m'en aille d'ici. Je refuse qu'il me découvre dans sa chambre, à l'attendre comme une petite amie obsédée et trop bête pour comprendre. Pas si différente d'Ella St. John, finalement.

Mes ongles s'enfoncent dans ma paume, et je me relève en tremblant. J'éteins mon téléphone et le fourre dans ma poche. Je revois le visage de Tate à l'aéroport, son expression, quand je lui ai annoncé que je voulais reporter mon entrée à l'université et l'accompagner en tournée. Quand je lui ai dit que je l'aimais. Son air soudain impénétrable, ses yeux qui pouvaient à peine croiser les miens.

Je commence à avoir très mal au crâne. Je l'ai laissé se moquer de moi. Encore.

Je suis tellement idiote. Tellement, tellement idiote !

Je descends l'escalier et sors à toute vitesse, désespérée de quitter les lieux, mais convaincue qu'il va ramener ces filles ici et que je serai terriblement embarrassée.

Je refuse de lui donner cette satisfaction. J'essaie de retenir mes larmes, mais ma vue se brouille. Ma voiture tangue devant moi, floue dans la pluie qui continue de tomber. Je m'agrippe au capot — l'espace d'un instant, c'est la seule chose qui m'aide à tenir debout.

J'avance vers la portière, essuyant rageusement mes larmes de mon avant-bras. Je regrette d'être en talons, de m'être habillée pour lui. De porter une tenue qu'il m'a achetée à Barneys. À cause de lui, je suis tombée amoureuse ; à cause de lui, j'ai commis les mêmes erreurs que les autres femmes de ma famille et suis passée pour une imbécile ; à cause de lui, j'ai brisé les promesses que je m'étais faites toutes ces années. Je le hais.

Les larmes brouillent ma vision et je tends le bras pour ouvrir la portière. J'entends alors quelque chose derrière moi. Des bruits de pas, une courte inspiration. Je m'arrête et me tourne, le sang figé dans les veines, la bouche entrouverte.

Une silhouette floue se tient à quelques mètres, au-delà du cercle de lumière qui émane du porche. Je pourrais presque l'imaginer : née de la peur grandissante qui remonte le long de ma colonne vertébrale, réveille chacune de mes terminaisons nerveuses et fait se contracter les muscles de mon corps. Je me frotte à nouveau les yeux pour chasser les larmes, pour réussir à distinguer la silhouette dans les branches alentour.

Elle fait un pas en avant, et je sais que je ne l'ai pas imaginée.

Les battements de mon cœur s'accélèrent.

— Tate ? je demande, le souffle court, détestant le désespoir dans ma voix.

La silhouette avance de quelques pas rapides. Et en un instant, je comprends que ce n'est pas Tate. C'est quelqu'un de menu. Quelqu'un qui approche, traverse l'allée pour apparaître finalement sous la faible lumière du porche.

Je la reconnais.

C'est la fille que j'ai croisée dans les toilettes de l'aéroport et celles du Lone Bean. Les mêmes cheveux courts noirs, les mêmes taches de rousseur, la même peau très blanche. Elle porte un sweat noir à capuche et un jean noir : une tenue de camouflage idéale pour se tapir dans l'obscurité.

— Qu'est-ce que tu fais là ?

Elle ne répond pas.

J'insiste :

— Tu n'es pas censée être ici.

Je tends la main derrière moi pour attraper la poignée de ma portière, mais elle est verrouillée.

— Je t'ai suivie, rétorque-t-elle.

Un sentiment de panique commence à m'envahir. Mes yeux dévient vers ma portière : en combien de temps puis-je sortir les clés ?

— N'y pense même pas, dit-elle, devinant mon intention.

Je la regarde de nouveau. La pluie se calme légèrement et je peux mieux la voir. Ses yeux me fixent sans cligner.

J'essaie de gagner du temps, pendant que je tends lentement la main vers mon sac.

— Pourquoi est-ce que tu me suis ?

— J'ai essayé de te prévenir.

Ses bras sont raides le long de son corps, et sa main gauche commence à courir nerveusement le long de son jean noir.

— Ensuite, je t'ai vue, au concert. Tu essayais de te faufiler en coulisses.

Elle continue de me fixer.

— Tu ne vas pas t'éloigner de lui. Je m'en rends compte maintenant.

— Tu as tort, dis-je, la voix tremblante. Tate et moi, c'est terminé. On n'est plus ensemble.

— Menteuse ! crache-t-elle dans un hoquet indigné.

— C'est la vérité.

Ma main gauche tâtonne dans mon sac à la recherche de mes clés, mais je n'arrive pas à les localiser.

Elle plisse les yeux.

— Je l'aime depuis plus longtemps que toi. Que n'importe qui. J'ai vu son tout premier concert à L.A. J'avais quatorze ans. J'étais au premier rang et il m'a touché la main, il m'a regardée comme s'il me voyait vraiment. Comme personne ne m'avait jamais regardée. J'ai su alors que lui et moi, nous étions faits l'un pour l'autre. C'est juste une question de temps ; on finira par se revoir, et il saura que je suis la femme de sa vie.

Il faut que je parte d'ici, que j'appelle la police, trouve Tate et le prévienne. Peu importe ce qu'il m'a fait, il ne peut pas rentrer et découvrir cette fille instable chez lui. Elle pourrait le blesser, retourner sa colère et sa folie contre lui.

— Je te le laisse, dis-je.

Mais ses traits se durcissent et son visage pâlit encore plus. Elle fait un autre pas vers moi.

— Il sera à moi !

Et elle ajoute :

— Une fois que tu auras disparu.

Mes doigts se resserrent enfin autour de ma clé de voiture. Je fais volte-face, l'enfonce dans la serrure, et attrape la poignée. Le temps semble s'accélérer, pourtant, j'ai l'impression d'avancer au ralenti : j'ouvre d'un coup sec, mais la fille est trop rapide. Elle fonce sur moi, les mains autour de ma gorge. La portière se referme dans un claquement. Mes poumons se serrent, je suffoque.

Pendant une seconde, je suis tellement abasourdie que je

reste engourdie, les bras le long du corps. Ma vision commence déjà à se brouiller. Puis la sensation de panique qui me gagne me fait réagir, et je plaque les mains sur son visage pour essayer de la repousser. Ça ne fonctionne pas, et on bascule vers l'avant de la voiture. Ses mains sont autour de mon cou, et mes talons dérapent sur le pavé mouillé. Comme je me débats, nous glissons toutes les deux sur l'aile, et titubons dans l'obscurité. Mais la force de son corps est trop puissante et mes jambes se dérobent sous moi.

Nous tombons sur le béton. De petits points blancs apparaissent devant mes yeux et l'arrière de ma tête me lance, la chaleur se répandant dans mon crâne.

J'ouvre la bouche pour parler, pour lui hurler d'arrêter, mais aucun son n'en sort.

Je croise son regard, à quelques centimètres du mien, ses pupilles, noires comme du charbon, sont extrêmement dilatées, comme si elle me voyait sans me voir — elle a le regard vide mais satisfait. Ses mains resserrent leur pression autour de ma gorge, appuient, s'enfoncent, déterminées à m'ôter la vie. Et tout commence à ralentir. Je halète, donne des coups de pied, griffe, mais un rictus se peint sur son visage, une grimace entre le rire et les larmes.

Mes ongles griffent ses joues, arrachent des fragments de peau, mais bientôt je sens la force me quitter ; ma vision tangue, tachetée de points rouges.

Tout commence à disparaître, à s'évaporer, comme si un immense rideau noir s'abattait sur moi et m'enveloppait.

Les nuages s'éloignent, s'estompent. Le ciel est magnifique, noir et parsemé de lumières minuscules. Des étoiles. Rien d'autre que des étoiles. C'est ce que je vois. Une pluie d'étoiles qui se consument, touchent ma peau, recouvrent tout autour de moi.

Le ciel se voile. Des taches de lumière éclatent devant mes yeux.

Le monde se fait brumeux.

Puis tout devient noir.

La première chose que je sens, c'est mon cœur qui bat. Il martèle contre mes articulations, contre chacun de mes os, chaque fragment de tissu. Réduisant mon corps en miettes.

J'essaie d'ouvrir les yeux. Mes paupières sont collantes et moites. Le ciel vacille au-dessus de moi.

Il y a un amas de cheveux sombres — la fille, toujours au-dessus de moi. Et soudain, un relâchement de la pression — son corps qu'on détache du mien, ses mains qui desserrent mon cou. Mais je suis incapable de bouger. Mes jambes sont comme des enclumes. J'ai des picotements dans les bras. Ma tête est encore plus douloureuse qu'avant.

Quelqu'un crie : la fille, je pense.

Je perçois du mouvement, des pieds contre le béton, des mains qui tirent, se débattent.

Je réalise que mes paupières se sont refermées et je me force à les rouvrir. Un visage apparaît. Je tressaille, m'attendant à ce que ce soit encore mon assaillante, venue finir ce qu'elle a commencé. Venue me tuer pour de bon, cette fois. Mais ce n'est pas elle.

C'est Tate.

Ses lèvres remuent. Ses yeux sont comme un océan sans fond, et je veux m'y noyer. Il dit quelque chose, mais je suis incapable de déchiffrer ses paroles. Puis ses bras me soulèvent, et je me sens aussi légère que l'air. Je le laisse m'emporter, la tête appuyée contre sa poitrine.

L'obscurité m'enveloppe une fois de plus, et je n'entends plus rien d'autre que le cœur de Tate qui bat à mon oreille.

Le bip régulier d'un moniteur cardiaque me réveille. Suis-je à l'hôpital ? J'ouvre les yeux et Tate apparaît. Le soulagement m'envahit, jusqu'à ce que je me souvienne des événements de la soirée.

— Salut, dis-je, la voix rauque, comme passée au papier de verre.

— Salut.

Il sourit faiblement.

— Comment te sens-tu ?

Je ferme les yeux et fais l'inventaire. Les douleurs sont toujours là — ma tête, ma gorge, mon dos à l'endroit où j'ai heurté le béton —, mais atténuées. Je m'aperçois alors que je suis sous perfusion. Pas de doute, je suis bien à l'hôpital.

— J'ai connu des jours meilleurs. Je suis là depuis combien de temps ?

— Quelques heures. Tu as des blessures à la gorge, peut-être une commotion cérébrale, alors ils veulent te garder en observation cette nuit. D'après eux, tu as eu beaucoup de chance.

Il grimace, comme s'il ne partageait pas leur avis.

— Ta famille est à l'accueil avec Hank, en train de parler avec la police. As-tu besoin de quelque chose ? Un médecin ? Je devrais leur dire que tu es réveillée.

— Ils s'en rendront compte, dis-je. Ces moniteurs doivent bien servir à quelque chose.

Ça me fait mal de le voir ici, sachant où il était encore peu avant, dans cette boîte de nuit avec d'autres filles. C'est une douleur qui n'a rien à voir avec la douleur physique. Et pourtant je ne veux pas qu'il parte. Pas encore.

Il passe la main sur sa nuque, et nos regards se croisent. Mais ce ne sont pas les yeux dont je me rappelle — les yeux de quelqu'un qui ne peut pas vivre sans moi. Ce sont les yeux de quelqu'un qui m'a déjà quittée.

— Charlotte…, murmure-t-il. Je suis tellement désolé ! Je n'étais pas du tout au courant pour cette fille. J'ignorais que j'avais une harceleuse, encore moins qu'elle s'en prendrait à toi. Je n'ai jamais voulu qu'une telle chose se produise. Je ne serais jamais retourné sous l'œil du public, si j'avais su que ça ferait de toi une cible. Tu as…

— Je n'étais pas sur la liste, dis-je avec difficulté, ma gorge douloureuse.

Il ne dit rien.

— J'ai vu d'autres filles entrer, mais moi je ne pouvais pas.

Ma voix est éraillée et rauque.

— Tu imagines combien ça a été humiliant ?

Son visage se raidit et ses yeux fixent le sol.

— Tu devrais te reposer, me conseille-t-il, au lieu d'admettre ce qui s'est passé, et qu'il m'a tout simplement évincée de sa vie, de la pire des façons. On parlera de ça plus tard, quand tu seras remise sur pied. Quand ta voix… quand tu te sentiras mieux.

J'envisage brièvement de lui demander d'appeler le médecin, finalement — ils peuvent sûrement m'administrer assez de morphine pour atténuer la douleur qui m'attend.

À la place, je détaille ses yeux fatigués, sa mâchoire crispée.

— Je ne crois pas qu'il y aura un « plus tard » pour nous, Tate. Je me trompe ?

— Charlotte, tu ne… je ne…

Je veux qu'il s'arrête là. Mais il poursuit :

— Tu ne sauras jamais à quel point je suis désolé de ce que je t'ai fait, ce soir. Mais je ne peux pas te laisser abandonner la fac pour moi. Tes rêves, tout ce pour quoi tu as travaillé toute ta vie. Tu as dit que tu m'aimais et, crois-moi, ça signifie énormément pour moi. Mais que se passera-t-il, quand tu en auras marre d'être sur la route, de vivre à l'étroit dans un car de tournée, de passer des heures en coulisses ou dans le foyer des acteurs, traversant tant de villes et de pays que tu en perdras le fil ? Quand chaque salle de spectacle sera identique à la précédente ? Que se passera-t-il, quand le sentiment de nouveauté se sera évaporé et que tu commenceras à m'en vouloir de t'avoir éloignée de la vie que tu étais censée mener ? Et qui sait combien d'autres fans cinglés il y a, dehors ? Il faut bien admettre que je n'ai pas eu de chance dans ce domaine. Tu crois que j'ai envie de prendre le risque que ce qui t'est arrivé ce soir se reproduise ? Ça ne peut pas marcher, Charlotte. Tu dois aller à Stanford, où tu as ta place. Où tu seras en sécurité.

Il serre la barre de métal de mon lit d'hôpital si fort que ses articulations deviennent blanches.

Je devrais me sentir soulagée d'entendre l'explication que je n'ai pas eue avant le concert : qu'il s'est inquiété de ma sécurité, de ma protection, même si, pour cela, il a dû me briser le cœur. Mais, à la place, je ressens seulement de la colère, pire, une rage dévorante qu'une fois de plus sa crainte de me blesser nous sépare.

— Tu prends la décision pour moi, c'est ça ? Peu importe

ce que je veux, ce dont j'ai besoin, ou que je t'aie assuré que je pouvais le supporter. C'est toi qui décides, une fois de plus.

Il lâche la barre de métal et se redresse.

Il est tellement beau…

Même maintenant, alors que chacun de ses mots me fait mal, je ne peux pas m'empêcher de l'admirer. Ça rend les choses encore plus douloureuses.

— J'aimerais qu'il en soit autrement, dit-il, le regard fuyant. Mais c'est plus simple si…

Il se mordille la lèvre.

— … On en reste là, je conclus pour lui, la douleur battant à mes tempes.

Il hoche la tête.

— Je ne peux pas vivre en te regardant sacrifier ton avenir pour moi. Et tu as raison, tu mérites mieux qu'un week-end par-ci par-là. Il n'y a pas de compromis possible, Charlotte.

L'espace d'un instant, je suis incapable de lui répondre. Les larmes que je m'efforce de retenir brûlent mes yeux, mes lèvres tremblent.

— Il n'y a jamais eu de compromis possible avec toi. C'est toujours tout ou rien.

J'agrippe le drap, le serre fort dans mes poings, et prends mon courage à deux mains.

— Va-t'en, s'il te plaît.

Un faible son s'échappe de ses lèvres, moitié protestation, moitié soupir.

— Je suis désolé, Charlotte. Pour tout.

Ses doigts parcourent le bord du lit, si près qu'il pourrait me toucher, les faire glisser le long de mon bras nu et m'embrasser. Mais il n'en fait rien. Il retire sa main et se tourne vers la porte.

Puis il s'arrête, le dos rigide. Je pense qu'il va se retourner une dernière fois, ajouter autre chose, juste une dernière parole pour tout arranger, pour faire en sorte que ça ne fasse pas si mal.

Mais il sort dans le couloir, il sort de ma vie.

Et je m'effondre.

Chapitre 24

Grand-mère et Mia me ramènent chez nous, le lendemain. Assise sur le siège passager, je ne dis pas un mot. Tout semble atténué autour de moi, telles des aquarelles sur une page blanche.

En arrivant, je traverse le salon et le couloir en rasant les murs. Même cette maison me paraît étrangère, l'ancienne Charlotte qui vivait là est devenue une personne que je ne reconnais plus.

— Est-ce que ça va ? me demande Mia, qui m'a suivie.

J'entends grand-mère, au bout du couloir, qui couche Leo pour sa sieste.

— Non, dis-je, m'effondrant sur mon lit et lui tournant le dos.

Je l'entends respirer, sens sa présence, mais je ne la regarde pas. Elle finit par s'en aller en refermant la porte derrière elle.

Je passe trois jours au lit. Mia m'apporte à manger, me demande comment je vais, essaie de m'inciter à me lever, mais je n'en ai tout simplement pas la force. Elle m'amène Leo, pour me remonter le moral. Il attrape mon doigt et je me sens un tout petit peu mieux. Grand-mère est étonnamment compréhensive. Elle n'a pas mentionné Tate une seule fois.

Carlos passe me voir tous les jours après les cours. Il n'essaie pas de me remonter le moral, comme il l'aurait fait en temps normal. Il se contente de rester assis là, avec moi, sans me forcer à parler.

Lentement, je retrouve la Charlotte d'autrefois. Je ressors mes romans préférés de ma bibliothèque, en relis des passages, laisse les mots me réconforter. J'allume mon ordinateur portable, fais défiler les photos d'anciens projets pour le *Banner*, essayant de me rappeler qui j'étais quand je les ai prises, de découvrir ce qui a changé en moi. Je relève mes mails, parcours les devoirs que mes professeurs ont envoyés, travaille un peu.

J'ai encore du retard, mais mon conseiller d'orientation pense que le bureau des admissions de Stanford sera compréhensif, qu'ils ne me pénaliseront pas pour des notes qui ont baissé après un séjour à l'hôpital. Je me dis que c'est une bonne chose que je n'aie pas encore fait de demande de report, que tout peut maintenant reprendre son cours normal : Stanford l'année prochaine, l'école de médecine ensuite, l'avenir que j'ai si méticuleusement planifié.

Je devrais être contente ; au fond, ça aurait pu être pire.

Au moins, je n'ai pas gâché ma vie.

Le jeudi soir, Mia frappe légèrement à ma porte pour voir si je suis réveillée. Elle s'assied sur le lit et me caresse les cheveux. Mes yeux s'emplissent de larmes. Je ferme les paupières, pour essayer de les retenir.

— Ta tête te fait toujours souffrir ?

— Non. Ce n'est pas ça.

— Je sais, dit-elle doucement. Il t'a brisé le cœur.

Je hoche la tête et me couvre les yeux des mains. Un gémissement s'échappe de mes lèvres.

— Ils ne sont pas tous comme ça, poursuit-elle, touchant mon épaule.

Mais je ris : un rire amer et douloureux.

— Je suis désolée, Mia, dis-je, levant les yeux vers cette sœur que j'idolâtrais quand nous étions enfants.

— Pourquoi ?

— Je n'ai pas été très sympa avec toi. Depuis Leo, je veux dire. Je ne comprenais pas…

Je me souviens de toutes les fois où je l'ai jugée. J'aurais pu l'aider, mais je n'en avais pas envie.

— On a toutes les deux commis des erreurs, Charlotte.

Le pardon que je lis dans ses yeux me fait presque m'effondrer à nouveau.

Je baisse les yeux vers la bague de notre mère. Je la portais pour éviter de reproduire les mêmes erreurs qu'elle, mais je suis tombée aussi éperdument amoureuse.

Je la fais glisser de mon annulaire.

— Je crois que je n'en ai plus besoin.

Sans me regarder, Mia la passe à son doigt. Elle lui va à la perfection, peut-être encore mieux qu'à moi. Sa peau est plus mate, plus proche de la carnation de notre mère.

Des souvenirs de notre mère surgissent alors dans mon esprit. Je la revois portant la bague. Elle était si belle, mais si perdue ! Destinée à aimer des hommes qui ne pouvaient pas, ou ne voulaient pas l'aimer en retour.

Je lui ressemble plus que je ne le pensais.

Après le départ de Mia, je me lève et vais jusqu'à la chambre de grand-mère. Assise au bord de son lit, elle tient sur les genoux un vieil album photo, que j'ai rarement vu.

J'entre d'un pas lent.

— Je peux te parler ? dis-je.

— Bien sûr.

Je m'assieds près d'elle. Ses doigts tracent les contours d'une photo de ma mère et d'elle, quand maman n'était encore qu'un bébé. Grand-mère était si jeune, juste une adolescente ! On se ressemble beaucoup.

— J'aurais dû t'écouter.

Alors que je croyais en avoir terminé, je pleure de nouveau.

— Non, Charlotte.

Elle secoue la tête et me prend la main.

— C'est moi qui aurais dû t'écouter. Je pensais que je te protégeais, mais je faisais fausse route.

— Je ne comprends pas.

Elle sourit et lève un sourcil.

— Tu mérites d'être aimée, comme tout le monde. Tu mérites le plus bel amour…celui qui dure toute une vie. Peut-être que ça n'a pas été le cas avec Tate, mais je sais que tu trouveras le grand amour un jour. Je veux seulement que tu sois heureuse, c'est tout ce que j'ai toujours désiré.

Tate… Son visage flottant au-dessus du mien, ses yeux tourmentés comme l'océan, juste avant qu'il me soulève du pavé.

Je pensais qu'il m'aimait — même s'il ne savait pas comment le dire —, mais cet amour était prisonnier de ses peurs, de son besoin de me protéger, de tout contrôler.

— J'ai quelque chose à te dire, je reprends, fixant ses yeux bleu-vert. J'ai pris une décision… Je souhaite repousser mon entrée à l'université d'un an. J'ai d'abord cru que cette envie m'était venue parce que je voulais être avec Tate, mais en fait je le fais pour moi. J'ai besoin d'une année sabbatique. J'ai besoin de découvrir quel est mon véritable projet de vie. Je sais que c'est angoissant, vu de ton côté, mais je te promets que non. Je ne perdrai pas mes bourses. Elles seront toujours là à mon retour. Je veux juste être certaine d'être prête.

Son sourire s'affaisse un peu.

— Qu'est-ce que tu vas faire ? demande-t-elle.

— Je ne suis pas complètement décidée... J'ai encore besoin de réfléchir. Peut-être que je prendrai un autre boulot, peut-être que je me servirai de l'argent que j'ai économisé pour voyager et quitter la Californie pendant plus d'une journée. Mais je veux prendre le temps de découvrir qui je suis et ce que je veux.

C'est étrange d'être si honnête avec elle, d'admettre quelque chose de si personnel. Mais, en cet instant, j'ai l'impression que je pourrais tout lui dire.

J'attends qu'elle me réponde. Elle reste silencieuse un moment, puis prend ma main dans la sienne, les yeux brillants de larmes.

— Je rêvais d'aller en Europe... Puis je suis tombée enceinte de ta maman et je n'en ai jamais eu l'occasion.

— C'est ma chance, dis-je. Je dois la saisir !

Le lit craque sous notre poids, comme elle pivote pour me regarder.

— D'accord, dit-elle.

— D'accord ?

— Prends cette année. Fais toutes les choses que je n'ai pas pu faire.

— Vraiment ?

Elle hoche la tête et m'attire contre elle pour me serrer dans ses bras. Je sens ses larmes mouiller mon T-shirt avant même de prendre conscience qu'elle pleure.

— Merci.

Je n'ai jamais été plus reconnaissante de ma vie.

Chapitre 25

Six mois plus tard

Nous sommes fin septembre et, sur l'insistance de grand-mère, je suis rentrée à L.A. pour la fête d'anniversaire de Mia. Les bruits et la chaleur de la ville sont à la fois familiers et écrasants.

Après la remise des diplômes, en juin, je suis partie. J'ai utilisé l'argent que j'avais économisé en travaillant au Bloom Room pour acheter un aller simple pour l'Europe. Je n'étais pas rentrée depuis trois mois — trois mois que je n'ai pas vus passer.

Carlos est allongé en travers de mon lit. Il enroule un de mes élastiques à cheveux autour de ses doigts, tout en me regardant préparer une pile de linge sale.

— Je n'arrive pas à croire que tu sois partie explorer l'Europe toute seule !

— Je te rassure, ce n'était pas aussi téméraire que tu le penses. J'étais dans un bus, la plupart du temps, avec des groupes de touristes.

— Ouais, mais tu as probablement mangé de la baguette et du fromage, et tu as dormi dans des auberges de jeunesse.

— Carrément ! dis-je, avec un grand sérieux. Tu me connais. Une vraie rebelle !

On rit tous les deux.

— Et tu repars déjà ?

J'acquiesce et lève la tête de ma pile de linge sale.

— J'ai trouvé un job à temps partiel chez un petit fleuriste, et une chambre adorable et pas chère à Vernazza, sur la côte. C'est superbe, Carlos. Tu devrais venir me voir.

Il soupire.

— J'essaierai. Tu y seras combien de temps ?

— Jusqu'à la fin de l'hiver, peut-être un peu plus longtemps. Puis je rentrerai travailler pour Holly pour me reconstituer un pécule et ferai ma rentrée à Stanford cet automne. Mais je veux absolument voyager encore un peu, pour prendre autant de photos que possible.

Une passion qui a commencé par une simple habitude touristique : pour documenter ce que je voyais, pour me souvenir de tout, une fois rentrée. Mais c'est devenu plus que ça. Voir le monde à travers l'objectif de l'appareil photo m'a donné une autre perspective.

— Alors, maintenant, tu vis en Italie et tu es photographe ? demande Carlos. Chaque fois que je crois avoir cerné la vraie Charlotte, je me rends compte que j'ai tout faux.

Je m'affale sur le lit à côté de lui.

— Ouais, moi aussi.

Malgré nos paroles, rien n'a changé dans notre amitié. Ça me fait du bien d'être avec quelqu'un que je connais si bien, après plusieurs mois d'absence.

Je me blottis contre lui.

Carlos me touche le poignet et lève ma main en l'air.

— Plus de triangle ?

Je fais courir mes doigts sur mon poignet, là où j'avais l'habitude de dessiner le symbole. Ma peau est claire et bronzée, sans la moindre trace d'encre. Je dessinais le triangle presque religieusement, pensant qu'il me protégerait.

— Je crois que je n'en ai plus besoin.

— On dirait que non.

Il me presse la main, puis la repose sur le lit, avant de se lever, d'attraper son sac à dos et d'enfiler ses chaussures.

— C'est quand, la grosse fête de Mia ?

— Aujourd'hui à 16 heures.

J'ai passé la matinée à décorer la maison, à gonfler des ballons et à accrocher des banderoles dans les encadrements de porte, pendant que grand-mère préparait le gâteau. Mia et elle ont changé. Elles ont l'air plus heureuses. Mia a repris les cours à temps partiel, et grand-mère fréquente un dénommé Paul, que je rencontrerai tout à l'heure.

— Je reviendrai plus tard pour les festivités, dit Carlos, avant de sortir.

J'enfile mes bottes et pars quelques minutes plus tard. J'ai quelqu'un d'autre à voir.

Quand j'entre dans la boutique, Holly se précipite vers moi et me serre dans ses bras.

— Raconte-moi tout ! m'ordonne-t-elle.

Nous nous asseyons au comptoir, et je lui parle de mon voyage en train d'Espagne jusqu'au sud de la France ; du couple de retraités qui sillonnait l'Europe depuis plus d'un an et m'a laissé voyager avec eux jusqu'à Gênes, puis au sud de l'Italie. Je lui parle de l'eau turquoise, et des villes accrochées aux falaises blanches qui s'élèvent de la mer. Des musées en France, des kilomètres et kilomètres d'art sublime, qui m'ont inspirée, du carnet à dessins que je trimballe partout, de mes photos.

Elle est folle de joie d'apprendre que je travaille chez un fleuriste à des milliers de kilomètres d'ici.

Et pourtant, quand j'ai terminé, elle se penche et demande :

— Et Tate ?

Je n'ai pas entendu son nom prononcé à voix haute depuis si longtemps que ça m'en donne la chair de poule. Voyager à travers l'Europe m'a permis de me changer les idées de façon agréable. Ça m'a aidée à résister à l'envie de taper son nom sur Google pour voir comment se passe sa tournée, de quoi il a l'air, s'il a repris ses vieilles habitudes : les filles sexy, les longues soirées, les excès en tout genre.

La dernière fois qu'on s'est vus, c'était dans la chambre d'hôpital. Mais j'ai pensé à lui plus souvent que je ne voudrais l'admettre.

— Je ne l'ai pas revu, dis-je.

— Mais il te manque ?

Je hoche la tête.

— C'est plus fort que moi.

— C'est ton premier amour. Ce sont toujours les plus difficiles à oublier. En tout cas, tu as fait le maximum pour t'éloigner de lui.

— Je n'ai pas quitté L.A. pour le fuir.

— Ce n'est peut-être pas l'unique motif de ton départ, mais, sans votre histoire, tu n'aurais peut-être jamais réalisé que tu avais besoin d'explorer le monde.

Elle a raison, évidemment, mais c'est quand même compliqué d'admettre que quelque chose de positif est ressorti de ma relation avec Tate. J'ai plutôt l'impression qu'il m'a arraché le cœur et l'a piétiné.

— Continue de m'envoyer des cartes postales, dit Holly

quand elle me serre dans ses bras pour me dire au revoir devant la boutique. Mon réfrigérateur en est couvert.

Elle m'embrasse sur le front, et nous avons du mal à retenir nos larmes.

Je me balade en voiture à travers les vieilles rues. Je ne peux pas m'empêcher de me souvenir des trajets avec Tate sur ces mêmes routes, et tous les endroits où nous avons été ensemble. J'ai vécu ici toute ma vie, pourtant tout me rappelle ces quelques mois avec lui.

J'aimerais pouvoir oublier.

Mais je n'y arrive pas. Je crois que je n'y arriverai jamais.

Chapitre 26

Après cinq jours à la maison, je repars, une fois encore. Je vais d'abord à New York, puis, de là, je continuerai jusqu'à Rome.

Je parcours la travée de l'avion, et trouve mon siège : avant-dernière rangée, côté hublot. Je suis soulagée de repartir. Je ne suis pas encore prête à rentrer durablement à L.A., pas encore prête à affronter le monde réel et le reste de ma vie. Y être pendant cinq jours a été suffisamment éprouvant.

Une hôtesse de l'air se fraie un chemin vers le fond de l'appareil, au milieu des passagers en train de ranger leurs bagages dans les compartiments au-dessus des sièges. J'attache ma ceinture et, quand je relève les yeux, je constate que l'hôtesse s'est arrêtée au niveau de mon siège.

Elle se penche par-dessus mon voisin, un homme en costume.

— Charlotte Reed ?

Elle tient un morceau de papier plié dans la main.

— Oui ?

— Vous avez été surclassée.

— Pardon ?

— Vous avez été surclassée en première. Voulez-vous me suivre, s'il vous plaît ?

Je ne bouge pas, abasourdie.

Mon voisin me sourit.

— Ça doit être votre jour de chance !

Je me contente de cligner des yeux.

— Vous êtes sûre ? je demande à l'hôtesse.

— Vous êtes la seule Charlotte Reed sur ce vol, alors oui, je suis sûre.

— Ne discutez donc pas, me conseille l'homme en haussant un sourcil broussailleux. Acceptez, avant qu'ils n'en fassent profiter quelqu'un d'autre.

Il se lève et s'écarte pour me laisser passer. J'attrape mon oreiller de voyage et mon sac rempli de livres pour le vol, et suis l'hôtesse à l'avant.

Je m'attends à ce qu'elle se retourne, réalise son erreur et me reconduise à mon siège étroit. Mais, quand on traverse le rideau bleu qui sépare la cabine de première classe du reste de l'appareil, je commence à me sentir nerveuse, me rappelant la dernière fois que j'ai voyagé dans ces conditions.

Est-ce Tate qui a fait ça ?

L'hôtesse s'arrête et pointe mon siège ; la rangée est vide. Pas de Tate.

J'en soupire de soulagement, et m'installe près du hublot. Elle réapparaît quelques instants plus tard avec une bouteille d'eau fraîche et une serviette humide parfumée au concombre. Je penche la tête en arrière et ferme les yeux.

J'entends deux hôtesses qui discutent discrètement au-devant de l'avion, et j'ouvre les yeux pour les observer. Leurs visages sont rapprochés et je n'arrive pas à comprendre ce qu'elles disent. Puis elles sourient au passager de dernière minute qui entre dans l'avion.

C'est alors qu'il apparaît, et mes doigts se resserrent autour de la partie métallique des accoudoirs.

Il m'a trouvée. Le surclassement, c'est bien lui. Après de longs mois sans nouvelles l'un de l'autre, nous voici de nouveau face à face. L'air détendu, il se laisse tomber sur le siège à côté du mien. Il porte un sweat-shirt foncé avec la capuche relevée sur la tête — comme si ça suffisait à garder son identité cachée. Je reconnais instantanément son odeur, subtile et fraîche, une odeur presque imperceptible pour ceux qui ne la connaissent pas.

L'hôtesse qui m'a conduite en première classe s'approche et demande à Tate s'il souhaite quelque chose, mais il l'éloigne d'un signe de la main. Il a le regard fixé devant lui, comme si on était deux inconnus placés sur le même vol, dans la même rangée, par hasard.

Mais alors que je suis sur le point de lui demander à quoi il joue, il se tourne vers moi et se met à parler :

— Tu m'as manqué.

Voir ses yeux sombres me déstabilise. J'avais oublié le pouvoir qu'ils ont sur moi.

Je suis incapable de le fixer, alors je pivote la tête vers le hublot ; je ne peux pas croiser son regard, si pénétrant qu'il me transperce. Sur le tarmac, des personnes en gilets rouges à bandes réfléchissantes dirigent notre avion vers la piste.

— Charlotte…

Je comprends à son intonation qu'il souhaite que je me tourne vers lui, mais je m'y refuse.

— Je n'arrête pas de penser à toi. J'ai essayé de partir en tournée — je croyais que c'était ce que je voulais —, mais, sans toi, ça n'avait plus aucun sens. Toutes les chansons étaient pour toi, et tu n'étais pas là pour les entendre.

Il inspire doucement.

— Quand j'ai découvert que tu étais à L.A., j'ai su qu'il fallait absolument que je te voie.

Je me décide à lever les yeux vers lui. Mon cœur bat la chamade d'être à nouveau près de lui, de sentir son corps à quelques centimètres du mien. Les souvenirs sont encore vifs dans mon esprit, et mon corps se languit de lui au point d'en avoir mal.

— Ne retourne pas en Italie. Reste ici, reste à L.A.

Ses cheveux ont poussé, probablement une nouvelle image pour sa tournée. Ça lui va bien, très bien. Mais je chasse cette pensée.

— Pourquoi est-ce que j'accepterais ? Tu ne crois pas que tu as eu ta chance ? dis-je, la voix tremblante et brisée par l'émotion qui me serre la gorge.

— Ce sera différent, cette fois. Ça peut marcher entre nous.

— C'est marrant. Je suis quasiment sûre que tu as déjà dit ces mots avant. Mais je ne suis plus la fille que j'étais. Tu m'as blessée, Tate, tu as tout gâché. Tu m'as laissée tomber quand je t'ai dit que j'étais amoureuse de toi et prête à tout abandonner pour toi. Pire, tu as prétendu le faire pour mon bien ! Tu pensais me protéger, alors que c'était toi que tu protégeais.

— Tu te trompes.

Il secoue la tête et se penche en avant, ses mains se contractant contre ses genoux.

— Je ne voulais pas que tu abandonnes tes projets pour moi. J'ai essayé de faire ce qu'il y avait de mieux pour toi.

— Et moi, j'ai écouté mon cœur. Je voulais être avec toi, j'en avais envie. C'était la première fois que je faisais quelque chose pour moi, pour mon bonheur.

Ça fait mal de l'énoncer à voix haute, de réaliser combien j'étais accro.

— Mais toi, tu as estimé que je ne savais pas ce que je voulais. Tu as pensé que toi seul pouvais prendre *mes* décisions.

L'hôtesse de l'air passe près de nous et je baisse la voix.

— Tu m'as brisé le cœur, Tate. Et il n'y a rien que tu puisses faire pour réparer ça.

Sans réfléchir, je détache ma ceinture, me baisse pour attraper mon sac et me lève.

— Tu ne me récupéreras pas en m'achetant un siège en première classe. Ça ne marche pas comme ça dans le monde réel !

Je tente de ne laisser aucune partie de mon corps frôler le sien quand je passe devant lui pour rejoindre le couloir. Mais, même sans le toucher, ma peau s'enflamme au souvenir de ses mains sur moi, de ses lèvres sur mon cou, de mon cœur frémissant sous ses doigts. Il m'a laissé des cicatrices partout, des marques invisibles que je ne peux effacer. Et Dieu sait si j'ai essayé !

Je marque une pause dans le couloir. Quelques passagers m'observent.

— Et ne me suis plus !

Il ne lève même pas le regard vers moi.

Quand je retourne à mon siège en classe éco, le type en costume fronce les sourcils.

— Pas aimé le traitement première classe ?

— Totalement surfait, je réponds.

Je ne suis plus la fille que j'étais.

C'est vrai. J'ai changé. Il m'a brisé le cœur et j'en suis ressortie plus forte. Plus forte sans lui. Je ne le laisserai plus jamais me faire de mal.

Chapitre 27

Assise, les jambes en tailleur, sur le vieux mur de pierre qui surplombe le port, je regarde les mouettes tourner en cercle au-dessus des bateaux. Il fait chaud, aujourd'hui, l'air iodé me poisse légèrement la peau, et je me fais un chignon pour que mes cheveux ne collent pas à ma nuque.

Le train qui passe toutes les heures vient juste d'arriver à Vernazza. J'entends les touristes qui marchent vers la baie, s'arrêtent pour acheter de la crème glacée à la menthe et des gobelets d'expresso, avant de filer sur le bord de mer. Des enfants poussent des cris perçants et rient en nageant ; quelques personnes bronzent sur les rochers, leur peau cuivrée et dorée. Une douce brise accompagne les vagues. Je prends une photo des maisons pastel accrochées à la falaise.

Ce soir, j'en posterai quelques-unes sur mon nouveau blog, *Girl Beside the Sea*. Je n'ai pas encore beaucoup d'abonnés — j'ai commencé avec Carlos, Mia et Holly —, mais je commence à trouver peu à peu un public. C'est satisfaisant de savoir que des personnes s'intéressent à mes photos et à mes dessins.

J'ai été inspirée par mon nouveau patron, Lucca, qui possède *Il nome della rosa*, à un pâté de maisons de l'océan. Il tient un blog dans lequel il présente les qualités médicinales des fleurs qu'il vend, et explique comment certains types de pollen peuvent vous faire succomber au *delirio di amore*. Mais mon italien n'est pas très bon, et Lucca parle très peu anglais, alors, je me trompe peut-être au sujet du pollen. Je ne suis pas non plus certaine qu'il me paie le prix juste, mais j'arrive à payer mon loyer et à m'offrir quelques repas par semaine dans les merveilleux restaurants en ville, et je m'en contente.

J'ai trouvé ici une routine réconfortante qui remplace le souvenir douloureux de Tate par quelque chose qui ne fait pas souffrir.

Souvent, le soir, quand le port est calme, j'avance dans l'océan et mets la tête sous l'eau. Je me laisse emporter par le courant, essayant de noyer toute pensée de lui. Ça commence enfin à marcher, bien que très lentement.

Je photographie une petite fille qui porte un maillot de bain rose et jaune et qui se précipite dans l'eau en suivant un chien, dans une gerbe d'éclaboussures. Le chien aboie, la queue frétillante.

— *Mi scusi*, dit soudain une voix derrière moi.

Je pose mon appareil et me retourne en souriant. Il n'est pas rare que des touristes, pressentant que je parle anglais, m'abordent pour me poser des questions au sujet de la ville. Mais quand je vois la personne qui se tient à côté de moi, je me sens étourdie et ma vue se trouble momentanément.

— Avant que tu dises quoi que ce soit…, déclare Tate, je veux que tu saches que tu avais raison, dans l'avion. Je suis désolé d'avoir mis si longtemps à prendre conscience de mes erreurs.

Mon sourire s'évapore, et je descends du mur de pierre. Je n'arrive pas à croire qu'il soit vraiment là. Il n'est tellement pas dans son élément, parmi les touristes, les maisons minuscules, le sable et la mer. Ce lieu est devenu mon cocon, mon endroit secret, et le voir là, dans son T-shirt qui souligne ses muscles et sa large carrure, m'ébranle profondément.

— Je voulais être certain de bien faire les choses avec toi, d'être prudent… mais j'ai quand même fini par te blesser, ajoute-t-il.

Un oiseau noir et blanc se pose sur le mur à côté de moi. Je le regarde, puis, étourdie par le choc, fixe un point au loin vers la mer.

— La vérité, c'est que…

Soudain, je ne peux regarder autre chose que lui.

— … je suis amoureux de toi, Charlotte.

Mes lèvres s'entrouvrent. Malgré moi, malgré tout, je suis stupéfaite. Il ne me l'a jamais dit avant. Je pensais que c'était parce qu'il ne m'aimait pas vraiment, qu'il en était incapable. J'avais tort.

— Je suis amoureux de toi depuis le début, peut-être même depuis le premier soir où tu as accepté de sortir avec moi. Je sais qu'il est trop tard, que j'ai tout gâché, mais je suis *toujours* amoureux de toi. J'ai essayé de vivre sans toi, de t'oublier, mais je ne peux pas te sortir de la tête. Je n'en ai pas envie.

Un cerf-volant orange traverse rapidement le ciel au-dessus de nous, sa queue flottant dans le vent. Je place la main en visière pour me protéger du soleil.

Tate s'avance d'un pas.

— Je t'ai blessée… et j'en suis désolé. Toi seule donnes du sens à ma vie. Même la musique, que je pensais vouloir plus que tout, ne veut rien dire sans toi. Je… j'aimerais qu'on reparte de zéro. Plus de règles, plus de contrôle. Je ne laisserai plus mes peurs se dresser entre nous. Je ne prendrai plus de décisions à ta place. Je veux faire les choses correctement cette fois, enfin.

Il marque une pause, puis reprend :

— Qu'est-ce que tu en dis ?

Il a mis tant de temps à comprendre qu'il rendait notre histoire impossible. Je devrais le détester pour ça. Mais j'en suis incapable. Au lieu de ça, je réalise que j'attendais ces mots. J'ai besoin qu'il reconnaisse qu'il m'a blessée, qu'il dise qu'il est désolé, et qu'il m'a toujours aimée. Les larmes coulent sur mes joues, chaudes et salées comme l'air.

Il fait un autre pas vers moi. Ma peau frémit, avide qu'il me touche à nouveau. Il tend la main en me regardant dans les yeux.

— Salut, fait-il, comme si nous nous rencontrions pour la première fois. Je voyageais le long de la côte italienne, quand j'ai remarqué la fille la plus incroyable assise près de l'océan, en train de prendre des photos. Et je me demandais si je pouvais l'inviter à sortir, rien de sophistiqué, bien sûr. J'espère que ce n'est pas ce genre de fille.

Ses yeux ténébreux, qui brillent dans la lumière de l'après-midi, me sont si familiers.

Je baisse les yeux vers sa main, suspendue entre nous.

J'ai tellement envie de le toucher, d'enlacer mes doigts aux siens, de dire quelque chose qui le fera mien à nouveau, mais j'en suis incapable. J'ai trop peur. Alors je me tais.

Après un moment, il s'éclaircit la gorge.

— OK.

Il relâche le bras en détournant le regard.

— Je n'essaierai plus de te retrouver. Je t'aime, Charlotte, et je te souhaite une vie heureuse. Car tu mérites d'avoir une belle vie.

Il s'éloigne — les épaules voûtées, abattu — et remonte la rue pavée en direction du centre-ville.

Un souvenir lointain me revient alors en mémoire : il y a quelques années, Carlos et moi avons déboursé dix dollars pour qu'on nous lise les lignes de la main, à Venice Beach. Ma ligne du destin était paraît-il divisée, présentant deux voies possibles ;

le moment venu, je devrais choisir laquelle emprunter. J'avais trouvé ça stupide, des sornettes que seule ma mère aurait crues. Mais peut-être la médium avait-elle raison. Peut-être que mon choix se résume à ça, finalement : une vie avec Tate ou sans lui.

Malgré toute la douleur et la peine, je l'aime toujours.

Mon cœur explose soudain de peur de le perdre à nouveau, et je me mets à courir. Dès que je me suis suffisamment rapprochée, je lui attrape le bras. Ses muscles se raidissent. Le temps semble avancer au ralenti, s'arrêter… Puis il se retourne vers moi.

Je ne veux pas le perdre.

Il pose les mains sur mon visage, essuie les larmes qui ruissellent sur mes joues. Il expire lentement et ses traits s'illuminent. Je me hausse sur la pointe des pieds et presse les lèvres contre les siennes. Il me rend mon baiser en m'attirant contre lui. Il y a dans notre étreinte toutes celles que nous avons ratées, les mois perdus, les nuits que j'ai passées à penser à lui, allongée dans ma petite chambre de location, les fenêtres ouvertes pour laisser entrer l'air marin.

Il passe les doigts dans mes cheveux, et m'embrasse comme s'il ne comptait plus jamais me lâcher. Je voudrais rester blottie dans ses bras pour toujours. Fini les limites, les règles, les ordres, les restrictions. Nous en sommes au commencement.

Ce moment est celui de notre premier baiser. De notre premier *je t'aime*.

Maintenant et à jamais.

REMERCIEMENTS

Elizabeth Craft

Waouh. De nombreuses personnes ont aidé à donner naissance a ce livre, et la plupart méritent même plus d'accolades que moi.

Tout d'abord, merci à mon ami Les Morgenstein, de chez Alloy, d'avoir dit oui à ce projet. Immenses mercis aux autres membres de l'équipe d'Alloy : Josh Bank, Lanie Davis, Elaine Damasco, Romy Golan, Joelle Hobeika, Sara Shandler, et surtout Annie Stone, éditrice extraordinaire.

Je suis infiniment reconnaissante envers l'équipe d'Harlequin-TEEN qui a encouragé ce projet avec un enthousiasme incroyable, surtout Natashya Wilson et Margo Lipschultz. Faire partie de la famille Harlequin est la concrétisation d'un rêve.

Merci à mon agent, Christy Fletcher — je jure que je finirai par en écrire un autre.

Comme toujours, merci à mes amis et à ma famille, qui n'ont de cesse de me soutenir. Merci tout particulièrement à Adam Fierro, Sarah Fain, Gretchen Rubin, et Mindy Wilson, qui a lu les toutes premières pages et les a trouvées palpitantes.

Shea Olsen, *Flower* n'existerait pas sans toi. Merci, merci, merci.

Shea Olsen

Écrire un roman est un travail d'équipe. Et écrire ce livre a demandé une sacrée équipe. Tout d'abord, merci à Elizabeth Craft qui a eu l'idée d'écrire *Flower.* Sans ton idée de départ, ce projet n'aurait jamais pu voir le jour.

Merci à l'équipe de choc d'Alloy, une vraie force de la nature. Annie Stone, tu es un rayon de soleil. Merci pour tes corrections brillantes et tes intrigues de génie. Sans toi, ce livre serait en train de moisir au 29e étage, à Manhattan. Merci également à tous les autres cerveaux brillants d'Alloy : Josh Bank, Sara Shandler, Lanie Davis, Joelle Hobeika, Romy Golan. Vous me coupez le souffle… de la meilleure façon qui soit.

À Margo Lipschultz, éditrice du tonnerre, qui a vu le cœur de cette histoire et a aidé à la rendre palpitante. Tes compétences sont impressionnantes ! À Natashya Wilson et à toute l'équipe d'HarlequinTEEN, merci d'avoir cru en ce projet, merci pour votre passion, votre engagement durant cette longue aventure.

À mon agent et bonne fée, Jess Regel, brillante et dotée de pouvoirs magiques.

Merci à mon mari, le meilleur partenaire dont une fille pouvait rêver.

À mes parents, qui m'ont élevée dans une maison remplie de livres, d'imagination et d'art. Vous m'impressionnez tous les jours.

À Andee, Andra et Mel : vous savez pourquoi.

Composé et édité par HarperCollins France.

Achevé d'imprimer en avril 2018.

CPI
BRODARD & TAUPIN

La Flèche
Dépôt légal : mai 2018.

Pour limiter l'empreinte environnementale de ses livres, HarperCollins France s'engage à n'utiliser que du papier fabriqué à partir de bois provenant de forêts gérées durablement et de manière responsable.

Imprimé en France